蜜桃多多的謎樣王子

108 真假魔王

身為孕婦，雲千千目前不適合幹拋頭露面、身先士卒的勾當。她只好委委屈屈的龜縮在重重把守的城主府外，在門口擺張桌子，身邊站著臨時請來幫忙的龍騰，專職負責戶籍管理。

「名字？」

「XXX。」

「住址？」

「XX區XX路XX巷XX院X號……」

「很好，到旁邊的帥哥那裡照個鏡子，確認完身分去領狗牌……記得牌子要掛脖子上，擺衣服外面，不然被誤殺了沒撫卹金。」

被威脅的NPC兩腿打顫，死抓著桌子不放手懇求道：「我可以不要撫卹金，能盡量別誤傷嗎？」

「這個看情況。快去，別耽誤我面試，再囉嗦現在就誤殺！」雲千千不耐煩的趕人。

NPC淚流滿面的走到旁邊的龍騰面前。

後者一手拿剛遞來的小紙條，另一隻手抬真實之鏡對NPC晃了晃，然後看鏡子核對字條內容：「XX X，XX區XX路XX……唔，資料沒錯，發牌子。」

一旁，某玩家立刻遞上狗牌一個，木質，手工製，上面墨跡未乾，記錄著NPC的名字和住街，顯然是剛剛才現寫上去的。

「大人，沒鍊子怎麼掛……」NPC還不肯走，哭喪著臉，捏狗牌投訴。

「自己找東西穿起來掛著。記得千萬要找材質好一點的鍊子，不然把牌子弄丟的話，重新補發還要繳錢的。」雲千千解釋。

「但……」

「沒蛋，快滾。」

一連面試完一個生活社區的NPC，雲千千和龍騰才起身，分別換了水果樂園和龍騰九霄的兩個幹部代替各自位置繼續二人工作，這二人則走進城主府休息喝茶。

九夜在街上四處巡邏。反正四個城門都關著，雲千千也不怕他迷路出城去，除非這傢伙真的已經神通廣大到眼中無路、心中有路的境界，找到什麼不為人知的狗洞密道……換個角度想，說不定有行蹤這麼神出鬼沒的人搜檢，還真能瞎九夜碰上死路哥呢？

「雖然說是為了抓路西法，但這動靜是不是太大了？」龍騰選了張舒服的靠椅坐著，端杯茶輕啜一口才道：「全城封閉搜索，各族聚居地派發駐兵，城內普通NPC戶籍大清查，還有一整個公會的人巡邏……要是抓得到路西法還好，萬一抓不到呢？妳任務失敗不說，這麼大的動作下來，結果一無所獲，玩家絕對不會放過妳。萬一再有有心人挑唆，你們水果樂園的面子就跌到谷底了。」

雲千千笑：「有心人？誰是有心人？事到如今，有默默尋和和混沌胖子護航，最容易製造輿論的是我才對。再說就算真跌到谷底又怎麼樣，我還從來不知道水果樂園的評價居然曾經有好過的時候？」

龍騰被這話噎得無話可說。說得也對，人家還真是視名聲如糞土、臭名遠揚……他有時候都忍不住為自己公會有這樣的盟友臉紅。

這就是光腳的不怕穿鞋的。想拿輿論作文章？人家根本不拿你當回事……

想從一百個人裡面找出一個人是困難的，但是要從一百個人裡面找出一個絕世帥哥卻很容易。想像一下，一堆皮蛋裡摻了一顆和闐白玉是什麼感覺？路西法差不多就是那顆白玉了，不僅醒目，而且是很醒目。

可奇怪的是，這麼醒目的如玉美人居然沒人知道他的行蹤。任憑搜索行動進行得如何如火如荼，硬是沒一個人能提供出路西法的線索來……

「報告！」突然有水果樂園的人進來彙報：「外面有人打起來了，像是龍騰九霄和落盡繁華的人。」

「噗──」龍騰一口茶水噴出，瞪大眼睛看那人問道：「你說什麼？」

「聽說是為了搶BOSS。好像有人在外散播謠言，說路西法身上有聖器……」

「有聖器不是謠言啊。」雲千千納悶的抓抓頭。

彙報人無奈道：「問題是不知道是誰說的，那聖器玩家也可以使用，而且可以自由變幻職業武器形態。」

「哦？」那就確實是謠言了。雲千千沉痛的搖頭感嘆：「利令智昏，這就是人性啊～」

龍騰氣急敗壞道：「誰說聖器可以讓玩家使用的？那是一個任務道具！」

「謠言的出現有兩種可能：一是無心、二是有意。如果是前者的話，那就是一場由誤會引發的血案；如果是後者，很可能就是一場蓄意醞釀的陰謀。」雲千千幸災樂禍：「是為了攪渾水替搜尋增加難度？還是為了趁機排除異己，找理由挑起戰爭？唔……有心人果然出現了。」

龍騰看雲千千好像有看笑話的意思，忍不住咬牙道：「妳繼續事不關己吧。就算我們現在倒楣了點，最後有心人看上的可未必就是這些小混亂。」不管怎麼樣，這些事情一出來，最後受害的還是水果樂園。大家都拖得起時間，唯獨雲千千拖不起……最後三天，一不小心拖過期限的話，神主可不是好說話的角色。

雲千千聞言，果然笑不出來了，表情一肅，大義凜然道：「如此危急時刻，理當一致對外，怎能因為一些鬼蜮伎倆自毀長城？散播謠言的人實在其心可誅，這樣主次不分的爭鬥行為更是要嚴肅制止，否則會給創世紀、給玩家帶來不可估量的惡劣影響。」

「……」龍騰的眼角抽了抽，沉默半分鐘後，扯扯嘴皮乾笑道：「妳明白就好……」

不怪自己以前經常栽人家手裡，這女人果真是十分、特別、以及非常之能糊弄……

兩大會長出門，和同樣接到消息來察看情況的一葉知秋碰頭，三人一起去視察當前戰況。就這麼短短的十幾分鐘裡，戰火已經迅速蔓延擴散，從城門口一直打到了城中心。

「好壯觀。」雲千千飛到天上，手搭涼棚大致看了一下戰場局勢，再重新落回地面，欣慰的安撫另外兩位會長：「放心吧，現在打架的已經不止你們兩家了，其他人大概比你們還頭疼。」

這是典型的「我不舒坦的時候，別人也不舒坦，於是我就很舒坦」之損人不利己思想。

動。

「……知秋，我們走。」龍騰對雲千千已經徹底放棄了，咬牙直接招呼另一個受害人會長同去鎮壓暴動。

「不要這樣子，你們就算走又能走到哪裡去？全城都在打架，其他地方和這裡其實是一樣的。」雲千千連忙拉下兩個衝動人士，分析道：「與其不著頭腦的亂跑一通，還不如直接在公會頻道裡問下情況，控制局面。」

龍騰一時被氣暈，居然沒想到這麼簡單的方法，再加上擬真世界給人的直觀性太強，所以經常忘掉還有「頻道」這麼超自然的東西。

聞言冷靜下來之後，兩個會長各自打開公會頻道，發布了一連串命令下去。

雲千千也隨手抓來一個自己公會的人，問了下外面到底是怎麼火爆成現在這樣的。

莫非謠言的威力真有那麼大？

她問過原因後才知道，原來這其中只有一部分是因為謠言想搶BOSS而起的衝突，另外一部分則完全是湊熱鬧。

群架最顯著的特點就是波及範圍的廣泛性以及誤傷的隨機性。人多的地方是非就多，先不說以前本來就有仇的一些小團體碰面時必然會引發的衝突；在第一場群P爆發之後，因為破壞力巨大和範圍擴散的關係，許多本來秉承和平思想的無辜人士也被牽連其中。

這一波躺著也中槍的人士從復活點出來後，第一時間忿忿不平的加入戰局，敵友不論，先甩一片技能出去再說。反正自己白死了一次，怎麼也得殺點利息回來才行。

再加上混水摸魚的、路過的、看熱鬧的、心懷企圖的……種種煽風點火人士在旁邊吶喊助威、加油掠陣，於是局面終於變得複雜。

不說其他人，就連天空之城的當地公會水果樂園都不可避免的被捲了進去，可想而知場面會有多麼混亂。

「太不像話了！」聽說自己的人也被誤傷了不少，出現了水果樂園建立以來第一次大規模人員傷亡事件，雲千千終於淡定不起來，心疼得跳腳。

另外一邊，龍騰終於平衡，嘿嘿笑看雲千千：「這就叫善惡到頭終有報……」叫妳幸災樂禍，叫妳隔岸觀火，叫妳冷嘲熱諷，叫妳陰我那麼多次……蒼天啊！大地啊！這到底是哪位天使姐姐放的謠言，幫我出了這一口惡氣啊！龍騰感激涕零的禱謝上蒼。

抓出被配發到天空之城的執事，雲千千二話不說的下令：「把所有軍隊都調出來，一定要把這批反天空之城的武裝暴徒鎮壓下去。必要的時候，允許你們主動攻擊玩家。」

「這不合規定，城主大人。」執事眼皮都不抬，恭敬的低頭答道。

「我的地盤我做主！」雲千千抓狂，揪執事的領子威脅道：「你再不把他們解決了，我就把你解決了。」

「……是。」

鎮壓群眾暴動，雲千千有經驗。

說白了就是兩點：一是武力強行橫掃之，二是焦點轉移、調虎離山之。

前一個辦法現在明顯不適用。一個大肚婆的戰鬥力跟她在顛峰時期時絕對大大不同；而要靠其他人的話，那效果肯定沒有雲千千親自上場那麼好。畢竟大家都知道，是人就有朋友，不能做到一視同仁的打擊的話，很可能鎮壓不成反被捲入戰局。當然了，這個一視同仁在一般人眼中通常被認為是六親不認。

於是，目前能使用的就只有第二種方法……

「看，路西法出現了！」

沸騰喧鬧的戰場中，突然有人狂喜興奮的直指天空中某處。

正在打架的眾玩家一聽，齊刷刷抬頭，果然看見空中一個身負暗黑六翼的長髮帥哥正冷然睥睨下方的人群。

「兄弟們衝啊！」又有人帶頭一聲吼，刷出技能往空中一砸……雖然說它沒命中，卻還是成功的起到了提醒眾人的作用。

從見到路西法的震撼中醒過神來，眾人悟了——對啊，我們打架好像就是為了搶BOSS，現在BOSS出現了，還要打嗎？

答案當然是不用。

一票人黑壓壓的湧動了起來。早前在聯盟公會買了翅膀的玩家拍翅升空，沒買翅膀的玩家著急上火，一片片遠程技能往上砸，頓時鋪天蓋地一片煙火大會般的盛況。

最先起衝突的玩家們不打了，後來才被捲入群P的玩家們也覺得繼續和人計較沒意思，還是眼前的實惠更重要。於是所有人小宇宙爆發，馬力全開跟著爭先恐後了起來。大家口耳相傳、呼喝吶喊，很快就將這消息傳遍了全城。

路西法當然不會傻站著讓人宰，但奇怪的是，他居然也沒還手，像是不屑與玩家爭鬥的樣子，轉頭一拍翅膀，再次騰高數公尺，與下方人群拉開距離。無數技能砸上去，最厲害的也不過是堪堪快要碰到路西法腳下時就無力的消散了，在這個無奈的時刻，咫尺即是天涯。

地上一票陸行玩家淚流滿面。會飛的鳥人們這一瞬間竟然無比風光，同時也承受了無數羨慕嫉妒恨的目光。

眼看有鳥人快要逼近，路西法卻突然動了。可他既沒出手也沒出腳，只轉了個身，翅膀一拍……竟然跑了!?

鳥人們怒，咬牙狂追。陸人們急，跳腳呼喝，可惜多少殷殷期盼也換不來路西法的一個回眸。眼看路西法快要飛出視線範圍，好像很有可能被長翅膀的那群鳥貨們獨吞。飛不上天的玩家們心急如焚，恨不得就此踏碎虛空，跟這個無情無義、無理取鬧、毫無希望的人生揮別了。

而此時，水果樂園的幾個玩家匆匆抬了幾個箱子從城主府奔出，把東西一放下，當前一人抄起擴音器就喊：「飛天翅膀優惠大酬賓！現在購買一副只要500金，只要500金啊！你們還在等什麼？花500金就有一次和聖器擁抱的機會，迅速掏出手中的金幣，和我們的販賣人員聯繫吧！先到先得，賣完為止！」

「太貴了，便宜點！」眾玩家齊吐血，比中指大吼：「以前不是350？」

翅膀在神界原價300金，外加純利潤50金。雖然販賣量一直不大，但因為眾玩家嚮往已久的關係，所以關於這個物價早已打聽得一清二楚。

宣傳人員不慌不忙，按照雲千千的囑咐解釋：「各位，魔族大亂後物價上漲的事情大家都知道，我們賣的翅膀漲價有什麼不對嗎？」

是「我們賣的」翅膀漲價哦，他可沒說過神界的翅膀也跟著大陸物價一起上漲這種話。如果因此而產生什麼美麗的誤會，也只能怪大家溝通不良……

眾玩家淚奔。物價上漲真是害死他們這些用任務養家糊口的薪水階層了。

宣傳人員遙指天空中越飛越遠的一排小黑點提醒：「大家快點做決定吧，九……路西法已經快飛不見鳥！」

最後一根稻草壓上，本來還猶豫不決的玩家們短暫的沉寂了一瞬，繼而轟的一聲一擁而上。貴就貴吧！物價上漲沒辦法。這錢早花也是花，晚花也是花，反正遲早得配一副翅膀……更關鍵的是，現在聖器就只有一個，還在天上飛，不買就鐵定沒戲了啊……

不到十分鐘，雲千千調集所有可活動資金、臨時籌備的三百副翅膀被一掃而空，狠賺了一筆。

龍騰和一葉知秋兩個知情人士早和雲千千達成協議在一邊旁觀，眼看當冤大頭的這群肥羊裡居然還有不少自家人員，兩位大公會會長臉上的表情皆是相當精彩。

買到翅膀的玩家們迅速化身鳥人，追趕路西法而去；雖然後者已然飛遠得看不見，但沒關係，先行追趕的前輩們的身影還是能夠捕捉到的。

一排排玩家騰空而去，龍騰、一葉知秋咬牙冷眼旁觀，只見這些人漸漸也化作黑點飛上遠空……

九夜牌路西法黑著臉，扮演調虎離山中的「誘餌」這一關鍵角色，身後一批如狼似虎的鳥人玩家，個個眼放綠光死死盯著他狂追。

雖說心裡明白這是為大局著想，是為防止惡性 PK 事態進一步擴大，是造福於民的好事……但不管怎麼說，任憑誰被數百玩家喊打喊殺的追攆，心情都是絕對不會好到哪裡去的。

九夜此時就是這麼憂鬱，心中一片悲涼。他既不能還手殺光全場，也不能表明身分甩脫追兵，唯一的一條路只能是亡命天涯。

幾小時的奔波，耗得體力值都快見底之後，九夜回頭一看，追兵終於被甩掉。他放心停下來再四下環顧，卻頓時忍不住越發悲愴——踏馬的，這是哪裡？

雲千千在城主府和兩個會長及自家副會長一起喝清茶慶祝。再次大賺一筆，讓雲千千心情變得非常美好，好到忘了自己男人還在外面流浪奔逃。

「站住，你是誰？」

幾人正談笑閒聊間，彼岸毒草突然皺眉，對一名 NPC 發難。

109 誤傷

被彼岸毒草喝住的NPC一臉焦急凝重的欲衝上前來：「城主大人，我是來報告魔王陛下消息的啊！」

「哦？」雲千千沉吟片刻，揮退彼岸毒草：「讓他上來。」

NPC手捧一卷軸急急上前來稟報：「城主請看，這就是魔王陛下的所在及其駐軍位置圖……」他說完，將卷軸放在雲千千手邊桌上，緩緩攤開。

「怎麼這場景好像有些眼熟？」雲千千納悶的對旁邊三人嘀咕了一句，接著轉頭皺眉問道：「先別忙開圖，你先說說自己住哪裡的，怎麼沒掛牌子？」

NPC充耳不聞的繼續將卷軸慢慢展開：「大人您瞧……」

「跟本桃子裝傻？」雲千千氣樂了，一拍桌，二話不說甩了片雷出去，同時向後一跳，極其敏捷的跳到龍騰、一葉知秋二人背後命令道：「來人啊～替我幹掉這傢伙！」

守衛在城主府內外的士兵們聽令一擁而上。

NPC瞬間翻臉，「哼」了一聲，把圖猛的一甩，從中取出一對短匕，握在手中直取雲千千。

「圖窮匕現！」彼岸毒草終於想起這個典故了。

而此時，刺客已逼近龍騰二人，手一劃，一道白刃帶起兩道白光……

龍騰、一葉知秋兩個倒楣的人從頭到尾都沒反應過來是怎麼回事，只知道一個大肚婆跳過來了，躲在自己身後；緊接著一下混亂，又一個人跳過來了，站在自己身前；再緊接著，眼前白光一閃，又一暗……睜開眼時，兩人已經到了復活點。

兩人風中凌亂了一陣，互相對視一眼後，連忙查詢系統記錄，再回憶對照之前的種種情形，這才終於明白，自己替人當了肉盾……

有句老話是這麼說的，好人不那什麼什麼，禍害遺那什麼什麼。

雲千千是公認的禍害，所以理所當然不負眾望的頑強活了下來。藉助龍騰二人以生命爭取來的短暫機會，她第一時間化作雷團，在刺客舞起的刀光中笑傲堅挺，說不死就不死……嗯，有本事你再來啊！

刺客一個人的力量是渺小的，雖然突然發難欲攻其不備，但無奈敵人太過狡猾，最終也沒能達成任務。而之後源源不斷湧入房間的城主府士兵就不是他一個小小刺客抗得下來的了。不到三分鐘，殺害兩大公會會長的凶手就已伏誅，委屈的死在亂刀亂槍之下。

確定房間安全後，雲千千終於現出身形，踢了踢刺客死後掉出的匕首，不屑道：「切，才紫階？」

彼岸毒草擦把冷汗：「這說明刺客本身實力強大，居然能一刀秒了兩個會長！這是個什麼概念……」

「什麼概念不知道，不過那兩個好像很怨念。」雲千千頭疼的瞄了眼自己腰間不斷作響的通訊器：「你說，如果我現在告訴他們一切只是誤會的話……」

「沒有人會信妳的。」彼岸毒草同情了雲千千一下。

剛才的事情他看得很清楚，這回人家說故意確實是故意，但說無辜也算是無辜。雖然她把兩人拿來當擋箭牌了，但也第一時間呼叫了士兵，還率先打了片雷出去拉仇恨。

只是沒想到計算錯誤，刺客手段居然會這麼狠辣，直接一刀秒兩個……

「對了，妳怎麼看出來這人是刺客的？難道就不怕殺錯無辜NPC？」彼岸毒草突然想到這個問題。

雲千千撇嘴道：「他一上來就喊他知道『魔王陛下』的消息……」

「唔？」彼岸毒草隱隱覺得彆扭，但一時半會還真察覺不出到底是哪裡有問題。

「這麼說吧。」雲千千換個方法解釋：「有一名反抗軍跟自己身邊戰友說：兄弟們，我收到了皇軍的線索，我們去殺他個痛快吧……」

「呃……」彼岸毒草終於知道問題出在哪裡了。

彼岸毒草同情的看了一眼刺客掉出匕首的位置：「想當間諜刺客都那麼不專業，哪有在我們面前還把路西法叫陛下的。」

「你呢？最開始怎麼發覺他有問題的？」雲千千倒是沒忘記最先注意到這鬼祟NPC的正是彼岸毒草。

彼岸毒草尷尬的乾咳一聲，目光可疑的飄移了下，解釋道：「也沒什麼……剛才我就是覺得這傢伙比起普通NPC來，好像帥得有點過分……」

「哦……」她明白了，男人的嫉妒……

龍騰、一葉知秋不久後終於回歸，經過雲千千解釋，再加上彼岸毒草作保調解，兩人最後終於認可將本次事件定義為「意外」。於是大家既往不咎，重新坐下來商量關於這次刺殺事件的後續問題。

「悠久的歷史中雖有不少精髓，但也不是那麼簡單就可以套用的。」雲千千對剛才事件做出點評：「我個人認為路哥是忽略了最重要的一點，只有知己知彼，才能百戰百勝……跟我玩刺殺，他還不如丟一個抹了毒的錢袋在街上，這樣成功率可能還大些。」

「別說了。」彼岸毒草羞愧捂臉：「從今天開始，就算在地上看見人家掉神器妳也千萬不能撿！」

如果路西法真能從本次事件中吸取到經驗教訓的話，說不定下次就能用一個銅板幹掉雲千千……此人路必拾遺、雁過拔毛的特性在NPC中也已經是家喻戶曉了，稍微動動腦子的話，還真不難想到這個法子。

「沒事，我既然想得到這一點就肯定會做防備。真有這情況的話，我會戴上手套再撿的。」雲千千連忙安慰彼岸毒草。

後者望蒼天無語。龍騰、一葉知秋也無語。

「現在路西法已經先出手了，表示妳的搜捕行動還是有效果的。」龍騰乾咳一聲，力挽跑題：「最起碼可以證明這次搜捕行為已經威脅到他了，所以路西法才會忍不住想釜底抽薪……」

「喂，你見過我這麼貌美賢良、高貴典雅的薪？」雲千千不高興道。

彼岸毒草無視頂頭上司的怒火，凝色思考了一會後，認可龍騰的說法：「有道理。龍騰會長繼續說？」

「所以現在我們什麼也不用做，只要繼續把安排下去的行動做到位就可以了。這樣的話，會有兩個結果……」龍騰掃了一眼雲千千，比出兩根指頭，解釋道：「第一就是找到路西法，然後糾集人手刷他。而第二……暫時找不到路西法，但對方狗急跳牆反過來主動找我們也不是不可能，就像今天。」

「你的意思是，我們暗中布局，在蜜桃多多身邊放些人，然後故意把她放出去吸引路哥視線，引誘他出手？」一葉知秋恍然大悟。

「這辦法可行。」彼岸毒草力挺樓上及樓樓上的方案。

「太慘無人道了，你們居然想拿一個行動不便的孕婦當誘餌？」雲千千悲痛的指責三人：「這種卑鄙無恥、喪盡天良的主意我絕不認可！」

網遊中最風光的莫過於各職業高手，他們掌握最多的資源，擁有最頂尖的實力，一呼百應、一應萬求……聚焦眾人視線的風光，看誰不順眼就能整死誰的暢快……這都是高手們才能獨享的特權。

而網遊中最委屈的則莫過於路人龍套，他們在金字塔最底端，拿的裝備武器是流行……或者說是路邊攤的普通物品。他們實力平平，在群架等活動中通常屬於炮灰，想刷個難點的任務都要千求萬求的拉朋友以多欺少，更別說高級的探險活動……除了某些姿色過人者以外，平常這類人群基本上是被無視的。他們被誰看不順眼的話，一不小心就死得莫名其妙還無還手之力，想找人報仇都找不到能幫自己出頭的……

雲千千本來是高手，懷孕後屬性一刷，瞬間墮落成路人甲。雖然其名聲顯赫還有好下屬、好朋友、好公會、好老公，但個人實力差就是差，一不小心落單的話，多少以前被陰被騙被蒙被坑被宰被……的憤怒人群們都排隊等著刷掉這個 BOSS 以一雪前恥……江湖險惡啊！

其他懷孕的女人在家休養安胎，被當成太座好生供奉，最起碼也是衣食無憂、心情舒暢，連散個步都有人幫忙事先把路上小石子踢走的吧？為什麼她就沒有這些優待，天天起早貪黑、辛苦奔波不說，還要命懸一線、捨身取義去當那種一不小心就炮灰嗝屁的誘餌？這日子怎麼過啊……

「喂，聽說了嗎？路西法現身了。」

「晚間新聞你也好意思拿出來炫耀……最新消息，路西法已經被刷了。有人爆得聖器一個，正在研究怎麼認主……」

「呿～你們得到的消息都不對。聽說路西法引了五百玩家出城到某荒山，然後一揮手發出禁咒，五百鳥人灰飛煙滅……而且聽說他不知道使出了什麼禁錮手法，那批人中到現在都還沒有一個活著回來的，真是太可怕了！」

「咦，不對啊，我聽說路西法已經秘密回城，並派出刺客數名，陰謀在城中製造血案。水果樂園會長聽說這事後，立即加強守備和巡邏人數，自己也親自出來巡街……」

「當真？不是聽說那水果在養胎準備摘小桃子？」

「這是遊戲嘛，懷孕也只是意思意思，又不會真的完全限制玩家行動。」

「可是屬性削弱……」

「耶？對哦，那爛水果現在好像很好捏……」

「走走走，看熱鬧去！」

雲千千親自出面率眾搜捕魔王路西法的消息很快傳出，天空之城的街頭巷尾都能見到一團團三五成群的八卦眾，有些是水果樂園派出去故意散播消息的，有些是知情人士自發組織研究分析的。總而言之，一切事態正向著龍騰幾人預測安排的方向順利進行，目前暫時沒有出現意外，只等路西法主動入甕……

銘心刻骨這幾天和考拉正在蜜月期，兩人剛剛從海外看魚看蝦看海豚旅遊歸來，一踏上陸地還沒來得及喘口氣，就聽說了這個最新消息。於是他們本著助援的一番熱忱之心，義不容辭的上天來，準備看看有什麼他們能夠幫忙的地方。

一路走來，還沒見到雲千千，兩人就先聽了滿耳朵的八卦，算是把最近幾天發生的事情都了解了個大概。

一時之間，銘心刻骨忍不住有些擔憂了起來：「蜜桃多多懷孕了？我聽說那個屬性削弱可不僅僅是意思意思，而是削弱整整五成……這個時候和魔王正面交鋒，水果樂園怕是有場硬仗要打了。」

考拉撇撇嘴道：「怕什麼，不是還有九夜？有個創世第一高手的老公，再加上蜜桃多多那腦子，你還怕她會吃虧不成。」那個黑心水果既然敢懷孕，肯定做好了萬全的安排。

明面上看人家似乎是削弱了一半實力，成了軟桃子，但暗地裡不知道做了多少圈套陷阱等人倒楣呢。說不定，人家因為武力削弱的關係，智力陰謀全開，盡全力保證自己安全不說，還能順便拿陰人當養胎期間的娛樂……哼，可憐的人是誰還不知道呢。

「話是這麼說，可是九夜有時候也不很可靠啊……」銘心刻骨長嘆一聲，不想曝光第一高手路痴的事實，畢竟這是人家的家醜，不該由他這外人說三道四的。「走吧，剛才那批人說蜜桃多多現在在東區，我們現在過去，順便給她一個驚喜……禮物帶了吧？」

「帶了帶了，精品龍眼夜明珠一盒外加火珊瑚……哼。」

「呵呵。」

所以人們常說第一印象很重要，這是真理。考拉再怎麼大方也是個女孩子，和某人第一次見面的時候就被塞剩菜、活埋，還挨了魔族好幾腳踩踏以致險些香消玉殞……對考拉來說，雲千千是一個不可磨滅的陰影。雖然她最後因為人家認識了現在的老公，但帳得一筆一筆算。

好吧，其實她也不是那麼小心眼。為了讓老公不在老婆和朋友之間難做，只要以後那顆桃子能收斂些，其實她也可以考慮和對方和平共……

「小心！」

跟龍騰預計的一樣，雲千千擴大了搜索行動，路西法也就坐不住了。

雖然實際上雲千千根本不知道到底搜到了哪些有用線索，完全是瞎朦亂轉；但路西法不知道她不知道，很自然推理成是自己的行蹤被暴露，再加上派去的刺客一嗝屁，路西法心中的蜜桃多多形象更是高深莫測起來。

到底是哪裡出了問題呢？這個答案還真不好說。不過不管怎樣，只要把人幹掉準沒錯。

於是抱著這樣的心態，路西法出手了。

當雲千千帶著一群打手狗腿子巡邏到西南角的交易市場時，街邊一個寵物攤上突然暴動，滿籠子小狗小貓及認不清品種的小動物衝雲千千齜牙狂吠。

雲千千的心靈受到受到嚴重創傷。雖然她從沒對小動物有過什麼愛心，但也沒想過自己會有被一群小畜生這麼咆哮的一天，顯得好像她有多不招那些心靈純潔的小動物喜歡似的。

原本雲千千已經打定主意要教訓這些寵物一下，讓對方認清究竟誰才是老大。沒想到她這邊沒出手，動物群已經集體掙脫籠子衝了出來；而且隨著一片黑光、黑霧閃爍，這些奔跑中的小動物竟然一個個變身成了俊美邪魅的魔族。打頭陣的那隻小豹子就是路西法變的。

於是街面瞬間混亂。雲千千先躲過追襲，再傳召九夜；後者及時出現，剛為自己老婆險險攔下路西法的一記刺殺同時，銘心刻骨夫妻神秘現身暴動中心……

「其實這是一個誤會。」雲千千擦把冷汗，跟剛剛痛失愛妻而顯得有些呆傻的銘心刻骨解釋。

「呃……」銘心刻骨回神，看看混戰裡那些刀光劍影、魔法光球，尤其場中焦點是以一人之力力抗魔王的九夜……再看看身邊的大肚婆，銘心刻骨也忍不住狂汗：「誤不誤會不重要，我只希望考拉對妳的評價不要更差……」他已經可以想像自己老婆回來後，以死逼他和蜜桃多多斷交的情況了。

難道他命犯天煞孤星?所以才剋妻?

「沒關係，女人嘛，你送她點鑽石玫瑰巧克力什麼的就OK了，很好搞定的。」雲千千安慰銘心刻骨。

銘心刻骨忍不住問道：「為什麼是我送?」又不是他把人害死的。

「耶?難道你想讓我送?……嗯，其實也不是不可以。雖然我沒有想泡你老婆的意思，但如果你這麼堅持……」

「……還是我送吧。」

增援信號已經放出，但是別處的士兵一時還沒辦法太快趕到。鑒於一開始雲千千打算用士兵暴力鎮壓暴動玩家的關係，執事雖不能反抗，但還是陽奉陰違了一把。

所以拖延的結果就是，現在依舊是九夜單挑路西法的局面……說是單挑有些太抬舉九夜了，實際上後者只是勉強不死的處於被動挨打的地位，順便拖住路西法不讓他去害死自己的老婆以及未出世的孩子。

在沒有其他高手支援的情況下，想獨力KO掉一界之主的終極BOSS，這顯然不是玩家目前可以達到的水準。

「啊——魔王啊——聖器!」

「組隊組隊，二戰士缺法師缺牧師……靠，火力坦克不要，那邊有第一高手抗著了，誰在搗亂遞申請呢?」

「攻速隊火熱開組，出手頻率快的優先，搶擊殺判定啊嗷嗷!」

「大家不要慌，據我分析，路西法暫時還不會掛。有沒有陷阱高手和化工人才?有沒有威力比較大的炸彈?」

街面玩家一片沸騰。

雲千千怒道：「這BOSS是水果樂園圈的、水果樂園抗的、水果樂園打的……明目張膽在這議論，你們當我死人啊!?」

「現在關鍵問題不是誰有資格當BOSS，而是能不能幹掉BOSS。」銘心刻骨頭疼道：「再說妳吼也沒用，大家都想要聖器，懷璧其罪懂不懂？」

「我倒是不稀罕聖器，就是不習慣有人占便宜占到我頭上來了。」聖器?那是任務品，別說是搶，就算送給她她都不稀罕……嗯，當然這得是沒神主在後面揮鞭子催她幹活的情況下。

街面玩家經過蠢動、觀望、焦躁，再到最後按捺不住出手。漸漸加入混戰的人越來越多，九夜和水果族們已經無法繼續控制住局面了。好在大家還知道要抗怪得靠九夜，於是很自覺的特意把他勾到非PK對象中去，還有牧師專門負責加血。

即使有一時沒想到的人，在誤傷公用火力坦克之後也會迅速被身邊人暴打鎮壓下去……不然的話，在路西法被磨死之前，第一個上陣亡名單的肯定就會是九夜。

路西法崩潰。玩家他向來不放在眼裡，但是一個玩家和一群玩家之間的區別可不是一點點。俗話說量變引發質變，就算每個人打在他身上都只能強制扣血1點，萬千人齊刷一輪也夠他血條掉上一截的。

雖然自己一個大招打出去能刷掉一片，問題是這片清空了，後面排隊的玩家立即興奮補上，不怕死的依舊繼續保持火力輸出……瘋了，都瘋了!聖器的吸引力就這麼大?

雲千千也崩潰。一開始她只關注路西法的傷害判定問題，擔心被別人搶了BOSS。可是在周圍建築慢慢被逐漸損耗之後，她才恍然跳腳——馬的，這是她的地盤啊!

「住手!快住手!再損害設施的話，本桃子就派城管了!」雲千千抓狂。可惜這點微小的聲音註定只能被掩埋在玩家們沸騰的喧囂之中。而她也只能束手無策，眼睜睜看著自己的城池被炸成一片瘡痍。

「你不要打了，快去把城建隊和防暴軍隊全替我拉來！」雲千千揪了一個胸前別桃子徽章的參戰人員，咬牙切齒道：「把現場參戰的玩家名字全記下，回頭一個個找他們要錢。沒錢的扒他內褲拍裸照！」

她吩咐完後把人一丟，再開通訊器：「九哥先別打，趕緊上天上去。再打下去城裡就要被炸光了！」

左邊是硝煙滾滾，右邊是斷壁殘桓，雲千千心痛得滴血，很有獨愴然而涕下的衝動。

九夜得到傳信後，已經開始努力想轉移戰場，無奈路西法的目標根本不是他。九夜並不是引 BOSS，只是擋在中間對抗 BOSS 罷了。

於是只要他一有想閃的動作，路西法立即拋棄和自己糾纏廝殺了半天的對手，毫不猶豫的朝雲千千衝去；再於是，九夜只好重新擋回來……

「這樣不行，妳先飛上去。」銘心刻骨看半天終於看出玄機奧妙，指點雲千千重新友情客串誘餌。

「又是我？」雲千千指自己鼻子尖叫……她有那麼受歡迎嗎？

銘心刻骨感嘆：「妳得相信自己……」

面對殘酷的現實，雲千千掩面淚奔。

「啊——路西法要跑了！」

路西法果然一直時刻關注雲千千的動向。她一飛上天，路西法就跟著拋棄九夜，拍翅欲騰空而去。

一干玩家跳腳抓狂。打得好好的呢，這路西法說走就走的，怎麼這麼沒有專業素質？

「哪裡走！」九夜也是打得正在狀態，一時沒反應過來，更沒注意到身後蜜桃多多的動向，只以為是路西法不敵欲走，於是當下二話不說的一記落斬劈下。這擊雖然沒打下多少血來，但技能效果倒是發揮作用，直接對準路西法動作的薄弱點，把人家拍回地面。

路西法瘋了。雲千千也瘋了。

搗亂啊這是！

「九哥威武！」只有玩家們很高興，一看聖器還有指望，連忙又是一波波打擊過去，順便歌功頌德大肆表揚九夜之辛勞敏銳……

建築物繼續不斷坍塌中，雲千千跪地撓牆、心碎欲死。這到底是個什麼世界啊？

這麼一會的工夫裡，路西法血條降半。

銘心刻骨眼看好像已經無可挽回了，只能長嘆一聲，上前安慰道：「別難過了……乖，回頭跟他們要重修費就好了。再說反正妳把這邊的店面也租得差不多了，大不了讓業主自己掏錢……」

雲千千哽咽道：「我本來就沒打算替他們掏錢。」

「……」銘心刻骨噎了下，感覺自己好像錯估了雲千千的想法。於是自我反省一下後，他小心翼翼再問道：「那妳這是？」

「花花草草和街面補修也要錢的啊，大哥。」雲千千哭。

「……」那才幾千金……銘心刻骨感覺自己一番心意錯付，感慨嘆息後，決定還是不要管了吧。這損失人家又不是掏不起，她隨隨便便在外面敲詐一筆，哪次不是以千為單位計算的……

路西法一代梟雄，落到今天這樣的境地是從前想都沒想過的。別說這輩子，上輩子他都沒這麼過街老鼠過。

當然，路西法自己也知道癥結在哪裡，聖器可以使用的謠言就是他放出去的。漸漸感到力不從心，眼看好像有在今日當場壯烈的可能後，路西法第一次為玩家的力量感到駭然。

110
刺殺計畫

路西法不僅僅是一個NPC，更是一個舉足輕重的NPC。

他一魔的安危關係著整個魔界的繁榮穩定，更關係著魔界未來的長足發展。如果路西法在這被群眾打去領便當了，那以後要再有魔族之亂一類的活動，該派誰出場帶團？

身為堂堂一個魔王，絕不是想炮灰就能隨便炮灰的角色。其他不說，好歹也要想想路西法的模樣，這麼精品的帥哥得耗費美工多少個不眠之夜啊？他不多出幾次場，讓大家好好養眼的話，那多浪費？小經紀公司打造一個偶像明星都得讓他多走幾次表演，更別說路西法現在比一般的偶像明星還紅……

於是在智腦的意志下……或者也可以理解成是路西法自己識時務的俊傑了一把。

總之，眼看玩家越來越多，火力越來越猛，血條被逐漸打到只剩小半的路西法一不做二不休，不甘的咬牙瞪了雲千千一眼，接著突然從懷裡摸出一個形似奧運獎盃的小金杯往地上一丟……他轉身飄然而去。

九夜沒想到對手突然消失，撲了個空。他四下茫然間，以為自己再次迷路，而且技能似乎有所增長……嗯，這次居然迷出瞬移的境界了……

群眾們也沒想到煮熟的鴨子居然也能飛，同樣茫然。

唯一眼尖又有經驗的就是雲千千，看到路西法隨地亂丟垃圾的同時，「咻」一聲竄出去，飛快撿起地上的金杯往自己懷裡一塞，拉九夜，附耳低喝：「跑！」

「嘎？」

一女拖著一男以迅雷不及掩耳之勢迅速從現場逃竄離開。

直到此時，系統提示才姍姍來遲：「神族聖器由冒險者蜜桃多多獲得……」

現場全體玩家默了，不一會後，一片鄙視聲響徹天空之城：「馬的啊——」

雲千千拉著九夜直接拐回城主府，順便從外面直接拉來一隊 NPC 精英士兵當護寶保鏢，然後衝到彼岸毒草辦公室，把金杯往對方桌上一拍：「聖器找到了！」

彼岸毒草詫異道：「妳……」

「不要問我怎麼找到的，這事情經過說起來太複雜。」雲千千一揮手，打斷彼岸毒草的話。

「我沒打算問妳怎麼找到的。」系統公告提示他又不是聽不到。彼岸毒草抿抿嘴皺眉道：「我想問的是，妳怎麼不直接把東西還給神族？」

「大哥，我還欠神族一個女神官你忘了？」雲千千坐下來，白了彼岸毒草一眼，另一隻手直接抓出通訊器：「天堂？快來快來，我這邊搞定了，帶你去殺師門叛徒。」

天堂行走表示馬上就到。雲千千趁這段時間在腦中預演妙麗遇害過程：「殺她的時候不能讓另外兩個天空神族看出破綻來，還必須做到快、準、狠……不能給他們還手助陣的機會……憑小天天的實力怕是不大行啊。」

「讓九哥上吧。」狗頭軍師彼岸毒草提議。

「九哥殺人倒是沒問題，問題是殺人的必須是小天天……」雲千千抓抓頭困惱道：「要不然，我想辦法先調開那兩個人？」

「怎麼調？」

「這……」所以她才在頭疼啊……怎麼調？直接把人家叫到一邊去是不可能的，到時候聯繫妙麗遇害的事情，兩個天空神族肯定會懷疑。

那麼派個任務出去？可是魔族之亂任務接受了，聖器拿回了，自己除了帶人回去覆命以外，還真沒理由讓人再去幫自己辦事，不然這就是公器私用。

九夜也跟著思考了一會，接著給出意見：「要不然乾脆一起殺了？」

「……」雲千千、彼岸毒草一起轉頭，默然看九夜——這男人太自信了吧？

他們還沒研究出方案，意氣風發的天堂行走就到了。

他一來，見到房間裡三人似乎正在糾結，也沒多想就高興的問道：「是不是在想去哪裡慶祝呢？走走走，一會我請客，龍門客棧天字包廂。」

「這個是當然的。我是頭疼另外一件事。」眼看自己是想不到法子了，雲千千乾脆直接問當事人，希望對方能具有身為一個職業騙子的專業素質，早就定好了方案：「你能不能先說說，等一下你打算怎麼幹掉妙麗？」

「一個女人還不好對付？」天堂行走呵呵笑答道：「我們並肩上，你們只要記得把最後一擊留給我就好。」

雲千千吐血。果然是一個沒腦袋的。「那你能不能說一下，另外兩個天空神族你打算怎麼解決？」

「解決什麼啊，任務又不必殺他們……不用麻煩了。」天堂行走豪氣的一揮手。

「……屁。」

雲千千頭疼，把仍在莫名其妙、搞不清楚狀況的天堂行走趕一邊去了，抓來另外兩個人繼續商量：「還是我們來研究一下吧，主要目標就是怎麼在不引起另外兩人的懷疑下幹掉妙麗……」說到這裡，她看九夜好像不爽，頓了頓後，想了想再加一句：「嗯，當然了，如果可以三人都幹掉也不是不行，這個列入備選方案。」

於是九夜終於爽了。

「咦，為什麼非要瞞著或全殺？只殺妙麗不行嗎？反正任務交完就一拍兩散，回頭有事情也不關我們的事了。難道神主能抓妳回來，把獎勵收回去？」天堂行走聽了一會後才明白癥結所在，鬱悶的問道。

「……」雲千千嘴角抽搐的看他一眼：「他是不能收獎勵回去，但他可以發通緝出來……要是你的手下有人被人白殺了，難道你會看著不管？」

「這個……神主只是NPC，妳實在不必這麼小心……」天堂行走糾結道。

雲千千默然三分鐘後，乾脆轉頭，不想理天堂行走了：「其實想想這任務又不是我的，還是直接帶著人把東西交回……」

「大姐，我錯了！」

天堂行走淚流滿面。這水果顯然是不打算冒險了。不過話說回來，人家確實沒必要白幫自己揹黑鍋……但話再說回來，她以前又不是沒惹過神、魔兩界的大BOSS，把人家都耍到這分上了，根本不差這一樁、兩椿的壞事。難道她還以為人家會對自己有個道德守法的好印象？

如果這是九夜的任務，別說當著神主的面殺人，就是叫蜜桃多多去弒殺神主她八成也會幹……好失落，原來純潔的友情真的比不過純潔的姦情嗎？

彼岸毒草想了半天，終於給出一個比較可行的方案：「不然這樣吧，讓天堂行走帶九哥易容成他師父出面，直接把妙麗的事情捅出來；然後我們裝不知道的樣子，當面讓妙麗把事情解釋個清楚……」

「如果偷東西的事情是神主指使，那肯定不是天空神族可以知道的範圍。我們可以遠點說話，趁機突然發難。如果不是神主指使，那妙麗更是死得理所當然。身為神族竟然還私自做下破壞神族聲譽的事情？天空神族不幫忙清理門戶都算不錯了……」

「唔……」雲千千看天堂行走，問道：「你覺得這方案怎麼樣？」

「我看行。」只要有方案，他什麼都行。反正實在失敗的話，大不了自己再按原計畫孤身闖一次神界好了……天堂行走長嘆。

「我看也行。」雲千千拍板：「那就這麼定了。」

拖了近一個月的任務終於在最後期限內完成，雲千千的心情不可謂不暢快，很有種撥開烏雲見青天的感覺。

這天也更藍了，花也更豔了，就連自己內定豢養的老公人選九夜，看起來似乎都比平日帥上幾分。

接著剩下的時間沒有太大問題，她主要就是養胎等著生小孩。她生完了還得找 NPC 專用技能書，培養屬性用的幼兒玩具，還要僱傭培育成長必備的私人保姆、教師、教練等等等等……

在創世紀裡養個孩子根本不比現實簡單多少，而且還花錢。最可氣的是，連個循序漸進的過程都沒有。

最起碼現實裡的小孩不會一生下來就直接精英教育一路刷過去，還能客串貼心小寵物帶著先玩兩年……

在酒樓包廂接出妙麗和兩個天空神族後，三個NPC一起盯著雲千千肚子發傻，好像那裡開了朵花似的。

雲千千一開始還挺胸抬頭任圍觀，十分鐘後終於堅持不住，擦把冷汗道：「我說你們到底回不回去？老盯著我肚子看什麼啊？」

妙麗感慨道：「幾天不見，妳居然就有了身孕？」

「是啊是啊，不止有身孕，還有神韻……難道妳沒看出來我的女人味越來越濃了？」雲千千自豪的一甩頭。

「……這還真沒看出來。」

打量過癮後，終於滿足好奇心的三個 NPC 這才肯走出包廂。

雲千千假意的帶人邊走邊寒暄：「這幾天辛苦幾位了，要不是你們幫忙的話，聖器也沒那麼容易找回來。」

三個神族一起汗顏：「哪裡哪裡。」

自己幫忙個屁？除了跟著出去圍觀幾次之外，其他時候他們都是在各個酒樓的各個包廂度過的……忙是沒幫上，倒是對各個城市的酒樓服務品質有了一定了解。說不定年終考評的時候，他們還能被調去當酒樓老闆……

雲千千出門，上路。她走到一半，按預定計畫，天堂行走出場，身後還帶著再次友情客串的九夜牌老騙子。

「站住！」天堂行走裝模作樣的把人攔下：「罪惡之城通緝臨檢！」他說完，還掏出身分牌晃了晃證明身分。

三個神族隨從一頭霧水，只能面面相覷。

雲千千故作驚訝，熱情的上前搭話：「哎呀，這不是罪惡之城副城主嗎？你好你好，歡迎你們到天空之城旅遊參觀……能不能問一下，你們要檢查什麼？」

「我有私人問題要問你們隊伍後面那女人，麻煩配合一下。」天堂行走看著妙麗的方向，意味深長的一笑，嘿嘿道。

妙麗先是皺眉，接著像是想起什麼，突然變色：「有什麼好問的，我們是天空城主的隨從，你們想冒犯天空之城嗎？」

天堂行走張張嘴還沒說話，雲千千已經大義凜然道：「小麗，話不能這麼說。我們天空之城未來的發展路線是友好中立城市，所以不管對待什麼勢力的要求，都必須秉承公平、公正、公開的處理態度。再說，本城主一向謙遜有禮、以德服人，妳身為本城主的隨從，怎麼能對客人這種態度！」

「……」妙麗被噎得幾乎吐血。謙遜有禮個頭！妳要是都能謙遜有禮的話，這世界該得有多麼和平美好！

雲千千一臉真誠信任的凝視妙麗，道：「去吧，我相信罪惡之城找妳肯定是有重要的事情。我們會在這裡等妳回來。」

「……那我萬一要是回不來呢。」

雲千千越發真誠的說道：「好說大家也來往一場，我一定會為妳討回公道的！」

「……」不用，只要妳以後離我遠一點。

妙麗滿頭黑線的跟著天堂行走與九夜去了另外一邊說話。

雲千千身後的兩個天空神族果然厚道，看同族同伴被帶走，兩人都是一副關心的樣子。要不是礙於雲千千沒有表示，說不定兩人早就出手了。

「別擔心！」雲千千臨時冒充神棍，大方的安慰兩個天空神族：「神的光輝無處不在，她一定會得到保佑的！」

「少來這套！」兩個天空神族心情激動，忍不住以下犯上了：「這種虛無縹緲的東西都是拿來糊弄外行的！」

「……受教！」

本來以為一定會有一場廝殺搏鬥，雲千千都做好拖住身邊兩個天空神族的準備了，甚至還準備了一整套冠冕堂皇的說詞，預備等一下拿來運用。

可惜她等了老半天，那邊交談的三人卻始終只是交談，一點沒有翻臉開打的跡象。

雲千千抓心撓肺、磨皮擦癢，差點都忍不住丟個雷過去幫他們開頭了。她又強忍十分鐘，妙麗居然安然無事的走了回來，沉默歸隊。

「談完了？」雲千千差點尖叫，眼珠子都快瞪出來了。

這是怎麼回事？不是要殺了她？

妙麗淡淡的「嗯」了一聲，顯然沒有再解釋的意思。

雲千千只好把視線投向天堂行走，卻見後者對自己這邊搖了搖頭，緊接著一個通訊飛進來。

「把人帶走吧，暫時不殺了。」

臥槽！你以為這是家裡豢養牲畜嗎？今天肉夠，暫時不殺豬了，等過陣子沒吃的再宰……

雲千千莫名其妙的回訊息：「確定？」

「確定、一定，以及肯定。」

「……好。不過以後再想殺了可別找我，機會就今天而已。」

「唉，你們走吧。我回去再確認下第二環的任務，這 NPC 城府挺深的。」

丟下不明不白的一句話，天堂行走揑傳送石閃人，留下不遠處九夜扮演的老騙子和雲千千大眼瞪小眼——現在怎麼辦？誰帶九夜走？

對視一分鐘後，考慮到不能讓自己的計畫失敗，雲千千終於還是不敢上去和人相認。她的嘴角抽了抽，裝作沒看見九夜殷切的目光，甩頭走人：「來吃狗，回去覆命！」

九夜被孤單的丟在大街上，四顧茫然，滿頭黑線。一陣西風吹過，在他腳邊蕭瑟的打了個圈，帶起片片枯葉，襯得場景格外淒涼——唔……這條路是通向哪裡？

回到神主處交還聖器和隨從後，歷時一月的折騰終於算是劃下了句點。雲千千無債一身輕，狠狠的鬆了口氣。

畢竟每天被神、魔界的兩大巨頭盯著的日子不是好過的，壓力巨大不說，關鍵是不管幹什麼都有人想搗亂，雖然能不能搗亂成功是個未知數。

但常言說得好，不怕賊偷，就怕賊惦記……

唔……不過話又說回來，有壓力才有動力。突然沒事情做的日子真的很寂寞，難道未來的日子裡，自己真就只能等著生孩子、養孩子？

好吧，她決定了，沒事就去找點事來。反正她還沒去帝國聯盟遞交申請呢，現在先去弄到身分也不錯。

雲千千挺著大肚子傳送回大陸。她先去蒐集四主城城主推薦函，證明自己乃是純正堅定的無黨派人士，接著寫下保證書，表示自己絕對不會在未來的日子裡加入神魔任何一方陣營。最後她繳交手續費，買了個最初級的聯盟徽章，別在胸前一隱藏──嗯，搞定，可以去殺神、魔累積功勳了。

正好彼岸毒草發來訊息：「九哥呢？你們任務還沒搞定？」

雲千千這才想起被自己遺忘在大街上的九夜，一拍腿驚呼：「靠，我把他忘在街上了。」

「……」對面一時無語。彼岸毒草死死忍住罵人衝動，許久後才咬牙道：「趕緊把人帶回來！」他頓了頓後又補充：「妳也一起回來，要開會！」

所謂開會，其實只是小範圍內的有限幾人碰頭，商量的事情也並不重大，就是關於燃燒尾狐職業升級的一環任務……

天天有國家大事重要攸關，一個不慎重對待就會分崩離析、會毀人亡的那叫小說。小說高潮就得一波接一波，主角像通關RPG似的一路吐血升級，打敗敵人無數，彷彿一夜之間全世界人都看不起他或要和他作對似的……而實際上，誰的人緣、運氣如果真能差到小說主角這種分上的話，已經可以自我銷毀去了。

活得那麼痛苦，這日子還用過嗎？

「九哥，你終於來了！」燃燒尾狐激動上前，歡迎主要打手入場。

「哼！」雲千千被無視，分外不爽。

燃燒尾狐反應過來自己說錯話，連忙補救：「哎呀，桃子姐也來了！」

「嗯，來了。」這種恍然大悟、猛然察覺的語氣是什麼意思？脫離燃燒尾狐熱情的握手歡迎，雲千千拉著九夜到一邊坐下，問彼岸毒草：「任務是怎麼回事？」

「還是讓狐狸自己說吧。」

燃燒尾狐接到彼岸毒草示意，連忙坐正，整肅表情開始說明：「事情是這樣子的……前幾天我回族裡，長老說我現在的等級已經可以轉職，需要做任務鏈。可是這個任務鏈卻比較麻煩，需要找到四個非失落一族的占卜宗師級NPC為我進行祝禱……嘿嘿，妳也知道，我對NPC哪有那麼了解啊，所以才想請各位幫忙打聽打聽。」

「龍門客棧，尋人收費按難度算，宗師級一般收費是400金一人。天機堂比較便宜，尋人收費一人300金。看在我面子上，胖子應該還能打個八折。」雲千千給出兩條選擇：「你自己看看比較中意哪一邊？」

「……有沒有更便宜的？」

「有啊！」雲千千指指自己道：「尋人收費一人200金……先錢後座標，找不到全額退款。」

燃燒尾狐吐口血：「有沒有再再便宜點的？」比如說免費？

雲千千看燃燒尾狐一眼，嘆口氣，拍出一張合約，說道：「把這簽了，你的任務免費幫你過。」

燃燒尾狐大喜過望，連忙抓起合約，剛掃到第一行即想昏迷：「和天機堂的終身僱傭合約？」而且被僱傭價格還這麼低……他就算隨便找個小工作室出場占卜都從來沒拿過這麼低的身價。

「首先你是有求於我們，我們幫你獲得更高勞力；相應的，你自然也得付出一定代價。」雲千千耐心安撫：「而且這合約上並沒有限制你在其他地方打工。說白了，也就是我們幫了你的忙，你作為報答，以後也幫我們的忙……其實你可以換個角度想，就算不簽這份合約，以往哪次我要你占卜的時候給過錢？好歹現在還開始發薪水了……」

彼岸毒草也抓合約大致掃過一遍，沉吟一會後問道：「你們主要是想抓狐狸去當個活廣告吧。」

「還是小草聰明。」雲千千讚許點頭：「廣告效應確實是其中一個原因。」

「那另外一個原因呢？」燃燒尾狐好奇。

雲千千還沒回答，彼岸毒草已冷笑道：「作為你的介紹人，每筆發給你的薪水中所節省的部分她可以提取一半分成！」這傢伙用這一手騙了不少人上賊船了，他還不知道她是個什麼貨色？

面對燃燒尾狐憤怒的臉色，雲千千連忙聲明：「我會請你吃飯的！」

111 占卜宗師

錢，燃燒尾狐不是拿不出來。

雖然貴了一些，但人家怎麼說也是在各大小工作室表演已久的神棍，賺取的佣金不能說非常多，付個帳倒還是沒問題的。

可是話又再說回來，既然有免費的，誰還願意掏腰包？

不就是一份合約嗎？就像蜜桃多多親口說的那樣，多少次她拉自己幹白工自己都去了，也不差這順帶的一次、兩次……呃，十次、二十次？

再說合約上只說讓他和天機堂簽約，實際上並沒強制規定必須要做多少事和出多少力。說白了，這也就是一個人才登記，可能順便還了帶點拿他打廣告的意思。

再再說了，蜜桃多多此人的人品有口皆碑……

男人嘛，有時候就得對自己狠點……深思熟慮後，燃燒尾狐眼含熱淚的簽下賣身契——俺是大男人，大男人不跟一個小心眼的女人斤斤計較……

轉手召來使魔把簽好的契約送出去，雲千千拍胸脯保證道：「放心吧，找NPC這麼小的事，三天內一定有回音。」

彼岸毒草見沒自己的事了，拉著九夜出去帶人刷公會任務。身為副會長的他可是沒正會長那麼閒，人家能推卸責任，自己可是找不到人推。

「桃子。」燃燒尾狐看人走出去，現場就剩自己和雲千千，想起一件事情，連忙湊上來說道：「雲翔那邊好像準備動手了，這三天大概就會有人跟妳聯繫……妳確定真的要加入工作室？」

「這得看他們開的價是多少……」雲千千拍拍肚子說道：「馬上是拖家帶口的人了，我總得幫孩子準備點奶粉錢吧。」

燃燒尾狐鄙視一眼道：「就妳以前幹的那些勾當，別說養個小屁孩，就是養一個幼稚園都沒問題。難道妳還打算用龍奶餵？」

「莫非還有人會嫌錢多燙手？」雲千千反鄙視。

「君子愛財，取之有道……」燃燒尾狐最近越來越喜歡打禪機，很唏噓、隱晦、委婉的表達了自己的擔憂：「有時候形象問題也是需要重視的。」

第一公會大會長去一家算不上很有名氣的工作室打工？知道的人說這是蜜桃多多想賺錢想瘋了，不知道的還得以為水果樂園現在有多落魄，說不定把水果族當成是雲翔產業也不是不可能的事。

雖然自己和雲翔的合作時間也不短，但他是孤家寡人、無牽無掛，蜜桃多多卻是真正揹了一大家子公會的臉面出來討生活……

「水果族最具代表意義的形象就是沒形象，名聲於我如浮……靠！」

雲千千說到一半突然跳腳，一手捏通訊器，另一隻手抓燃燒尾狐激動道：「你走運了，胖子說他手頭正好有現成資料，我們快去請人。」

「請人就請人，妳那麼激動幹嘛？先放手！」燃燒尾狐手舞足蹈。

雲千千欲哭無淚道：「不激動不行啊。小草剛拉九哥出去準備帶團刷任務，再不快點把人截回來我們就沒打手了！」

英雄末路，孕婦遲暮……馬的，早知道屬性削弱那麼束手束腳的，還不如不懷孕……

頂著彼岸毒草快要噴火的殺人目光，雲千千和燃燒尾狐終於在團隊出發的前一刻成功截走九夜。水果樂園頻道內因此引發一片哀鴻，紛紛指責會長的不仗義。

倒不是說沒有九夜大家就做不了任務，但技術這麼好、實力又這麼高的高手帶隊可不是平常能碰上的待遇，能省心省力誰不樂意啊，偏偏會長那麼不夠力……

混沌粉絲湯提供的第一個占卜宗師住在某名為利維聖戈爾的喧囂大城。照理說，這人既沒隱居鄉野也沒避人耳目，那麼顯眼閃亮的一個目標實在很應該早早就被暴露出來了才對。可是人家不走尋常路，在該城中 COS 落魄吟遊詩人，成天吃飽了沒事幹，就愛在城中心或各大街頭唱歌報喪。

他今天唱唱哪裡要天災了，明天哼哼哪裡又有人禍了，雖然歌唱功力也算不俗，但吟唱的內容就怎麼聽都讓人有種出門不看黃曆、慘遇喪門星的感覺。

因為這個緣故，此宗師到處受人嫌棄。據無聊人士統計，其一共被城內的城市綜合執法糾管騎士隊——簡稱城管隊——驅逐了十七次、被利維聖戈爾城市文明辦公室開罰單二十九次、被城市環境管理組以噪音過量緣故逮捕四十四次、被路上小朋友受父母教唆砸石頭無數次……

被人討厭到如此程度，讓該宗師也有了不小的名氣。以前雲千千都曾經好奇去參觀過，先不說內容，對方嗓子倒是真的不錯，再加上有股滄桑老男人的成熟風韻，再再加上那天正好雲千千剛幹了票大買賣、心情燦爛……於是她還很難得的準備打賞人一個銅板。

結果宗師抬頭發現雲千千，面帶憐憫的說了一句話，就讓打賞當場泡湯了。

當時人家是這麼說的：「那位叫九夜的男人真是一個勇士。」話的內容看似讚揚，但配上那副悲天憫人的表情，雲千千哪能猜不出他是個什麼意思？潛臺詞不就是說九夜遇上自己是倒了八輩子楣嗎……

於是某水果不爽了。退一步說的話，就算人家沒那個意思，是她以小人之心度宗師之腹，但只要是自己不爽了，別人就也別想爽。

再於是，此桃當街暴走，挽袖子抄棍子直接把人揍成豬頭，末了隨手送給路過的城管騎士隊，還破天荒的獲得了來自騎士隊的感激和讚賞。

第一次被NPC這麼真誠的誇獎耶！於是雲千千又爽了，世外高人般飄然遠去……輕輕的她來了，正如她輕輕的走，揮一揮衣袖，只留下一個豬頭……

「回想當年，那男人好像真是有些本事的。」雲千千把自己和宗師之間那曾經的恩怨情仇以緬懷的語氣回憶了一遍，接著感慨道：「雖說他看人的眼光有問題，但是不得不說，能算出我和九哥緣定三生，這就是一種實力。」

九夜第一次聽說這段故事，當場無法言語，保持沉默，表示壓力很大。

燃燒尾狐壓力更大，一頭冷汗狂下，結結巴巴道：「要要要不然我還是自己去？」帶著這麼一個人在身邊，回頭要是宗師見到仇人分外眼紅的話，自己還請得到個屁的人？

「不拿我當朋友了是不是？」雲千千生氣道：「不管怎麼說，我也是見過那宗師的，幫你認認人不費多少工夫。要不然你單拿一個名字過去得打聽多久啊……啥都別說了，大家那麼好的交情，你還跟我客氣個屁！」

燃燒尾狐欲哭無淚，明媚憂傷四十五度角抬頭望天——馬的，沒人跟妳客氣！

「哇——居然有人來請亞瑟斯耶！大家快去亞瑟斯的小屋看熱鬧！」

利維聖戈爾某街道中，一群 NPC 興奮積極的朝同一方向衝去，鬧鬧嚷嚷的一陣喧譁。亞瑟斯即占卜宗師之吟遊詩人的名字。

雲千千奇怪的轉頭問身邊二人：「我們才剛到，這些人怎麼消息這麼靈通？」

燃燒尾狐擦把汗，再擦把汗，不安的假設道：「該不會是有人搶先一步？」

雲千千愣了愣，繼而聽出燃燒尾狐話中語意，勃然大怒道：「本桃子看上的人居然還有不識相的敢搶？」

燃燒尾狐的任務是尋人，但從沒人說過他要尋的人就一定會乖乖讓他尋。任務都是有難度的，尤其是轉職這種隨機性以及運氣成分影響很大的任務，更是有可能刷出不下於S級的難度。有可能找到 NPC 了，對方卻出問題刁難；或者尋找對象是某正在坐牢的重犯，得玩家去劫獄救援；再或者自己是尋人接人的任務，卻有人領到了反向雙向任務要殺那人；再再或者……

總之，以最大的惡意去猜測智腦設定的任務邏輯肯定不會錯。這是雲千千幾年創世紀生涯中累積下來的血淚教訓。

「根據我的分析，既然剛才那些圍觀黨用了『請』這個字，亞瑟斯暫時應該是不會有什麼危險的。」

雲千千冷靜下來，迅速分析：「關鍵問題是請人的究竟是玩家還是NPC……」

如果是玩家的話倒好辦。亞瑟斯不可能這麼配合玩家，要請宗師出山肯定會被好一通折騰，緩衝的時間不是沒有的。就算亞瑟斯一被請就乖乖配合，自己這邊有九夜在場，隨便堵個路把人滅了，直接截道劫人也不是不行的。怕就怕那些來請亞瑟斯的是NPC……

唔，以對方花見花敗、人見人踩的往日人品來參考的話，這個可能性應該不大吧？NPC找亞瑟斯一般都是用「抓」這個字才對……

「NPC不可能，應該是玩家。」雲千千想到的事情，燃燒尾狐也想到了：「要嘛就是有人也接了和我差不多的任務。要嘛就是有人發現了亞瑟斯是占卜宗師，想壟斷這條資源。」

「走！去看看是誰搶我們的人！」雲千千興致勃勃，不打算繼續深入思考拜訪人的問題了，她現在就想去湊熱鬧，順便看看能不能砸一、兩個場子玩玩。

膽敢桃口奪人？不要命了吧！

跟著大批NPC人潮，十分鐘後，三人不費吹灰之力見到亞瑟斯，同時也看見了那個據說來請亞瑟斯的人。

「先生，我們開出的條件已經很優厚了，只不過是請你幫忙占卜一下而已，這對您來說應該不是什麼難題吧？」一個俊美中年男子在路人們圍觀中笑呵呵的看亞瑟斯，半眯的眼中目光森冷，顯然不是什麼好性子的軟腳蝦。

這個人也許別人不認識，但雲千千很熟悉。

「……走。」雲千千擦把冷汗，剛到現場還沒落地就轉身想跑。

「咦，為什麼？」燃燒尾狐連忙叫人，順便伸爪抓住她的胳膊：「不要跑啊桃子，這是我的任務耶！最近我又哪得罪妳了，妳這麼討厭我？」眼看人都在眼前了，她現在說走是不是有點不給面子？

「大哥，改天吧好不好？」雲千千淚流滿面的垂死掙扎：「來找亞瑟斯的這位是三魔神之一耶。你想死也不要拖累人……」

燃燒尾狐倒吸口冷氣，大驚。還不等他說些什麼，兩個正處在路人包圍中的當事人已經發現這邊動靜。

亞瑟斯看到失落一族的冒險者，眼前一亮，連忙揮手道：「是來找我的嗎？啥也不說了，你快帶我走吧！」

魔神中年男眼中注視的，則是那個把魔族折騰得雞飛狗跳的雲千千，於是他眼前也一亮，也一揮手……一片火焰從地上突然騰起，席捲著向外一層層舔噬，朝著雲千千三人方向燒了過去。

縱火魔神還在後面咬牙配音：「把魔王還給我們！」

「誰拿你們魔王了？」雲千千生氣，一邊抓人逃竄的同時一邊回頭喊：「別亂說話，我老公在呢，不要誣陷人！」馬的，簡直是明目張膽的誣賴她紅杏出牆啊！

魔神咬牙道：「魔王自天空之城消失後就突然失去了信號，妳敢說與妳無關？」

失去信號？你是雷達啊？

「老娘就敢說與我無關，你咬我？」逃到安全範圍，雲千千叉腰仰天哈哈大笑。魔王失蹤了？嗯，這真是個好消息……還是壞消息？

突然意識到現在不是高興的時候，雲千千忍不住打了個冷顫。

不對耶，敵人在暗處好像比在明處更難纏。

如果是重傷不癒、行動不便也就罷了，怕就怕他根本沒事，躲在暗處伺機而動……自己該不會哪天就碰到魔王親自出馬暗殺吧？

想到這裡，雲千千欲哭無淚道：「你們主子不好好回去做魔王這個很有前途的職業，學人家離家出走幹嘛啊？」

「老子知道個屁！」魔神怒，手托一把黑火蓄勢待發：「不把魔王還來就休想離開，小心我魔族百萬大軍踏平妳的天空之城！」

雖然亞瑟斯是占卜宗師，但既然眼前有個更可能清楚自己老大行蹤線索的人，他又何必捨近求遠，非和一個男人在這裡囉嗦商量？

「靠！山中無老虎，你這個猴子跑出來裝老大！」

臉面沒有了可以，但是想動她家當就是萬萬不能……屎可忍尿不可忍，雲千千也怒了：「九哥，幹掉他！」

九夜微不可聞的輕嘆一聲，手一抖，袖管中落出雙匕溫馴的滑入手心……上吧、上吧，搭公車都要讓座給孕婦呢，更別說打架……

「修羅血刺。」

代表全創世紀最高存在的九夜一出手，那就是天昏地暗、日月無光。

「哼，暗黑天幕！」

魔神不敢大意，甩出武器準備反抗——不管怎麼說，人家也是能擋得住自己老大的人物，一對一的話對方目前肯定還打不過自己，但旁邊還站了一個同樣厲害且人品無下限的蜜桃多多，萬一人要是偷襲……

「趁現在，我們趕快溜！」人品無下限的雲千千壓低聲音，小心翼翼的跟燃燒尾狐耳語。

魔神：「……」

九夜：「……」

場面瞬間滯了滯，兩個蓄勢待發的技能突然一起消弭於無形。

當雲千千發覺不妙回頭時，只看見本來正要打起來的兩人齊齊轉頭、無語瞪著自己，於是她很快明白過來是怎麼回事，尷尬抓頭道：「你們聽力真好，啊哈哈……呃，其實我只是想開個玩笑，活躍下氣氛……」她說話聲音越來越小、越來越小，最後終於聽不見。

魔神、九夜依舊沉默。區別只在於前者是一頭冷汗，後者則是一頭黑線。

「咳。」眼看好像沒人願意接話，雲千千臉紅乾咳一聲再打破沉默：「好吧，其實大家有什麼話可以坐下來慢慢談，何必打打殺殺呢……狐狸，你先把亞叔帶走。魔神大哥，不知道你介不介意請我們夫妻喝杯茶？」

燃燒尾狐早想離開這個是非之地，聞言連忙拉上亞瑟斯閃人。

魔神一看，現在自己只剩一個人可以選擇了，而且還不能用威脅的。沒有辦法，只好改利誘。於是他臉色不好的點頭道：「你們跟我來。」

圍觀 NPC 指指點點場中三人。魔神這時才發現周圍觀眾，老臉一紅，很是尷尬。

雲千千善解人意的幫忙清掃現場：「別看了、別看了，再站這裡妨礙交通，我就叫城管了啊。」不管是現實還是遊戲，城管大隊在普通民眾們心目中都是絕對的禁忌，是不可侵犯和反抗的存在。

圍觀群眾一哄而散。

魔神點點頭，轉身帶路：「請跟我來。」

魔族確實打算在大陸落腳發展了。身為一方大陣營，他們不得不在大陸上留下些人手來設立辦事處，相當於外交大使館。只不過神、魔們需要的活動範圍大，行事也沒那麼友好，所以圈下的地盤更準確說應該叫殖民地……

因此也能了解大陸君主為什麼要跟神、魔作對，成立帝國聯盟專門剿殺神、魔二族了。如此囂張跑到別人地盤圈地的種族，哪怕它聲望再高、名聲再好，歸根結柢也是個異類……非我族類，其心必異。

除西華城外，利維聖戈爾作為二級城市，也成了被魔界看上的駐腳點之一，前陣子剛剛交涉完畢，歸為魔屬城。相對應的，魔族在這裡也有了部分產業，其中就包括一間設施豪華的飯店。

「這位好心的帥哥，談事情之前能先給一口吃的嗎？」一進飯店坐下，雲千千第一時間抓菜單，眼巴巴看魔神。

魔神嘴角抽搐，良久後嘆氣道：「點吧。」

作為一個有身分、有水準的高級魔族，他突然感覺自己等魔以前和眼前這女人拚死拚活較勁實在是件很沒意思的事情。自己覺得大恨深仇，人家根本不當一回事；自己對人橫眉怒目，人家照樣笑嘻嘻的沒臉沒皮……明明是不死不休的敵對關係，突然一下子又發展到同桌吃飯，而且還是自己請客……

魔神淚眼無語，看破紅塵般對窗外遠目遙望：老大，這地球的人太沒有原則了，我們還是回魔界吧……

高級飯店就是有效率，不到十分鐘就上了滿桌子的菜。

雲千千心滿意足的夾了幾筷子，邊吃邊問道：「說吧！你們找我想做啥？」

「首先我想糾正一個問題。我本來找的是占卜宗師亞瑟斯。只是因為妳阻撓，所以後來才不得不臨時換人……」

「那你意思是沒有我的事？」

「……再糾正一下，現在是妳欠我們一個人情，所以不是沒妳事，只是並不是我們求妳，而是妳該還的！」魔神嘆口氣，感覺萬分頭疼：「這些問題都不重要，重要的是妳現在必須幫我們找回魔王陛下！」

雲千千奇怪的看魔神問道：「既然不重要，你還和我強調半天幹嘛？」

魔神無語。

九夜哼了聲開口：「如果我沒猜錯的話，他的意思是這件事做完不會付妳任何報酬。因為是妳欠他的，而不是他求妳的。」

「沒錯。」魔神點頭。

「隨便吧、隨便吧！」雲千千不耐煩的揮手。

沒報酬就沒報酬，自己撈好處從來看不上任務報酬這點零碎毛利，最大的收穫向來都是在過程中。

魔神滿意：「那請問一下，妳打算怎麼幫我們找回魔王？大概需要多少時間？」

雲千千放下筷子，想了想反問道：「我也想問一下，任務過程中的花費可以報銷嗎？」

「不可以！」魔神堅定搖頭。

「哦……」香蕉的！看來只有靠自己，不能去找龍門客棧和胖子要情報了。雲千千沉吟一聲後，緩緩說道：「既然不報銷的話，那時間就說不大準了，少則三、五天，多則三、五年……」

「請盡量以耗時少的標準為主，畢竟界不可一日無君。魔界君主長時間不出現的話，說不定會發生什麼動亂，更說不定也許會有激進分子衝上天空之城找您要人……」魔神比較委婉的表達了自己的威脅。

112 生了個蛋

雲千千的妊娠期已經進入第七天了，現在相當於七個月大的肚子。如果是現實生活的話，現在她就得多睡覺、多吃東西，有事沒事聽聽音樂、摸摸肚子玩胎教什麼的。

但這是遊戲，所以雲千千挺著大肚子照樣得出去衝鋒陷陣，順便搜尋蹺家魔王。

天上沒有，地上沒有，莫非是在海裡？

幾天來，上天入地在滿世界竄了個遍，雲千千越來越疲憊。路西法如果要真跑到海裡去的話，那事情可就越來越難辦了。

海外多大啊，多少公國小島還有什麼百慕達三角洲、海外仙山之類的特殊地圖都在海裡四面八方散著。玩家就算拿著攻略去一一探索，十年八年都未必走得遍；更別說遇到什麼小副本、小劇情的話，那耗費的時間就更不是一天兩天、一週兩週能搞得定了。

根據遊戲官方透露出來的資料，哪怕是前輩子雲千千被電回來之前，海域地圖都只被探索了不過十分之一左右。要在這茫茫大海中找一個渺小到不行的魔王……雲千千對這個無情、無恥、無理取鬧的世界徹底絕望了。

「接下來你們打算去哪找？」燃燒尾狐這幾天時間裡把自己轉職任務搞定，終於抽出身回來幫忙。轉職一完成，現在人家可就不是昔日的神棍了，現在他是個高級神棍。

天、地、人三算，燃燒尾狐終於也爬進了地算的境界，上知天地萬物，下知世情俗態，搖身一變，終於從失落一族中的最底層混上了中級階層人物。至少在那陰盛陽衰的地方，那群母系氏族的老女人再也不會拿人家當小白花似的弱男子了，不僅給予了相當的尊重，就連武器都幫他配備了更高級的。

除了必備的銅板變成古金幣外，燃燒尾狐手裡還多得了一本預言之書。除用於預言占卜外，還可以操縱預言之術進行戰鬥。用網遊體系來劃分的話，這就是詛咒控制系，比如說虛弱、遲緩、損血之類的。根據燃燒尾狐自己悄悄透露，他判斷該技能練到最高級時應該能咒人不舉……

當然，雲千千純粹當他在放屁。最簡單的一條，社會道德輿論根本不可能允許玩家在一個遊戲裡面舉得起來。

「先不急。」雲千千低頭看了眼自己的大肚子，一臉可憐相的說道：「還三天就得找教堂生了。萬一那時候剛好漂在海上，耽誤生產變成死胎怎麼辦？」

燃燒尾狐的眼睛亮晶晶道：「聽官方說，做小孩子的教父有額外屬性祝福，可以持續到孩子成年……」

「你就別想了。」雲千千鄙視道：「早有二十多人排隊要做我家小鬼的教父，個個身分、地位、能力都比你高。」

孩子教父也不是隨便選的。作為教父的玩家有哪項屬性和技能等級最高，就有一定機率祝福影響到孩子身上。而神棍的技能有個屁用?雲千千打算直接把小孩打造成暴力打手。所以教父一定得強悍,而且是非常強悍。

燃燒尾狐鬱悶道:「怎麼說也是自家人,肥水不流外人田嘛。」

「要嘛你把智慧或力量的任意一項在三天內練到 300 以上,這樣我可以考慮讓你當教父。」

「這……我這職業固定傷害,所以我一般加的是體防……」

「那你就別想了。」雲千千很乾脆的拋棄燃燒尾狐。

燃燒尾狐抓狂,很抓狂,當場以消極怠工為籌碼,威脅恐嚇雲千千改變主意;並聲稱如果不讓他當孩子教父,以後就不幫她繼續白算情報,更別想透過他再監聽窺探他人等等。

雲千千大義凜然,表示自己威武不能屈,堅決不向惡勢力妥協。對方如果不幫忙,她就找一隊狗仔天天跟著燃燒尾狐,把他的生活作息全部曝光,還要拍下對方在失落一族裡做任務、學技能時的生活片段,讓大家了解一下關於本世紀最後一個生活在母系氏族裡的小男人是怎樣的境況。

就在兩人正互相牽制、互相威脅的時候,正好旁邊九夜看完海圖、傳完通訊,過來發話。

「無常會帶人負責魔島附近海域一千海里內的搜查,龍騰也願意幫忙搜尋那片海域以西的一千海里,銘心刻骨負責魚人領地附近,我們幾個去百慕達三角洲。」

「其他地方不去看看?」雲千千放下和燃燒尾狐的爭論,關心的問道。

九夜把海圖遞過去,指著圈畫在上面的那些區域:「其實妳也可以看得出來,這些海域是我們目前已知探索過的所有地方了。尤其是魔島和百慕達最有嫌疑……其他地方根本不容易搜索。沒有線索頭緒不說,範圍也太過大了。所以如果這些地方都找不到路西法的話,我建議還是直接花錢買情報。」

頓了一頓,似乎想起雲千千寧死不花一毛錢的吝嗇本性,九夜皺了下眉,還是又加了一句話:「放心,情報費用我報銷。」

「九哥……」雲千千眼淚汪汪的感動抬頭看自己選的老公。真是個好男人啊！關鍵時刻就得挺得起來，這才是男子漢。

九夜打了個寒顫，乾咳一聲，連忙轉身走人，邊走邊吩咐：「其他人現在就行動。考慮到妳的情況，我們三天後生完孩子再出發，妳把孩子的玩具教材和保姆什麼的都先買好，準備準備一起帶上船去。」

「……哦。」嘖，她差點忘了，這好男人現在還不能完全算是自己的。

兩人之間的情侶關係還沒確立，更有無常這個護花狼犬在旁邊虎視眈眈，隨時準備在自己二人之間挑撥離間，真是一刻都不容鬆懈……雲千千幹勁滿滿的握爪。牆角尚未挖到，還得繼續努力啊！

計畫是打算得好好的，三天後才出發。可惜計畫永遠趕不上變化，第二天早上的時候，魔神就親自上門找人來了，說是在百慕達方向感應到一些微弱的信號，魔王有可能在那裡，所以希望雲千千幾人去看看究竟。接著他不管三七二十一，直接把三人打包丟上船；正好三人都在同一個小攤上吃早餐，連分頭去找人集合都不必。

船上水手都是魔族的人，負責開船的船長是一個小魔將頭目，據說還是當年魔族從海外魔島入侵大陸時，負責在旗艦上開船領航的老資格。

雲千千連跳海都沒來得及，船隻就違反物理原理的直接從靜止加速到五十節每小時，超越了航空母艦，差點趕上火箭。

三人一個愣神間，不一會的工夫就見到港口變成了海天之間一道小小的黑線……

「馬的，這是綁架啊！」雲千千滿頭黑線。

燃燒尾狐嘴裡叼著臨被丟上船前搶救下來的包子，直接坐在甲板上，抱著預言之書一通狂翻。最難能可貴的是，在口中已經被塞滿的情況下，居然還絲毫沒有影響到他講話：「據資料顯示，百慕達離我們有三千五百多海里，照這速度看來的話，大概需要將近四十個小時才能抵達。」

雲千千小臉一白：「本桃子還有四十小時就生了啊！」

「啪！」燃燒尾狐把手中書一合，抓下口中包子緊咬幾口吃光，再舔舔手指，最後才一臉憐憫的拍拍雲千千肩膀安慰道：「沒錯。如果運氣好的話，一到了百慕達剛好能讓妳下船生孩子。」

「呸！」在魔鬼三角洲生孩子？他吃傻了吧？

雲千千怒，大怒：「太欺負人了。不行，我得和船長說說去。怎麼也得讓我生完再出發啊！」實在不行，就讓另外兩人跟船走，她自己一個人留在大陸生孩子也行。反正有夫妻傳送可以用，生完了她再直接過來也不是不可以……

當然，船長是不會同意這個看似合理的要求的。身為一個被對方耍過多次的魔族，老船長對雲千千也算是有一定了解；再加上上船前魔神老大的諄諄警告，一再嚴肅重申讓所有魔絕對不能聽信對方的任何花言巧語，反正到了地方把人往海裡一丟就算完事，到時候她不想去也得去。

於是如此這般，在雲千千哭訴、哀求、打滾大鬧、威脅、利誘等等手段輪番上陣中，老船長巍然不動，堅挺的守在船長室內，說不鬆口就不鬆口，打死不肯送人返航。

反正船上有結界封印呢，就是為了避免某人妄圖傳送或跳海逃離而特意準備的。她鬧由她鬧，清風拂山岡；她跳任她跳，明月照大江……靠！咬人？這女人是泰山轉世啊？

真的勇士，敢於面對淋漓的鮮血。

老船長黑著臉、抓著印滿牙印的胳膊，把雲千千趕出船長室。砰的一聲關上艙門，他吃飯、休息都在這一畝三分地裡解決了。

到第二天半夜抵達百慕達三角洲海域後，老船長直接開啟結界驅逐功能，把三人從船上一彈，揮手開船走人。

雲千千泡在海水裡，看著大航船揚帆離去，那叫一個欲哭無淚。

「怎麼樣，快生了？」九夜還算有點良心，游過來關心了一句。

看了眼個人面板上的時間倒數，雲千千黯然淚下：「就剩半小時了。」

「當務之急是趕緊找到陸地，而且還得找個教堂或牧師……雖然我個人認為後者不可能實現。」燃燒尾狐嘆氣翻書，紙頁嘩啦啦一張張刷過，最後定在某頁上。看了眼顯示內容，燃燒尾狐嘆氣聲更大：「根據資料顯示，最近的牧師離我們好像有四百海里左右，在一座超小型島嶼上的村莊裡。」

四百海里，就算大船還在，以那速度至少也得四個半小時才到得了。更別說三人現在只能靠游的……

雲千千絕望了：「要不然你們誰殺我一次吧？流產了我下次再懷……」她還真不知道到了生產時間又不生會是什麼後果。

一是以前沒特別注意過這方面的訊息，二也是在臨產前跑出去鬧騰的玩家實在不多……誰能有她這麼倒楣？準備要下蛋了，居然還被丟到魔鬼三角洲來。如果這是現實的話，孕婦到了產期不去醫院也沒接生婆，那下場就兩個，一是難產掛掉……這一般是正常情況。

二是歷經千難萬險，成功產下孩子，末了臍帶還是自己拿剪刀割的……這一般是小說或電影內的常用腳本，用來突出母親的剛強以及孩子的命運坎坷。父親不是拋妻棄子就是被人害得嗝屁了，之後孩子經歷一連串的挫折，成長為一方豪傑。長大後的小屁孩還得用自己的能力進行一連串的報復，接著再是一連串的煽情，一連串的狗血。

不拖個四、五十集那都是編劇沒本事，一般有經驗的當紅作者至少能拖出上百集來。

「還是忍忍吧，說不定到時候不生也沒事？」燃燒尾狐安慰雲千千。他實在是不好下手殺她。雖說是情非得已、形勢所迫，但鬼知道這爛水果以後會不會拿這件事找他麻煩？萬一她死賴著要自己負責賠償什麼的，那自己豈不是虧到死？

九夜雖然沒有燃燒尾狐的顧慮，但他的處事態度一向比較積極……不積極也不可能。換個稍微正常點的人來，走一步迷三步的日子只要過上幾年絕對就崩潰自殺了……所以九哥的觀點是，不到最後絕不認輸。不就是死嗎？現在被殺死還是拖到最後難產而死沒差別。早死不如晚死，撐到最後說不定還有一線生機呢？

兩個大男人都不支持雲千千的求死行為。

雲千千也只好放棄：「好吧，那我們就先走。」

百慕達三角洲海域內狂風暴雨、電閃雷鳴，海面上空長年有一團巨大烏雲籠罩，一看就是妖孽橫行、魑魅魍魎當道的地方。這樣的地盤裡不出點妖魔鬼怪都對不起氣氛。

雲千千記得的資料裡，百慕達最可怕的不是強力魔怪，而是海面強力的大漩渦，還有能讓人迷路於無形的複雜暗流和幻境副本。

也就是說，玩家在百慕達中會隨機性的不小心闖入某副本中。副本入口隱形，根本無從發現；而且副本是根據玩家當前身處的環境和周圍夥伴資料合成，偽造出的類真實環境，可以讓玩家迷失而不自知。最可恥的是，連出口也是隱形隨機，不是出門踩狗屎的運氣的話，玩家有可能連出來的門道都找不到，只能傳送回城或死回去……

這可比普通的地圖更難搞定，等級、境界和難度絕對高於傳說中的幻境、鬼打牆之類的基礎。

所以，當前最要緊的是保證三人不失散。別到時候游著游著才發現自己身邊的夥伴其實早就成了假人，那樣的話樂子可就大了。

為了防備這一點，雲千千抓出一根長繩在自己身上打了個結，另外一端則是繫在燃燒尾狐身上。

後者莫名其妙問道：「幹嘛？該不會想讓我抓著妳游？」

雲千千嘆氣：「這個解釋起來有點複雜。總之現在情況很不妙，一個不小心我們可能就會走散，所以還是綁一起的好。」她接著回頭叮囑九夜：「九哥，你如果方便的話，記得時不時捏下拳，看看紅線是不是跟我這裡連著的。這裡有幻境副本，還是超真實、會複製出周圍環境和夥伴的那種，別一不小心被騙了都不知道。」

九夜是近戰職業，又是小隊中目前最厲害的打手，把他綁住的話根本不方便行動。萬一碰上個小精英頭目什麼的，一不小心三人就都得死回去了。

所以目前來說，也只有讓九夜自己留意了。有紅線在，即便不小心被捲進副本，九夜也可以循線路出來……燃燒尾狐就不行了，誰叫他是外人呢。

燃燒尾狐聽得一知半解，連忙嘩嘩翻書頁……有問題，找書，書的本事可不比網路小。只要是遊戲裡的事，前知三百，後知二百五，如果查不到也是人不行，絕對不是書不行。

三分鐘後，翻完書了解情況，燃燒尾狐已經是一頭冷汗了：「娘的，這破地方是玩死人不償命啊！」

「加油吧。」雲千千感慨的拍拍燃燒尾狐，既同情對方也同情自己。

魔族那群小人，等以後有機會了，她一定出去跟這些人一個個算帳……

「瞧一瞧看一看了嘿，走過路過不要錯過啦～高級魔藥清倉大拍賣，引路海馬可以幫您避過一切暗流幻境，讓您的出行更加安全，享受一個輕鬆無憂的百慕達探索之旅……現在買齊全套百慕達探索精裝組合還附送紅藥一組，你還在等什麼？你還在猶豫什麼？趕緊拿起手中的錢袋，搶購您需要的物品吧！」

一切準備就緒，三人正要出發，突然冷不防聽到身後一個聲音吆喝。

雲千千眼睛一亮，咻一聲竄過去，揪住吆喝人的領子問道：「套裝組合多少錢？」

「不貴不貴，一套現在僅售1800金。」被雲千千揪住的人是個瘦小的海族NPC，雖然大致與人類無異，但細看的話還是能看出對方皮膚下面隱藏著鱗片。一見三個可能的隱藏客戶中這女人這麼配合，賣貨的海族大喜，笑咪咪的趕緊報了個價出來。

雲千千吐血：「太貴，把整頭抹了！」

「……」海族愣了愣，也吐血：「大姐，人家要抹都抹零頭，您這也太不厚道了……」

「那也行，把零頭抹了。」

海族習慣性反駁完，一聽對方那麼爽快，又一愣，接著臉就黑了。抹整頭剩800金，抹零頭剩1000金，不管抹哪個都是減了近一半……靠，這根本是欺負人！

「這恐怕不行。」秉承和氣生財的原則，海族強笑道：「我們的貨都是公開標價，所有產品都是多位研究人員長年開發出來的精品，經過多例驗證證實才敢對外銷售，絕對保證品質。如果產品出現問題還可以憑發票退換，是絕對正當的有保障產品……您要過百慕達的話，有了這些東西可確實能省不少力氣。再過段時間，等旅遊的客人一多就要漲價了，趁現在能買就盡量多買點吧，保證不吃虧。」

雲千千哭泣道：「大哥，我也是個窮人，身上就一星半點的東西，還得替孩子省下奶粉錢……要不是生活所迫，我也不必挺著這麼大的肚子來闖百慕達啊！」

「這……不然我替妳打個九八折？」海族猶豫了下，掏出計算機一陣亂按後，遞到雲千千面前：「折後1764金，我再送您一個海產小珍珠做首飾玩，不能再便宜了。」

「800金。」雲千千抹淚咬牙堅持道：「一年半載以內大概不會有人再來了，放過我們這隊肥羊，您再想賺點錢買米買麵的起碼還得等大半年。」

「噗——」海族吐口血，一抹嘴角，堅強的抬了抬頭看著雲千千：「這是原則問題，一下子降太多會打亂市場物價的……最少1500金。」

「你……」雲千千不滿，挽袖子正要再接再厲和人繼續囉嗦，突然一陣系統尖叫在耳邊迴盪。

「注意注意，您的羊水破了，請做好生產準備……」

破你個頭！雲千千堅強的繼續抓向海族，在對方堅定的目光中咬牙問道：「你會接生孩子嗎？」

「嗄？」堅定的目光瞬間潰散，海族當場傻了。

一陣兵荒馬亂。還好，海族的貨品很齊全，一瓶催生藥下去，十分鐘後，雲千千就順利的生產結束。

三個玩家和一個海族一起泡在海裡，愣愣的看著雲千千懷裡新出爐的後代，一片沉默……

「這……」九夜眼前一陣眩暈，揉揉眼睛，死死瞪著雲千千懷裡的玩意：「我們的孩子是個蛋？」

蛋……雲千千淡淡的蛋疼了。

「我以我的人格在上帝面前發誓，本人絕對沒有做過任何背叛自己的丈夫、紅杏出牆的事，更不可能眼光差到找個卵生雄性。」雲千千一臉聖潔，單手按放在燃燒尾狐的預言之書上，另一隻手抱著蛋，真誠的鄭重起誓：「相信我，這一定是個意外。」

「嗯！」燃燒尾狐仔細觀察雲千千的表情，原本狐疑的態度在看到後者堅定清澈的目光後慢慢消散，欣慰的轉頭跟九夜報告：「老大，這女人應該沒說謊！」

「……」九夜揉太陽穴，滿頭黑線：「你們兩個別玩了……」

「活躍活躍氣氛嘛，大家別太緊張。」雲千千、燃燒尾狐表情一鬆，笑嘻嘻的收回道具游過來。

雲千千把自己手裡的蛋捧到大家面前晃了晃，而後說道：「我敢肯定玩家懷孕後生出來的是正常孩子，三、五歲大小直接刷在玩家懷裡，從來沒聽說過會有蛋……至於我手裡的這個，大家有沒有什麼想法，說出來聽聽？」

「是環境或什麼輻射引起的變異？」燃燒尾狐摩挲下手中書本邊緣，認真給出一個假設。

九夜拍張鑒定符上去，得到系統確認：這是您和妻子蜜桃多多愛的結晶……

「……」九夜滿頭黑線無語，沉默十秒鐘後，裝作自己什麼都沒看到，鎮定的擦把冷汗。

海族商人繞著三人和蛋打轉，很興奮很感興趣的樣子：「要是你們不想要的話，乾脆把它賣給我吧。雖然目前還不知道它是什麼東西，但作為獨一無二的、由冒險者生下來的蛋……我願意為它付給你們100金幣。」

雲千千比中指鄙視之：「本桃子在你那買的催產藥你都硬收了我300金，這蛋的成本價怎麼算都不止100金吧？」

「……藥錢好像是我付的？」九夜糾正。

雲千千諂笑道：「哎呀，大家那麼好的關係，談錢多傷感情。」

她再一轉頭，狠狠看向海族商人，「至少2000金，不然不賣。或者1000金再送套百慕達探索組合。」

「依我看，現在最重要的還是應該想想怎麼把蛋孵出來吧……」九夜無奈的嘆口氣後道：「試試滴血認主？」

「滴誰的？我的還是你的？」

「……先滴妳的，不行再滴我的。再再不行，我們兩個一起滴。」

按照九夜提供的傳統魔幻模式，雲千千嘗試了各小說主角們得到一個神秘蛋蛋後通常會有的後續動作，咬破手指，滴了點血在蛋上……等待數分鐘，沒有反應。蛋還是蛋，血還是血。很明顯，蛋裡的生物不好這口腥的，根本沒有任何吸收血液的興趣。

接著九夜再試，依舊沒有反應。兩人一起試，還是沒有反應。

先桃後九、先九後桃、桃加九、上桃下九、上九下桃……兩人嘗試了各個順序以及各個角度，半小時後終於疲憊。

「事實證明滴血認親沒有用。」雲千千拿個血瓶邊喝邊嘆息：「這個方法先PASS，還有沒有其他方案？」

燃燒尾狐想了想，小心翼翼道：「既然小說方法不管用，我們就來點現實的吧。雞蛋、鴨蛋什麼的不都是要一定溫度才孵得出來？」

「……」雲千千抹把臉，很誠懇的問道：「你的意思是讓我孵蛋？」

「這個……」燃燒尾狐猶豫了一下，在看見雲千千躍躍欲試的召出法杖想動手後，連忙改口：「當然了，遊戲不比現實，這裡孵蛋應該也不是抱著孵，我猜測只要溫度夠就行……要不然我們放火烤烤吧？大不了就是烤熟。」

終於把自己的建議說完，燃燒尾狐轉過身去先擦把冷汗——生完孩子，這女人屬性就恢復了，現在她要動手放雷的話，自己這小身材不用五秒就能被劈成灰灰。

看這兩人交談商量烤蛋細節，九夜在旁邊堅強的擦了把冷汗。很好，這麼一會工夫，晚飯就有著落了。身為孩……身為蛋的爹，他現在是不是應該過去勇敢的保護自己的後代？

十分鐘後，孵蛋計畫破產。因為雲千千突然反應過來自己幾人現在是在海裡，別說生火，她連打火機都點不著。

「還是賣給我吧。看你們拿著這蛋也挺煩惱的，眼不見心不煩，賣了好歹也能回收些成本。」海族繼續在三人身邊遊說。

「滾，別煩我。」雲千千不耐煩的揮手趕人，想了想，抓出通訊器呼叫後援：「龍哥？好久不見、好久不見，您最近過得如何？……呃，正在幫我搜查海域？……呵呵，辛苦了。我這有個東西弄不大明白，能不能借您鏡子用用？……」

十分鐘後，一隻小使魔乘風破浪送來真實之鏡。

雲千千對鏡照蛋，終於得到準確訊息：被封印的魂蛋，因百慕達的神秘磁場及某種特殊現象，幼兒的靈魂正在重新淬鍊，需要一定時間、一定條件才能順利孵化……

「……結果得出來了，這是顆魂蛋。」雲千千面無表情的向眾人宣布答案，同時順手召出自己的使魔，把鏡子又託運回去。

「混蛋？」九夜臉色忽青忽白，一副十分難以接受的樣子。

燃燒尾狐滿頭黑線的保持沉默。

海族商人擦把冷汗，慶幸拍胸。還好他沒買……混蛋，一聽就不是什麼好玩意。

「是靈魂的魂，不是混。」雲千千也滿頭黑線，把蛋往空間袋一丟：「總之，這蛋需要達到條件後才能孵化，暫時先擱著吧。」

九夜、燃燒尾狐同時鬆口氣。不管什麼混都行，他們是真沒興趣在這裡繼續為了一顆蛋糾結了。男人嘛，誰還能沒有兩顆蛋……

一番交談協商，三人最後以 1300 金價格買下探索組合一套，準備闖入百慕達。

海族商人的售後服務極好，還提供了一張會員卡，聲稱百慕達內也有海族商業聯合會的分區代理商人，憑此卡可在購物時享受一定優惠，還能參與積分，積分滿10000時，升為青銅會員，折扣更優、省錢更多；50000積分可升白銀會員；100000積分可升黃金……

雲千千不好意思明說自己不想聽他囉嗦，於是用一片雷霆地獄委婉表達了自己的不耐煩情緒。再於是，海族商人識相閃人跑路。三人放出引路海馬，終於正式游進百慕達。

「感覺到沒有，我們的速度好像被牽制了。」游了沒一會，雲千千開口。

「嗯，正常的。」燃燒尾狐打開防火、防水、防塵預言書，紙頁翻動一會後，解釋：「百慕達中心有個超級大漩渦，會牽引帶慢經過這附近海域的玩家和船隻速度，尤其越靠近中心，吸引力和影響力就越強。雖然只要速度夠就不至於被拉進去，但減緩移動速度卻是肯定的。不用擔心……」

「我不擔心被漩渦拉進去，我擔心的是我們會跟丟海馬。」雲千千頭大的一指前方解釋道：「難道你沒注意嗎？它不受漩渦影響，現在和我們的距離已經越拉越大了。」

前方小海馬甩著尾巴，很歡快的在海底全速衝刺。幾人說話的這會工夫，它又游得更遠了些。以雲千千三人目前的眼力，對方已經只有碗般大小，身影也開始有些朦朧蕩漾了。

燃燒尾狐倒吸口冷氣，瞪大眼睛喊道：「靠！趕快把它叫回來啊！」

「喊屁！這海馬一放出來就只會帶路不能回收。」雲千千淚流滿面道：「一隻最便宜的海馬單價都要500金，五隻成組銷售2000金……難怪剛才我看著價目表上速度越慢的海馬反而賣得越貴，原來還有這麼一說。」

以前是窮人，從沒用過這種帶路奢侈品，現在才知道其中的奧妙玄機，可惜為時已晚……

「那麼大的套裝組合裡就只有一隻海馬？」燃燒尾狐也淚了：「妳千萬別告訴我其他都是藥，我們還缺藥嗎？」

「唔……除了普通紅、藍藥和海馬外，其實還有加速藥。一顆加速兩倍，共五顆，時效十分鐘，冷卻半小時……」雲千千翻翻空間袋報告：「另外還有百慕達特色旅遊點介紹圖、可以看破隱形副本出入口的藥水五瓶，灑下一瓶可以顯現出平方一海里內的副本出入口。另外……」

「海馬快不見了。」九夜鎮靜的打斷雲千千的繼續介紹。

正在分心的兩人連忙抬頭，前方海馬剛才碗般大小的身姿此時已經只有豌豆大小。

「香蕉的，坑人啊！」雲千千咬牙切齒罵道：「回頭別讓我再碰見那賣套裝的，不然見一次打一次！」

「嗯！我也幫妳，不算出他內褲顏色來我就不叫燃燒尾狐！」燃燒尾狐同樣鬥志滿滿。

「好兄弟！」雲千千感動。

「別客氣！」燃燒尾狐同感動。

九夜冷哼聲，再次打斷他們的話：「海馬已經不見了。」

「……」

果然，雲千千抬頭看時，前方哪裡還有什麼海馬，連豌豆大的影子都看不見了。除了一片空蕩蕩、暗流洶湧的海水以外，連毛都看不見半根。

「這個……」燃燒尾狐擦把冷汗，再擦把冷汗：「好像不大妙了。」

「什麼好像，已經是很不妙了。」雲千千憂鬱道：「在這片海域裡面羅盤什麼的都沒用，再加上暗流的關係，我們連方向都摸不準，還能探索什麼？」

這種時候，唯一能指望的就是燃燒尾狐的占卜。本來雲千千帶他來就是希望他必要時可以指路、帶路，雖然未必準確，但總好過一點辦法都沒有。

在雲千千和九夜的殷切期盼下，燃燒尾狐頂著巨大壓力打開預言書，先查詢路西法的方位。書頁嘩嘩自行翻動一陣後，表示以他目前的許可權無法查詢。接著他詢問百慕達神秘區域。書本在手中一陣顫抖後，表示關鍵字模糊，查詢量過大，所以無法一一顯示，希望查詢人能給出具體精確關鍵字。

燃燒尾狐不相信自己新得的犀利道具居然在關鍵時刻這麼不給自己面子，一時間有些汗顏了。

雲千千在旁邊等了半天，只看見身邊神棍一陣狂翻加唸唸有詞，有用的訊息卻半天沒查出來一條，頓時也有些不耐煩：「你到底行不行？」

「……」燃燒尾狐尷尬道：「路西法的位置查不出來，其他的要有關鍵字才能查……這也不能怪我，是搜索條件不完整……」

「明白了，換句話說也就是不行。」雲千千點頭。

「不是我不行，是它不行！」燃燒尾狐很痛快的推卸責任，忿忿揮舞了下手中的書本。

雲千千嘆氣，看了一眼預言之書：「什麼破玩意，關鍵時刻就出錯，燒掉算了？」這是明顯的遷怒。

「……此書防火。」

「沒事，我用雷劈劈看。」雲千千抽法杖躍躍欲試：「本桃子放的雷可是修羅族的正宗傳授技藝，一般普通BOSS都秒得了，就不信對付不了一本破書。放心，我知道有本真知之書和你手上這書是同一個類型的，回頭找給你，暗金級……」

燃燒尾狐本來還不願意……當然不願意。不管怎麼說這也是自己上手兩天還沒捂熱的新職業武器，再說也沒聽說過有使不上力的人怪武器不好，這是技能等級的問題，跟道具無關……可是在聽到雲千千的承諾後，這點小糾結頓時動搖了。

唔……暗金？

燃燒尾狐看看手裡的書，再看看雲千千，有些猶豫。他主要懷疑這女人的許諾可不可靠，別到時候書毀了才知道人家是糊弄自己……

也許是感覺到了自己的境況不大妙，預言之書在燃燒尾狐手中顫抖了下，接著突然在沒有人使用的情況下，自行嘩嘩的猛翻書頁，展開一頁空白，一排排字體瘋狂的不斷浮現出來。

「你們好，我是被封印在書中的魂靈。」

「一千年前失落一族在神魔大戰中被趕出大陸主地圖時，傷亡慘重。我也是其中戰死殞落的一員。」

「因為靈魂修煉得強大的關係，死後我的意識並沒有消散，所以自願附在書本上成為了器靈。」

「只要達到一定條件，我就可以變得更加強大。預言之書也可以隨著我而不斷升級，最後甚至可以成為傳說級的神器。」

「相信我，選擇了預言之書將是您最好的選擇。我不僅不需要吃東西，也不會隨意對外界做出干擾，最關鍵是我還可以提供許多你們所不知道的消息。雖然因為技能的緣故你們無法查到某些訊息，但是我可以在許可權範圍內把自己記憶中知道的東西告訴你們……」

預言之書靜了靜，好像黯然了幾分鐘，才在紙張上再次浮現出字跡。

「我說的一切都是真的。你們想知道百慕達的訊息，我可以提供出一些來；但是因為主神法則的關係，我提供給你們的消息必須要與我自身有關。」

「比如？」雲千千好奇。

又是一分鐘的沉默後，書上出現了一排字跡。

「亞特蘭提斯魚人的歌聲可以衝破迷障，他們是大海中最好的領航者。」

「唔……」亞特蘭提斯？離這裡好像挺遠的樣子，再說自己幾人現在已經在百慕達，怎麼出去找到亞特蘭提斯？

雲千千思考中。

燃燒尾狐突然驚「咦」了一聲，手忙腳亂的調出個人面板看了看：「系統剛提示我接到一個任務。」

「什麼任務？」九夜淡淡問道。目光從剛才開始就一直沒離開燃燒尾狐手上的書本，顯然對這個突然出現的器靈很有興趣。

燃燒尾狐又看了一眼面板，說：「說是讓我去百慕達漩渦中心找到沉眠千年、已失落的神殿，並從中帶出一座什麼什麼神像……任務完成後，預言之書可升級到白銀階。」

「意思就是說，它提供給你消息，但是相對的，這消息必須是和它讓你完成的任務有關對吧。」雲千千也看了一眼燃燒尾狐手裡的書，很是羨慕：「有器靈的東西就代表可自行升級。我的法杖也是雷神之錘幻化的，怎麼沒有器靈？」

「也許有，但是妳不知道？」

「有道理……」雲千千想了想，隨後甩開這個問題：「有時間再找個神器來威脅它試試。現在先想辦法出去。」

回城石？沒有。

船？開走了。

海馬？已逃離……

三人動腦筋想辦法時，預言之書又是一陣自翻，字跡出現。

「其實你們死回去不就好了？」

「……」有時間還是把這書燒了吧。

這時候，遠處突然傳來一陣悠揚的歌聲。

三人精神為之一振，頓時動力全滿——在這樣的深海區範圍內，能將歌聲傳出那麼遠的距離，這個唱歌的人一定不簡單。

想到這裡，雲千千也更認真聽了起來，想要分辨歌詞內容或者歌聲傳出的方向。

「一見我就有好心情，不用暖身就會開心，因為眼睛、耳朵都有了默契，你知道我有多麼……」

「噗——」雲千千吐口血，在另外兩人擔心的目光下堅強的揮揮法杖，一指前方咬牙道：「走！好像是海族賣貨的也在前面，我們去看看。」馬的，一個大男人唱COCO的歌還唱那麼嫵媚，這實在是件很挑戰人承受神經的事情……

還好歌聲離得不遠，唱歌的人也不遠，最關鍵的是用了幾瓶探知副本入口的藥水……總之在代價耗費

巨大、沒怎麼經歷險阻之後，三人成功見到在百慕達外曾遭遇的海族商人。

「咦，這不是剛才的三位客人？沒想到茫茫大海中你我也能相逢，這是怎樣一種難得的緣分……」

雲千千游過去揪領子打斷他的話：「少跟本桃子廢話……說！那海馬竄逃是不是你故意安排的？」

「怎麼會呢，我們賣出的商品可是有品質保證的，如果您不滿意原品的話，可以把那隻海馬牽來換一條啊。」海商笑呵呵的，和氣生財。

牽屁！跑都跑了，她上哪裡再去牽一隻來，隨便從海底抓的算不算？

燃燒尾狐捧本書過來，嚴肅道：「這位大哥，我家書書說你在這片海域裡游海販賣商品是沒有營業執照的，還說最近海洋巡管大隊正在取締你這樣子的非法小攤、小販？」

「呃……其實大家有話可以好好說。」

雲千千被燃燒尾狐逗樂了：「看來你手上那書還有點用。」

「對啊，這傢伙其他的不知道行不行，這些歪門邪道的訊息倒是知道不少。大概是因為不影響遊戲平衡的關係，所以這類訊息提供得很爽快。」燃燒尾狐摸摸下巴，嘖嘖兩聲道：「就是和我風格不大符，總覺得這種走偏門抓人痛腳的事情好像在哪見過……」

「偏門、正門，座座大門通羅馬。」雲千千讚賞道：「計較那麼多幹嘛，只要能達到目的就行。」

燃燒尾狐抬頭看了一眼雲千千才突然恍然。馬的，難怪總覺得熟悉。這種事情不就是她常幹的？

九夜不管二人，直接對準海商開炮：「帶我們去百慕達。」

「這個……其實你們可以再買條海馬。雖然我是海族也有個海字，但我不是馬……」海商為難。

「你意思是我們前面的錢白花了？」九夜冷冷一瞇眼，雙匕入手，語露威脅。

海商汗，大汗：「話不能這麼說，我只是個賣貨的，不是地陪。這搶生意的事情幹了會砸人飯碗的……」

「我們不要海馬，就要你。」

「客人，你對我的一見鍾情讓我很榮幸，可這……」海商都快哭了，求救看雲千千。

雲千千也覺得九夜的態度很奇怪。如果照她的思路，那就是再敲詐一匹海馬出來帶自己等人出百慕達，然後找魚人，然後讓魚人帶路，然後……咦？

突然腦中靈光一閃，雲千千摸下巴，上下打量一番海商，然後慢慢說道：「如果我沒記錯的話，剛才你好像說過，在百慕達內部也有你們賣貨的同伴吧？」

「……是這樣沒錯，有什麼問題？」

「倒沒什麼大問題，就是有點小問題……」雲千千嘿嘿一笑：「敢問幾位在百慕達裡面游海銷售商品的時候怎麼辨別方向？」

「這……我們有海馬……」

「可是似乎沒看到你用？」

「誰說的!?」馬的，太犀利了……海商擦把冷汗，手藏在背後撥弄幾下後，隨手牽出一匹海馬來，介紹道：「看，這就是我們帶路的……呃？」自己這海馬啥時候入了童子軍？

「呃屁！」雲千千從海馬脖子上取下一條繫著的紅領巾來：「這是我特意繫上的，色彩鮮豔醒目，最適合在茫茫大海中做標記指示用……說！」一抬法杖平舉，雲千千直指海商，不再和他客氣：「我的海馬什麼時候落你手裡了？還敢說自己沒在商品上動手腳？」

海商動作俐落、行雲流水般熟練的抱住雲千千大腿號啕大哭：「客人啊～我錯了啊～～我只是見它孤身一馬迷茫在大海中，想著反正你們肯定也跟丟了，這東西可以回收再利用……絕對沒有算計你們的意思啊啊啊！」

「說正題。」九哥不耐煩了。

「對哦。」雲千千乾咳一聲，裝腔作勢道：「這以前的事可以不追究了。老實交代吧，你究竟是哪個海族？是不是魚人一支的分脈？」

既然只有亞特蘭提斯的魚人可以在百慕達中來去自如，那這個海商即使不是魚人，也肯定和他們脫不了關係。

再說重要的不是他是誰，而是他能不能帶自己三人進百慕達……好樣的，隱藏得挺深哪？她之前怎麼一直沒發現這傢伙本身就是個最好的帶路人？

海族抽抽搭搭，垂著頭傷心道：「其實幫你們帶路也不是一定不允許，只是酬勞……」

「酬勞個屁！你搞清楚了，這叫賠償。」

把海商糊弄過來帶路，之後的行程果然順利了不少，光是他走的那條路線上，暗流的影響就比別處弱上了不少。據說這是他們的員工專用通道，專門讓販貨的魚人海商行走用的。要換一般魚人來的話，魚生路不熟，就算能看破迷障，躲開隱形副本入口，但要找到這麼便捷安全的路線就不是光有感覺就能辦到的事情了。

這就跟開車一樣，司機駕駛技術好不好，跟路熟不熟完全沒關係。

「等等。」走了一段距離，海商突然停下：「前面通道還沒開，走外面的話，一會怕游不回來。這個時段裡，這片海域正是暗流暴動的時候，最好歇一下，等這波過去了再走。」

雲千千三人無意見，嘻嘻哈哈拿出乾糧準備野餐……

海裡吃東西也有講究，只能帶袋裝食物或饅頭、烤肉一類的無碎渣、無湯水物品。雖然這是遊戲，在一定程度上無視現實法則，但你要想拿碗綠豆湯或白米飯到海裡來吃還是不大現實的。一片暗流拂過去，碗差不多就清空了。

海商跟著吃飯，時不時不安的左右張望下，憂心忡忡道：「希望別碰上其他同行，要讓他們知道我帶冒險者進百慕達就糟糕了。」行規不可破啊。賣貨的轉行當導遊，這在NPC眼中就跟挖雞眼的改行割雙眼皮一樣。

沒那專業技術，你亂搶人家飯碗不是破壞行規嗎？雖說這裡也沒正式導遊，但大家手裡都有海馬要出售……你親自帶路，這得少賣出去多少匹海馬？

怕什麼就來什麼。一行人剛吃沒兩口，遠處呼呼啦啦游來一群NPC。

海商急了，本想找地方躲一躲，可惜周圍沒障礙物，光線更是充足，惹得海商都想罵人——踏馬的，深海居然有光線，這是哪個白痴設計的地圖？

不一會工夫，那群NPC已經游到雲千千等人身邊。

其中一人（魚？）發現海商，驚喜低呼：「呀，這不是XX嗎？你正在陪客人吃飯？」人家顯然根本沒往海商轉行的事情上去想，單純以為幾人在這裡停著只是談生意了。

「啊？呃……」海商尷尬。

那人（魚？）看海商吞吞吐吐的，壓低聲音湊過來說話：「別那麼小氣啊，有大生意也拉兄弟幾個一把……反正看這架式，你一個人的貨怕是也供應不過來……別擔心，你的貨先賣，剩下的等你身上沒了我們再賣？」

海商莫名其妙的看那人（魚？）：「誰說這是大生意了？」

說話人（……）魚嗤笑：「明擺著的事啊，不是大生意用得著應酬陪吃飯？」

「……」

這話嚴格說起來也有點道理。一般買賣雙方共坐一處吃東西、交流感情什麼的，大多是要談大買賣。如果只買條不用五元的橡皮筋的話，人家還根本就不稀罕搭理你，怎麼說至少也得是批發一筐……

而且吃飯地點也間接反映了生意的大小。比如在街上吃麻辣燙的，那生意基本上也就是幾千、幾萬。吃水準稍微好一點的餐廳，大概就是十幾萬左右。要是去五星級飯店應酬請客的話，那合約不上百萬都不好意思跟人說……

雖然雲千千幾人準備的伙食水準一般，但環境條件特殊……百慕達耶！等人把五星級飯店開到這裡來的時候，估計這一批的玩家都從少年步入遲暮了……所以儘管水準不高，看在同伴竟然會陪人吃飯應酬的分上，剛來的這一群NPC還是堅定的認為這是筆不算小的買賣。

頓時這幾個本來路過的NPC就摩拳擦掌、幹勁滿滿的圍上來了。

「同夥不少啊。」雲千千笑看圍上來的一圈NPC，對自己隊伍裡的海商意味深長的問了句：「都是同一族的？」

海商欲哭無淚：「……是。」

「真行，你們這才叫真正的下海呢。脫離亞特蘭提斯跑出來經商？果然比其他魚人有眼光。」雲千千樂了。

魚人海商們則是驚了。自己這群魚全都喝了魔藥，沒長尾巴的，怎麼會被人看出來是魚人族？

一群人都臉色難看的使眼色給海商，想問問究竟怎麼回事。

海商惆悵憂鬱悲，還沒想好該怎麼和同伴們解釋，雲千千那邊就已經和人寒暄上了。

「幾位看起來生意不大好做的樣子，有沒有想過改行啊？」

「……」安靜了一會，海商群體中游出一個年齡偏大的成熟大叔，謹慎的問道：「請問這位女士的意思是？」

海商壓低聲音在雲千千耳邊介紹：「這是我們百慕達聯合商業協會的現任會長，也是當初帶我們一起來這討生活的帶頭大哥，等級比我高，有什麼事大家一般都聽他的……」

雲千千點頭表示了解，抱拳行禮：「久仰久仰。」

「呵呵……」海商會長瞥了通風報信的海商一眼，沒說話。

雲千千也不介意，接著道：「其實我是這麼想的。這片海域隱藏的危險太多，雖說有你們提供便利道具，但這道具價格也太高了。除了不得不來的冒險者和資產豐厚的有錢人以外，一般玩家都不願意主動過來。這樣一來，你們的客戶群體豈不是太狹隘？」

「哦？」海商會長瞇了瞇眼請教道：「那依閣下的意思，我們應該降價？」

「別，降價倒不必，畢竟還是有相當一部分願意出錢的高級消費者。可是你們也得照顧一下那些中低層消費者嘛。」雲千千嘿嘿笑：「我也聽你們的人說了，那些藥水很難配製，帶路的海馬也需要特殊訓練才能投入使用。成本太高，就算你們再降也降不下多少……其實我看可以這樣，你們出人手，順便兼任百慕達導遊。這是無本買賣，只要收取少量費用就可以了，這樣也能吸引更多來百慕達觀光旅遊和探險的冒險者嘛。」

海商會長失笑搖頭道：「有了導遊的話，那我們的其他東西怎麼賣?這個方法不好。」

「你傻啊！」燃燒尾狐旁聽半天有點忍不住插了嘴：「你們只帶幾條大路線，不往深處細處帶，一路上還可以介紹百慕達深處的神秘觀光景點什麼的。等勾起玩家興趣了，時間也差不多的時候就讓他們自由行動，那些心癢想探險的玩家還不得自覺跟你買東西？」

現實裡，旅行團用的就這一招。導遊帶路講解收個費用，接著自由活動，不然遊客們上哪花錢去？遊客掏錢消費，都是一路上被導遊講的故事慫恿引誘的，這份花費裡導遊還能去商家抽個成。

所以旅行團的導遊們最愛帶一大群人走馬觀花，哪個景點都只待一小會，這樣一來走的地方多了，總能糊弄人多買點工藝品、紀念品什麼的。一個地方待的時間過長的話，頂多也就前半小時有人買東西；後面時間人家買夠了，基本上就都是照相時間，對導遊沒什麼太大實惠的。

海商會長閉目沉思，想了一會後覺得這建議挺不錯的，但是還有個問題：「這主意倒不錯，但是也沒有宣傳啊。」

正戲來了！雲千千信心滿滿的趕緊接話：「要什麼宣傳啊？我們冒險者有句話，叫一傳十，十傳百……要是您為難的話，直接從我這開個頭，我照幾張相，帶回去找最大報紙發篇遊記，還怕沒人想來？」

海商彷彿開竅，連連點頭稱是：「是的，會長，我也認為這主意不錯，正想找機會見您。剛才和這位客人就是在談這件事情……」

「嘿嘿……」好樣的，這是你自己湊上來的，一會別怪姐姐下手狠……雲千千意味深長的看了一眼海商，也笑。

一群人傻笑了會，覺得這麼傻站著也挺沒勁的，於是會長帶隊，瀟灑走人，只留下最初的海商繼續跟著雲千千的隊伍。這會他總算可以光明正大的帶人深入百慕達了。

吃完飯，海商精神抖數的率先揮手，甩了句英文：「來吃狗！拿好你們的 DEMO，我們現在急速深入神秘的百慕達！」

「……」三人面面相覷，撇嘴。

★

114 路西法的任務

游了一段距離後，終於到達百慕達中第一處神秘所在，也就是燃燒尾狐任務中的失落之神殿。

剛要繼續前進，突然預言之書一陣狂刷，顯出一排排字跡：

「STOP！」

「別進去！」

「這裡面有個很危險的狂躁氣息，帶著黑暗的味道。現在進去很可能會發生什麼意外！」

「我們等安全了再深入，神像的事情我也不是很著急……」

「……」雲千千無語了一下，接著搓手指刷出了筷子粗細的小閃電劈了書本一下，留下一個焦黑的印子，這才打斷了字跡的繼續顯示，道：「你不著急我著急。黑暗的味道？這說不定跟路哥有關。別忘了，你的任務是任務，我的任務也是不能拖延的。別以為我們真是為了你才來的！」

什麼人……什麼書啊！自私自利的，真是太不像話了！

燃燒尾狐叫了聲，瞪著雲千千跳腳抱怨：「蜜桃！妳在放雷之前能不能先說一聲，我都收到 PK 提示了！」好歹等他把知覺敏感度調低啊！不是誰都樂意有事沒事被電一下的。

「不好意思，意外！」雲千千尷尬乾笑了兩聲，轉頭鬥志昂揚：「兄弟們！路西法就在前方，跟我衝吧！」

無波無折的順利進入神殿正殿，一個寬敞大廳出現在三人眼前。

大廳內的海水被結界隔開，一片乾燥清爽。整座大殿全由夜明珠照明，即便是在深海海底也沒有半點視物困難的困擾。正中央是一口不知從哪裡出現的噴泉，明明泉眼只有一個，卻一半沸騰似火、一半寒徹骨髓。寒熱二氣在噴泉上方交會後，再化成氣霧瀰漫於整個噴泉四周，在潔白的平靜大殿中，這麼一點縹緲的霧氣更襯得周圍環境如夢似幻……

「不是說這裡面氣息很狂躁？」雲千千抓抓頭，疑惑。

「客人，氣息狂躁不代表看起來也一定要狂躁。」海商打量一下四周後苦笑道：「你們冒險者有句話，就是暴風雨前的寧靜，意思也就是說危險隱藏在表面的平靜下，暗中蓄勢待發。」

「沒錯。」燃燒尾狐捧本書在旁邊點點頭，表示贊同：「事實和表象不一定相符，我們要善於透過現象看本質。越是擁有火熱風騷內心的女人，看起來反而越像天真清純的女子；表面玩得越瘋狂的那種，很多時候反倒是更加恪守原則底限……這叫悶騷。妳也可以理解成會咬人的狗不叫……」

周圍平靜氣息猛的震盪了下，雲千千察覺轉頭，摸摸下巴，若有所思的喃喃：「唔……現在確實感覺到一點不平靜了。」頓了一頓，雲千千手捲喇叭狀，朝空蕩的大殿喊：「路哥～我們知道你在這裡，有沒有時間賞臉出來一起喝個茶？」

雲千千喊話話音剛落，大殿內空氣又是一震，一股殺氣蕩過，溫度彷彿瞬間隨之下降了幾度。

眾目睽睽之下，一團黑霧慢慢從那口詭異噴泉中騰出，逐漸凝結成一個模糊人形。人形中大概能窺出一些路西法的風采，但可惜就在於五官不夠清晰。

黑霧人影冷笑道：「妳還敢來見我？」

「怎麼不敢？」雲千千莫名其妙的問道：「我一沒欠你錢，二沒欠你人，為人頂天立地、問心無愧。」

「……」

凝成人形的黑霧蕩漾了一下，彷彿情緒有些激動，不一會後才恢復正常，語氣古怪的開口：「頂天立地？問心無愧？」世界要毀滅了嗎？光明終於墮落了嗎？期待已久的末日將要到來了吧？……這到底是一個怎樣無情無恥的世界啊！

「喂，好像人家很不贊同妳的說法。」燃燒尾狐壓低聲音，湊近雲千千道。

九夜點頭：「其實我也不大贊同。」

雲千千對二人怒目而視。

海商從看見黑霧從噴泉出現開始，再到從對話中真正確定了眼前人形的魔王身分，此時已是倍受刺激，感覺自己心臟不堪重負，隨時處在罷工邊緣：「幾幾幾幾位……這這這是你們的私私事，要不然我我我還是……」先閃了吧？

雲千千拍拍海商肩膀，大度道：「沒關係，我們說幾句話而已，你不用太客氣。」

「……」馬的，沒人跟妳客氣！

撇開無語淚流的海商，雲千千轉頭繼續和路西法說道：「路哥，以前的事我們就不說了。想當年，誰都有青春年少、血氣方剛、年幼無知的時候……」

「……」妳的青春年少逝去得也太快了，這才幾天工夫就開始想當年……

「所以你對我的汙衊打擊什麼的，我也不計較了，都是過去的事情，難道你還怕我跟你當真？」雲千千大度揮手繼續道。

「……」

「現在的問題是你的人在外面找你。你也是堂堂魔界CEO，掌管那麼一大家子人，隨便離家出走是不是有點不大好？」終於點出正題，及時制止了路西法暴走，雲千千把這次自己特意找來的原因解釋了下，道：「你手下的魔神說了，再不回去，你們全族人都要跟他玩命。如果沒什麼不可調和的矛盾，你就原諒他吧……對了，你離家出走到底為啥啊？」

路西法默：「……我和手下人並沒什麼不可調和的矛盾。」主要還不都是因為妳？

想到這裡，路西法就來氣。莫非眼前這爛水果是發自內心的以為這其中根本與她無關？莫非她走這一趟還是善良熱情、為人著想？

「那又是為什麼啊？」

「……」路西法沉默半晌，冷哼道：「本王自天空之城逃……咳，離開之後，本來想直接回魔屬城，誰知還沒來得及下返大陸，卻在半途遇見了一個男人……」

往事不堪回首……身為魔王，其實他也是有些辛酸不欲與外人道的。

「哦？什麼男人？」雲千千好奇問道：「難道是你的仇家？」

「本王只覺得有些熟悉，但也不知道他是誰。」路西法的黑霧在噴泉上方飄蕩一圈，心情煩躁似的說道：「此人實力十分強悍，身上有濃烈的血腥味道，像是常年征伐於戰場才沉澱下來的那種危險氣息。」

「NPC裡居然還有這麼猛的大神？」雲千千壓低聲音，在隊伍頻道裡開口：「究竟是誰啊？聽這意思，好像路哥現在這樣子還是那人害的，誰能有這本事直接把他打成氣態？」

「不知道。」燃燒尾狐擦把汗，吞口口水道：「不過我知道，按照一般劇情流程的話，接下來妳家路哥應該要發任務了，可能是讓我們幫他殺了那大神幫他報仇之類的……」

「嘶……」雲千千嚇得倒吸口冷氣，眼睛瞪得溜圓：「開玩笑吧？魔王都被揍成這樣子了，我們幾個上去，還不得讓人一口氣就吹跑？」

「不可能。」九夜突然冷冷插話。

「什麼不可能？」雲千千、燃燒尾狐異口同聲。

「不可能一口氣就吹跑。」九夜篤定的重複了一遍自己觀點：「至少也得揮揮手……」揮揮手放技能……

「……」這是誇飾法啊，大哥！

雲千千嘴角抽搐了幾下，乾笑道：「原來如此，受教。」她一轉頭，抹把臉和燃燒尾狐開私聊繼續交流：「我們不跟他聊天了，這人太死腦筋。」

「……嗯。」燃燒尾狐點點頭，轉回正題問道：「現在可以有八成確定，路西法會發布讓我們幫他報仇的任務，妳怎麼看？」

「不怎麼看，我也覺得他會發任務。總不可能是單純找我們訴訴苦，然後哭完了再繼續蹲回噴泉裡去委屈吧？」雲千千嘆氣：「現在只有三條路可選。第一，我們接了這任務……」

「不行。」燃燒尾狐在第一時間表示堅決反對：「能推倒魔王的大神，妳腦子壞了才去單挑人家！」

「早知道你會反對。那第二，我們幹掉路哥，毀魂滅跡。」雲千千嘿嘿陰笑，提供另外一個選擇。

「這……雖然幹掉路西法比幹掉那個神秘大神來得簡單，但這柿子好像也沒軟到我們想捏就捏吧？」燃燒尾狐回頭看了一眼路西法，被周圍那由魔王釋放出來的沉重威壓壓得喘不過氣來，同時再次確定了魔王路西法的危險性和難纏性……

瘦死的駱駝比馬大。燃燒尾狐現場拍出一張鑒定符後，被上面鑒定出的等級資料嚇出一頭冷汗，接著做出結論：路西法在未來幾十級內還是他們所無法超越的存在，等哪天拉齊公會人馬也許能來試試；但現在實在是不能動人家，也動不起。

雲千千也看到鑒定符上的資料，嘆口氣：「路哥哪怕只剩精魂也還是那麼強悍……那麼只剩下第三條路。」

「什麼？」

雲千千偷偷往身後看一眼，再看了一眼仍在埋頭沉思、似乎是在猶豫要不要發任務給自己三人的路西法……「第三條路，我們趁他不注意，現在趕緊閃……」

「……其實我個人認為，路哥一定早就在外面加了結界，現在這大殿大概是只准進不准出……難道妳忘了我們被那船魔族強行押來百慕達時的情景？」再說了，他手上預言之書的升級材料還落在這裡面，走了怎麼拿？

「呃？哈哈，我想也是。」雲千千一愣，尷尬的打哈哈結束話題，抬頭道：「路哥，您到底有什麼事就快說吧。本桃一分鐘幾百萬上下，實在是沒時間在外面待太久。」

路西法從沉思中回神，冷冷瞥雲千千一眼說道：「我都不急，妳急什麼？」

「關鍵是這天色也不早了……」

「……」路西法抬頭看看大殿屋頂，再看看雲千千，一臉鄙視——深海海底，還是房間裡面，妳看得見個屁的天色……

「本王的事情妳回去告訴其他魔族吧。」路西法揮揮手，雲千千身上任務完成。還不等後者欣喜，路哥已經接著開口：「另外，關於將本王害成這樣的凶手……」

「關於這個問題，我個人認為應該謹慎計畫，徐徐圖之。」雲千千正色道：「放心吧，路哥，我理解您的意思，回頭回去了我就把魔神替你拎來，讓他聆聽您老指示！」

「……」路西法懶得繼續和她囉嗦，很痛快的比出兩根指頭，「我已經把這裡通向外界的出口關閉了。現在妳有兩條路：第一，妳自願去幫我找出那個害我變成這樣的人，狠狠教訓他一頓，事成之後少不了妳的好處。」

「敢問第二是？」雲千千苦著臉問。

「第二……」路西法冷笑：「妳非自願被我逼去尋找凶手，狠狠教訓他一頓，事若不成，嚴厲懲罰。」

雲千千拉著二個同夥外加一個路過的海商，四人腦袋湊一起嘀咕一陣後，雲千千挺胸抬頭，大義凜然道：「大家都這麼熟了，我怎麼忍心看你落得這般下場？放心好了，這仇我們一定會幫你報！」

路西法滿意頷首：「早知蜜桃多多乃是當世俊傑中的翹首，果然如我所料。」

「……」臥槽，你直接說我夠識相，見風使舵不就得了……

既然簽下了任務契約，路西法便揮揮手，撤掉外間結界禁錮，像是剛才根本沒有翻臉威脅三人一樣，很和善的開始介紹自己當初遇到凶手的情況。

當時，路西法在天空之城被包圍後，為脫離群眾圍剿，不得不丟下聖器離開，結果剛逃到一條偏僻小巷的時候，卻突然遇到一個男人。

該男子不知道是因為什麼原因才在那裡，也不懼魔王威壓，十分不識相的拉住人，讓路西法客串導遊，把他帶到城主府再走。

路西法身為堂堂魔王，自然不可能這麼任人驅使；再加上他剛剛才被群圍觀黨圍毆成重傷，現在還沒恢復，更是不會去城主府這麼引人注目又危險度奇高的場所去。

一個不肯帶路，一個不肯放人走。追求結果不同，矛盾自然就此產生。

神秘男子也是走暴虐冷酷路線的，和路西法一言不合即大打出手，半點委婉都沒有。路西法本就有傷在身，再加上男子意料之外的強悍，哪怕他全盛時期大概也只能和對方拚個平手……如此加加減減之下，叱吒風雲的魔王十分鐘後終於委屈被打趴下，還落了個形滅魂散的下場。

可喜的是，這件丟臉的事情沒有第三者知道；但可悲的也正是這個，這麼重要的事情居然連一個知道的人都沒有。

神秘男子殺人滅口後，拂袖而去。路西法等不到手下的及時救援，只能眼睜睜看著自己被打散的大半神魂隨風飄去。還好，當時天空之城正好飄過百慕達海域上方，於是百慕達的漩渦磁場非自願的撿了個便宜，把魔王的神魂完整吸入並保存了起來，消失前的最後一點信號就是出現在這座失落神殿附近……

「所以綜上所述，路哥躲在噴泉裡，八成是想找回自己的神魂。」雲千千偷偷摸摸的在隊伍頻道裡跟另外二人嘀咕。

「可憐啊。不過他還算好，起碼能半讀檔重來。要換其他地位不高的 NPC 的話，死了也就死了，智腦根本不至於費這勁把事情弄那麼曲折。」燃燒尾狐為昔日魔王默哀了一下。

「不過僅僅為了人家不肯帶路就殺魔滅口……」雲千千嘖了一聲：「雖然我和路哥不大對盤，但有話說話，這神秘兄弟應該是故意去找人家碴的吧。」

「嗯嗯。」

只有九夜感觀比較獨特，黯然嘆息道：「……其實，在迷路的時候找不到方向，那種茫然不知路在何方的心情是很痛苦的……如果我在荒郊野外、杳無人煙的地方，好不容易看見一個人，那個人卻又死活不肯帶路的話，那我八成也會克制不住翻臉殺人。」

雲千千拍拍九夜肩膀勸說道：「九哥，如果那時候是你的話，做出這種事情我信。問題是天空之城就算不說四通八達，街道總也不至於複雜交錯到讓人連城主府都找不到的地步吧。除了你以外，還有誰能迷路迷成……呃！」

噎了一下，雲千千突然狂眨眼，額上一滴大大冷汗滴下。半晌後，她才吞口口水，遲疑問道：「……九哥，我記得我們族長似乎也是路痴？」

「呃……」九夜也噎了，同冷汗。

修羅族長迷走天空之城，脅迫帶路不成，惱羞成怒謀殺魔界魔王？

很好，凶手找到了……

燃燒尾狐從兩人口中問清前因後果，頓時也左右為難了起來。

這任務到底做還是不做？

做了，明顯的不大現實。先不論成功與否，殺魔凶手是人家族長，這一下手說不定被趕出修羅族都有可能。

那就不做？路西法的冤魂還在旁邊虎視眈眈，任務契約上也寫了不完成任務會有嚴厲懲罰，總不能真在這殺魂滅口吧？

雲千千萬分惆悵、惆悵萬分，萎靡成了桃子乾，垂頭耷腦，悔不當初……早知道自己就不要手賤接什麼任務。管它什麼武器，管它什麼尋找路西法，一開始被魔神逮住的時候自己就應該寧死不屈，大不了就是流產外加掉個一級嘛。現在可好，騎虎難下。魔王能是那麼好調戲的？

雲千千正糾結時，燃燒尾狐手中書大翻其頁，再次興奮。

「我感應到升級需要的神像了。」

「就在噴泉下方，你們快想辦法把它撈上來。」

雲千千不耐煩的把書拍合上不悅道：「等會，沒空理你。」

一直沒說話的海商刷手錶看了眼，著急的說：「幾位，你們到底在討論什麼？一會就要到午夜了，那時的百慕達異常危險，許多深海海怪都會出來覓食。」

「趕緊決定。」九夜皺眉狠下決心，咬了咬牙問道：「到底是殺族長還是……殺他？」說到最後時，他隱蔽的指指路西法所在的噴泉位置。

「族長對你可是青睞有加。」雲千千大驚道：「你下得了手？」要是像她這樣處處被嫌棄的話，叛逆也就叛逆了，說到外面去也算是情有可原。

問題九夜跟她可不同，人家是全修羅族以精英模式悉心呵護培養的精英族人。這樣子的人姑且不說沒有叛逆的理由，就算單為自身利益打算的話，做出弒師叛族的行為也是大大的不划算吧。

「少廢話，二選一，快。」九夜不耐煩：「我都不說什麼了，妳還為難什麼？磨磨蹭蹭跟個女人似的。」

「……」雲千千淚流滿面：「大哥，我本來就是個女人。」

「……不好意思，一下沒想起來。」

燃燒尾狐運氣，屏住呼吸，他實在有點聽不下去了，這種嚴肅的場合笑場是很不對滴。

海商又催促：「大哥大姐們，我還得趕回家陪老婆孩子，快一點行不行？上夜班的話，你們發薪水給我嗎？」

路西法也催促：「你們在商量什麼，是不是有凶手的頭緒？」

「沒有。」雲千千反射性的抬頭反駁。

其他幾人捂臉——此地無銀三百兩

雲千千也意識到不對，乾脆破釜沉舟，或者說狗急跳牆的拍翅躍起，抽出法杖，一片霹靂間不容髮的甩了出去：「兄弟們，上！」

殺個魔王總比殺自己種族老大來得好。其一是自己本來就和對方不算友好；其二反正總得殺一個，路西法雖難應付，但虛弱狀態的魔王怎麼也比全盛凶悍的修羅族長來得簡單。再說，自己還得考慮後續發展，比如說轉職、學習技能等問題……

路西法根本不知道自己要對方報復的凶手正是修羅族長，也就沒想到對方居然這麼決絕果斷（或者說狗急跳牆）。一愣之下，路西法完全沒有防備，再加上虛弱半魂狀態本來就沒正常時那麼反應靈敏，種種條件相加後，竟然正面收下了所有攻擊傷害，黑霧凝成的身體頓時委頓了幾分。

「唔！」路西法悶哼一聲，轉頭就想躲回噴泉。

可是他動作快，其他二人反應也不慢。雖然雲千千的突然發難是另外兩人也沒想到的，不過還好二人和其配合也算有默契。眼看目標要逃，燃燒尾狐反射性率先一排弱點標記打了出去，在路西法身上留下幾個光點。九夜一抖袖管，雙匕滑入掌心，衝上去的同時舞出幾道刃氣，刺穿路西法由黑霧凝成的身體，讓對方受創的同時也遲滯了一瞬。

「不能讓他躲回去！」海商淚流滿面的提醒大喊。

為什麼淚流滿面？原因很簡單，人是他帶進來的，談判時他也是一直站在這一邊的。雖然不知道為什麼這三個客戶突然說翻臉就翻臉，但現在顯然他已經被劃進三個冒險者這一夥了……換言之，他早已非自願的被拉進了這一灘渾水。

如果魔王真的有幸生還的話，不管他怎麼解釋，到時候也絕對不可能被饒下性命來。既然如此，他死不如魔王死……魚不為己，天誅地滅……

「桃子！」九夜咬牙低喝。

「雷霆萬鈞！」雲千千也喝，右手握杖，捏拳引雷，從高空加速，對準噴泉一拳砸下。

「轟」的一聲，噴泉被砸出一道數丈高的水柱，路西法狼狽萬分的被彈飛出來，與噴泉距離瞬間拉遠。

115 蛋蛋

路西法是被打飛了，但是雲千千自己卻栽進去了。

根據地心引力作用，雲千千毫無疑問的掉進噴泉；緊接著，空中被拳力激起的水浪也理所當然的掉落了回來，直接把人淹個徹底……

燃燒尾狐都不忍心去看雲千千的下場。一半熾熱、一半酷寒，這噴泉的威力可想而知，要說掉進去了會不掉血，他頭一個就不信。

就是不知道那倒楣桃子感官真實度中的疼痛感受調節是多少……唔，該不會那麼倒楣是百分百吧？

當然了，現在那邊的情況不重要，只要沒死，她總能自己爬上來的。而如果她萬一死了，後面也就沒她的露臉鏡頭了……現在更重要的還是路西法這邊的戰局戰況。

「找死！」路西法大怒。

曾幾何時他被打得這麼狼狽過？好說自己也是一界之主，哪怕現在落魄了點，也不是能隨便任人宰割的。這些人想占他的便宜？那也得看他們有沒有那個命！當然，路西法不知道人家這次還真不是出於占便宜的目的，主要實在是選無可選了。

隨便換個不知情的圍觀群眾過來的話，說不定形勢所迫之下，也就直接了任務去努力完成。可問題是，現在接任務的有三人，其中三分之二就是修羅族的。要這兩人去對自己老大下手？這事被發現的後果基本等同於刪號重來。

眼看路西法好像有暴走傾向，蜜桃多多跌入噴泉生死未知，九夜離被打飛後的目標太遠來不及回援，燃燒尾狐只能自力自救，連忙把書扉一掀，大喝：「言靈，大預言術！」

這是新學到手的跟書本武器配套的技能，直接攻擊就這麼一招，算是燃燒尾狐的看家本事。本來他是想找個拉風的場景使用，旁邊最好再站一排等待拯救的美麗女孩，自己在金光照耀下背展潔白雙翅從天而降……可惜現在情況危急，好像也顧不了那麼多了。

一道極猛烈的粗大光術從天砸下，直接貫穿路西法黑霧形成的身體，帶起一聲痛極狂怒的嘶吼。

「修羅斬！」九夜趕到，半空中腰身一轉，旋舞雙匕帶動全身力量交錯劈下。

路西法萎靡，身上的黑色霧氣又減弱了幾分。

正在二人得手、就要再接再厲的時候，噴泉中突然射出一道光芒將路西法捲裹了進去，速度快得讓人阻止不及。

「呃……」九夜僵住。

「這……」燃燒尾狐也僵住。

攻擊目標消失，噴泉下目前有兩人……這到底該不該繼續殺？

「快動手啊，斬草不除根，春風吹又生！」自行腦補魔王日後的報復，本來已經眼看要逃出生天，卻又發現突生變故的海商飆了句名句，很著急的催促二人。

「動什麼手？」九夜皺眉收刃，冷冷掃了海商一眼：「我們同伴還在下面。」

吸進路西法後，噴泉慢慢恢復到最初進大殿時看到的樣子，慢吞吞的重新噴吐起小小的寒熱水柱。噴泉下像是什麼人都沒有，什麼事都沒發生過一樣，半點動靜都沒有。

「這是怎麼回事？」燃燒尾狐小心翼翼的等了會，沒見到有什麼異狀，終於忍不住走到噴泉旁邊，探個腦袋往裡面看：「難道這不是噴泉，而是傳說中的化屍水，人一進去立即屍骨全無？」要不然怎麼解釋兩個死對頭在同一噴泉下，居然還能和平共處的事情？

「莫非是什麼副本入口？」九夜也上前，抱臂研究，給出一個聽起來更可靠的答案。

魔王並未伏誅，目前生死不明。這一事實替海商帶來了沉重的打擊。最氣人的是，旁邊二人居然還沒有趕盡殺絕的意思，好像投鼠忌器怕誤傷同伴……

呸！冒險者死個一次又不會真死，自己可是只有一條命。

海商黯然心碎，既然形勢已無法更改，只能抹把淚，嘆息解釋：「這是返生噴泉，既不是什麼異空間入口，也不是什麼化屍水。相反，它還有滋養神魂的效果。你們的同伴如何不知道，但是魔王的殘魂在裡面會慢慢恢復。待上一段時間後，就算沒有找回他自己失落的神魂，也能修補回復到從前的全盛時期。」

換而言之，這就是高等VIP級NPC們專用的重生點。那些具有唯一不可再生刷新性的、身上還背有重大使命和任務的、暫時還不能死也死不起的NPC們，如果在遊戲中途出現意外被玩家或其他NPC狙殺後，就可以在這裡療養治療，等住院結束後再回歸崗位，繼續自己的本職工作。

除了百慕達失落神殿內的這個返生噴泉外，有同樣作用的NPC療養點或療養道具，在不同地圖大區內各有幾個，保證高等 NPC 在出現意外時能隨時進行治療。目前已知的有養魂石、返生噴泉、生命之樹等等……

「看來路哥是不用擔心了，該擔心的是我們。尤其死桃子連訊息都沒發來一個……該不會真掛了吧？」燃燒尾狐聽完海商解釋後終於不淡定，繞著噴泉著急打轉。

「……」九夜默默無言的抽出匕首蹲下，憑藉良好的職業習慣準備守屍……別管守上來的是誰，反正不能大意。

在神殿中三人焦炙的期盼下，好一會時間後，噴泉中才終於有了動靜。水面突然一陣激盪，接著一隻手從裡面伸了出來。

九夜反射性攥了下匕首，正要先發制人，結果電光石火間瞟過一眼，辨認清手掌大小，判斷應該是個女人，於是這才再次安靜了下來。

水中手臂胡亂揮舞一陣，終於抓到噴泉邊緣，按住一使力，雲千千半個身子總算是從噴泉中騰了出來，懷裡還抱著自己生的那顆蛋……

「臥槽！千鈞一髮啊！」上岸咊了幾下，某水蜜桃一臉害怕。

「到底怎麼回事？」燃燒尾狐急吼吼的問道：「路哥呢？妳在下面沒看見他？」

「長話短說吧。」雲千千抹抹頭髮，拍了下懷中蛋，嘿嘿奸笑的宣布：「九哥，路哥現在變成我們的兒子了。」

九夜：「……」

燃燒尾狐：「……」

海商：「……」

事情解釋起來很簡單，準孕婦雲千千海中產子，本來應該生下的是個孩子，結果可能是因為剛好吸收了路西法被打散的神魂，幼兒靈魂重新整合淬鍊，生子變成了生蛋。

本來這只能算是「機緣」，最多也不過是孩子孵出來後屬性更強些，順便天生附帶黑暗屬性之類的。結果在這個孵化過程中，她又掉進了返生噴泉，緊接著路西法也掉了進來……

NPC重生法則有二：一是普通刷新，如地圖練級小怪或士兵之類。二則是重生轉生，如路西法等不可替代的高級NPC。

重生轉生可以從字面上的意思去理解，基本上就是帶著原魂重新附身投胎，或者自己慢慢淬鍊出新的身體。原本路西法走的是後一種路，所以才有了返生噴泉外與眾人的相遇。

可是在雲千千跌入噴泉後，這相當於NPC輪迴之所的地方，再加上蛋中本身就有著路西法大半神魂，蛋蛋與路西法因神魂關係互相融合，融著融著就不分你我了；再接著，路西法就到了蛋裡，等待破殼出世……

「……」燃燒尾狐聽完雲千千根據事情經過分析推理出的結果後，強嚥下一口小血，臉色僵硬的伸了個大拇指讚道：「妳行。能生出魔王的，你們也算玩家裡面頭一個了。」

「沒辦法，這就是運氣。」雲千千感慨的一甩頭，憂鬱謙虛道：「其實我個人也經常為自己太過受歡迎的好運而苦惱。」

「呸！」燃燒尾狐忍無可忍。

在最初的程式編寫時代，人們的程式設計基礎是「觸發」。也就是說，達成條件A的話，就會出現事件B，未達成則出現事件C……以此類推，一切運行程式都是以「觸發」理念為基礎而構成的。

但是在程式編寫慢慢發展完善之後，現在的程式設計基礎已經改變，進化成了「邏輯」，這種程式設計理念也正是智慧NPC出現的基礎。程式工程師們只要把基礎準則鋪陳出來，以邏輯基礎任其自行推展延伸，就使程式本身生出了無限的可能性，而不是被局限在已經設定好的某些條件之內。

法則可以在任何條件下通用，條件則只能限制在最初設定好的範圍之內。

「機緣」也是法則延伸出的無限可能的一種。NPC的轉生法則、神魂法則、生產孕育法則……在這些已經被鋪陳好的法則之下，玩家偶然符合了所有法則，得到一顆魔王蛋，這就是「機緣」。

「總而言之……」九夜刺激過大，有些無法接受的扶住了頭：「妳的意思是說，路西法現在在蛋裡？」

雲千千憐憫的看九夜：「嗯，雖然你可能無法接受。」

「……」確實無法接受。

在接二連三的冒出了魔族之亂、陣營消息、魔王路西法現身天空之城等等這些事件之後，遊戲裡已經很久沒有出現什麼新的大八卦了。

一下從沸沸揚揚的喧囂熱鬧轉成寧靜祥和，這氣氛變化之大不可謂讓人不失落。尤其是血液裡天生藏有冒險因子的一群大男人，在剛體驗了不久前的熱血飛揚之後，更是無法接受這樣的落差，一個個蠢蠢欲動的，恨不得代替遊戲官方再組織一場什麼某某大亂了。

正是這個蕭條時期裡，創世時報敲鑼打鼓發布最新一期特別版，爆出驚天猛料一份，及時拯救了大家失落的心——江湖第一陰人在神秘海域百慕達的探寶之旅。百慕達這地圖有相當一部分玩家都不陌生，可是如果說到去探險，就有九成九的人都要搖頭了。

貴啊！

不入虎穴焉得虎子，高級的地圖裡一定有許多寶貝沉眠著等待大家去認主。問題這探索熱情遇上巨大成本消耗，有腦子的都得考慮划不划算。

首先百慕達很遠，要到達那片區域的話，一艘多載貨物的大船是必不可少的。別提空間袋，太沒常識。玩家是可以吃自帶食物了，NPC 水手怎麼辦？莫非有誰願意親自游過去？

幾千海里可不是說笑的。

其次是地圖內暗流之複雜、漩渦之深沉、海怪之凶猛……沒有當地居民帶路的話，進去一個賠一個。當然，如果你只是想遠遠瞻仰一番的話，那就另當別論了。

最後是消耗問題。探索百慕達必需的各種適用道具只有那片海域裡的海族商人有賣，去過的人感想就一個字——貴。非常、極其、以及十分之貴！一組全套道具就得 1800 金。也別嫌黑，想要赤手空拳進去的話，連骨頭渣子都剩不下來一顆。沒有海馬帶路，躲得過暗流？沒有藥水顯形，避得開隱形副本？沒有……半路後悔的話也行，海域內還有可能碰到其他商人，不過價格肯定比外面賣的更高。

這點大家都有經驗。比如遊樂場裡賣的飲料、霜淇淋絕對不可能比大街上的便宜；比如 KFC 的百事可樂必然是路邊攤的數倍價格……

可是，這次創世時報帶給大家的消息是震撼的、是驚喜的。據小報消息稱，百慕達內的海族商人為擴展業務，為經濟繁榮，為促進百慕達與外界的雙邊友好，為……在種種考慮之下做了一個艱難的決定，放寬百慕達的探索門檻。本來賣貨物的還是賣貨物，但除此之外，還為一些囊中拮据的玩家們提供了另外一種探索方式，那就是跟團。

這個跟團就和字面上理解的意思一樣，海族商業聯合會在百慕達外海海域處設置了一個小型辦事點，凡欲進百慕達探險的冒險者們，都可以在那裡繳納少量金額領到號碼牌資格。每湊夠二十人時，海族商業協會便派出一個導遊帶領冒險者們探索。

當然了，路線是固定的，不接受個人化要求。每到達一個景點附近時，導遊會留下一至五小時不等的自由活動及休息時間。在這段時間裡，玩家如果願意去附近逛逛，可以跟海商買海馬自行前去，也可以租，所需費用不等……

報紙特別版內刊登了不少百慕達內的知名地點圖片，其中有沉睡海底的失落神殿、鬼海漩渦、迷流海域、海底金字塔等等等等。大部分圖片是遠景，很明顯，拍照片的主人自己也沒近看……這是肯定的，如果都近看過的話，建築內即使還有寶貝也肯定有限了，開荒才是王道……唯獨拍了多張照片的就只有一個失落神殿，不僅有許多近景照片，還有內部介紹，其中一張半邊冰寒、半邊熾熱的返生噴泉近景更是吸引了大多數玩家的注意。

據說，只是據說，返生噴泉裡有個很神秘的BOSS，打敗之後有重寶……

「神秘個屁？路哥都被我收到蛋裡了，他們還想去刷誰？」雲千千對報紙內容嗤之以鼻，隨手把新刊丟到身邊桌上，再從空間袋裡拿出蛋蛋摸了摸，不知第幾次拍了個鑒定：「唔……孵化時間還沒到，不知道什麼時候路哥才能出生。」

彼岸毒草在旁邊苦笑：「這件事情不重要，反正其他條件都具備了，現在只能等……我問妳，魔族那邊妳打算怎麼交代？」

「什麼怎麼交代？」雲千千大氣的一揮手說道：「我現在是他們老大的媽，他們敢把我怎麼樣？」

「……」這才是最讓人頭疼的問題……彼岸毒草扶桌呻吟：「如果我是魔族的話，肯定會把這件事情視為自己畢生恥辱，然後……」

「怎麼樣？」

「殺人滅口，掩埋真相。」

「……」雲千千看白痴般看彼岸毒草。

後者偽裝的淩厲視線頓時潰散，無奈的再頭疼一下：「當然了，玩家是不死的。於是更可怕的事情來了，魔族不能永除後患，為了出氣洩憤，說不定就會在我們公會鬧出源源不斷的麻煩……」

蜜桃多多的影響力越大，在公眾中的人氣度越高，大家也就越發會關注她身上發生的事情。

如果她只是普通玩家路人甲，沒有什麼高強實力、第一公會和天空之城等光環的話，大家也就越不會注意她，這樣魔王的消息也就容易隱瞞下來了。

比如說人們恨不得把某某明星一天上幾次大號都調查出來，但是有誰會關心街上碰到的路人到底便秘了幾天？

投注在蜜桃多多身上的關注視線越少，魔族的人只會越高興，這代表他們老大被人孵成兒子的事情暴露的機率也就越小。

彼岸毒草雖然身為打工的，但對自己老闆在NPC中的名聲是很有自知之明的。除了祖墳上冒黑煙、缺了八輩子德的那些NPC，基本上不會有誰願意托生到這棵爛桃樹上做兒子……

「我知道，你意思是魔族的那群魔會想方設法整我，我越不出頭的話，路西法的身分就越沒有暴露危險。問題還有一句話你可能沒想到，叫投鼠忌器。」雲千千拍拍蛋，不在意的一聳肩道：「我實力越低，兒子的限制就越大。沒聽說過附屬於玩家的NPC會超過玩家等級的。他們就不怕自己老大這輩子都出不了頭？」

「兩害相權取其輕，這得看他們更重視路西法還是更重視魔界的名聲了。」彼岸毒草依舊不樂觀：「好了，事情已經變成這樣，現在後悔也沒辦法。好歹水果樂園已經有一定規模，抵禦些騷擾還是沒問題的。

主要是妳打算怎麼和發任務的魔神談這個問題。」

「老媽說乖孩子不能撒謊……唔，實話實說？」

「……」彼岸毒草以眼神默默鄙視之。

雲千千尷尬抓頭道：「看你這副表情好像很不同意我的看法了。」

「說還是得說，這事情是瞞不住的，主要是怎麼說。別的先不談，妳還有個任務掛在魔神那裡，不給個交代妳以為混得過去？」

「那依你說捏？」

「這……」彼岸毒草很痛苦、很糾結，小心翼翼的斟酌詞彙：「首先必須得委婉，然後還得隱晦，注意表情，不能露出得意的情緒刺激對方，更不能表現得歡快喜悅……當然最好也別做出悲憫同情或懊悔之類的樣子。以妳的前科來參考的話，這種大徹大悟、幡然悔恨的作態多半會讓人誤會妳是在挑釁……當然，裝驚訝也不行。誰都不會相信妳是受害人，他們只會覺得妳心機深沉，算計了路西法還想推卸責任……」

「不悲不喜，不怒不笑……再加個不言不語的話，我就可以直接繼承古墓派了。」雲千千無語：「照你這樣說，我乾脆不去不就得了，省得人家看我覺得礙眼。」

「不去？不去等魔神來抓妳質問？」彼岸毒草瞪過去一眼，異常悲憤：「我在遇到阿尊之前的其他遊戲裡也跟過不少幫派公會了，怎麼就從來沒遇上過妳這麼難搞的！」

難道他家那座祖墳也冒黑煙了？自己究竟是缺了幾輩子的德才會遇上這麼個老大啊！

雲千千訕訕道：「別激動，這事情還可以慢慢商量，反正路哥現在還在蛋裡……呃，我去找孩子他爹聊聊，問問他的意見，你慢慢思考啊。」她說完，咻一聲竄走，留下仍在痛苦糾結中的彼岸毒草還來不及喊人就已經消失。

馬的，有這麼不管事的人嗎？又不是他闖的禍！

彼岸毒草怒，大怒，一甩手，決定也不管這爛攤子了。誰愛管誰去管，他要放假，放長假！

他拔腿剛走沒幾步就被攔住了。餐廳服務生笑呵呵的鞠躬哈腰道：「客人，走之前能不能請您先把飯錢結一下……」服務生笑容有禮疏遠，看彼岸毒草的眼神如同看吃霸王餐的無賴。

「臥槽！」本來以為她跑路是不想被自己唸叨，嫌事情麻煩，現在看來原來還有吃免錢這麼深沉的動機在裡面。

彼岸毒草咬牙劈手奪過服務生雙手遞上的帳單，另外一隻手掏錢：「結就結，下次再看見那女人帶誰來吃飯的話，給她洗碗水就可以……靠，你兩碗素麵是金絲銀條做的？97金，你怎麼不去搶……什麼？誰讓你們幫她打包福壽宴的，什麼時候的事？……」

結帳出門，彼岸毒草雙眼噴火，咒罵不休。馬的，居然疏忽了，難怪吃到一半她主動說去買創世時報的新期刊，自己還以為鐵母雞終於肯拔毛，居然主動付報錢，原來是趁機出門要打包……

一個夫妻傳送，雲千千「咻」一聲出現在落盡繁華會議現場。

一葉知秋、無常及其他與會人員呆呆看神秘出現、不請自來的到訪人士，一個個嘴張得可以塞雞蛋。

「有事？」九夜鎮定自若的問道。

「呃……雖然我們公會不發薪水給你，但是夫妻一場，你也用不著幫其他公會做間諜吧。」

一葉知秋回神，嘴角抽搐了下，招手喊人：「上杯桃子汁給蜜桃會長。」接著他再轉頭看雲千千，努力扯了個笑容出來：「妳誤會了，我們只是在和紅顏傾國公會談合作事宜。九哥這段時間被紅顏的人僱傭做打手，順便也跟著出席了。」

「哦？」雲千千隨手拉開一張椅子坐下，眼睛往長桌桌面上一掃，果然在落盡繁華的成員之外看到一張熟臉：「咦，這不是那位陪我去祈禱孕育的小姐？」

「你們認識？」一葉知秋好奇。

「唔，其實只有三面之緣。就是去教堂夫妻祈禱那三天，天天見她跟著來打卡。」雲千千實事求是的跟一葉知秋透露情報，嘿嘿奸笑：「我懷疑她是想挖我牆角……嘿嘿，你懂的。」

「……」一葉知秋嘴角抽搐。他確實懂的，而且大家都懂了，不過這種事情下次您能不能小聲點說？

所有與會人員不約而同一起轉頭，恍然大悟，目光如刀刷刷飛向那一臉青紅紫漲、咬脣隱忍、好像將要爆發的紅顏會長。

紅顏會長難堪的承受眾人打量曖昧的視線，努力無視耳邊窸窣的交談聲……馬的，要八卦開私聊去，耳語個屁……她臉上表情變幻了下，勉強笑笑道：「蜜桃會長真會開玩笑，我只是好奇新開的孕育系統，正好又知道九哥要陪妳去祈禱，所以才跟著去長長見識……妳千萬不要誤會。」

雲千千眨眨眼，皺眉疑惑道：「妳意思是妳對九哥沒企圖？」

「沒有。」有也不可能現在告訴妳……紅顏會長一臉堅貞，快速否定。

「哦，那就好。」雲千千桃心甚慰，欣慰的看紅顏會長：「原來我一直誤會妳了，妳只是很傻很天真，所以才會無意曖昧？」

「這……」紅顏會長臉色又變幻了一下，很是難堪。

這要怎麼回答？說並沒有無意曖昧，那意思就是有意囉？這是自打嘴巴，絕對不行。

那就說是的，我只是很傻很天真……呸，這怎麼讓人這麼為難？

紅顏會長一時左右為難，求助視線忍不住飄向一葉知秋。

一葉知秋眼看客人難堪，本來有心化解僵局。可是他張了張口還沒來得及出聲，桌子底下就被人踹了一腳。他忍痛偏頭看了下，無常垂著眼皮，正一臉專注平靜的研究手中文件，像是剛才出腳踹人的根本不是他一樣。

這個……意思是叫自己別多事？也對，畢竟那桃子不是好惹的。一葉知秋恍悟的同時為難了。問題是合作對象現在正尷尬著，身為主人不出面好像不大好吧？再說人家怎麼說也是個女人，大庭廣眾的，這臉丟得也太大了……

不用一葉知秋糾結更久，九夜已經不耐煩的拉了拉正含笑看紅顏會長的雲千千問道：「到底什麼事？」小女生的心思與他無關，他只想知道這邊到底又出什麼問題了。

「九哥……」紅顏會長誤會英雄是為自己解圍，感動淚眼中。

「呃？……哦，要不然你開完會再說吧。」雲千千大方的擺擺手，表示等下再談無妨：「我旁聽，你們先談。」

對於這個根本沒有「別人在開公會會議，自己身為外人應該要懂事迴避」這種自覺性的水果，落盡繁華的人已經習以為常了。對方經常做的出格事不止這一件、兩件的，要計較的話根本就計較不過來。

再說會議內容無非是落盡繁華和紅顏傾國的合作細節。目前落盡繁華和水果樂園等公會還處於聯盟狀態，即使私人與其他公會合作，理論上也應該告知其他幾家公會。

反正早晚都會知道，無視她就好。

落盡繁華的幾個幹部們若無其事，當是沒有雲千千這個人似的，照舊侃侃而談。

紅顏傾國的女孩們感想可就沒那麼好了。

這人是誰啊？說坐就坐，又不是兩家公會的內部成員，也太不客氣了吧。女孩們根本沒把落盡繁華和水果樂園的聯盟關係看在眼裡；再說就算是聯盟，各家公會的事務畢竟還是應該屬於隱私範圍吧？聯盟只是指兩者以上為了互相保衛而集合在一起的組織，又不是公司合併……

「怎麼了？對於上一則條件各位難道沒有什麼看法？」一葉知秋按無常遞來的歸納書提了幾點後，突然發現紅顏公會的坐席上出奇安靜，好像根本沒有人搭理自己耶。

紅顏會長此時已經坐下，聞言連忙抬頭道：「啊？哦，你能不能再重複一遍？」

「……」一葉知秋無語，滿頭黑線，還不得不幫人找詞開脫：「好的，可能是我剛才說得太快了。前面說的是……」

會議繼續。紅顏會長轉移注意力，努力集中於一葉之秋說話的內容中去。

眼看沒人注意自己這邊，雲千千聽了一會後百無聊賴，悄悄丟個隊伍邀請過去給九夜，等對方接受後問道：「在談什麼合作呢？小葉子又想幹啥壞事了？」

「別把人家想那麼壞。」九夜皺眉：「剛才我也沒注意聽。」

「哈哈，你也發呆……」

「我沒注意聽，但不是發呆。」九夜滿頭黑線，哼了聲道：「身為被僱用的員工，我的職責就是保護僱主安全，至於她的公會事務就不在我的關注範圍之內了……只要是工作時間內，我都要隨時注意周圍人員有無異常，會不會有可能傷害到僱主人身安全的行為。」

「嘖，看來你很盡職？」

「當然。」九夜對自己的專業引以為傲，面無表情的臉上難得露出一絲自得。

「那你有沒有想過，假如有人要殺你的僱主，而且那個人是我的話……嘿嘿，如果我剛才下手，你根本就來不及防……呃，我隨便說說的，你別那麼緊張。」

靠！明明是他自己不專業，居然還敢瞪她……雲千千抓抓頭，接過旁邊人剛替自己送來的桃子汁，就著吸管喝得窸窣作響。

真沒水準。紅顏會長聽著安靜會場中一隅傳來的吸果汁聲，雖然努力想忽略，但還是忍不住被鬧得心煩意亂，連捏著筆的手都攥得青筋暴出兩根，充分體現了其現在心情的隱忍和不耐。

嘖，這到底是個什麼女人，能不能注意點形象？紅顏會長想罵人又不好意思出口，只能盡量把注意力集中在一葉知秋身上。

後者習以為常、習慣成自然，這點小騷擾根本不被他放入眼中。人家現在已經到了寵辱不驚、泰山崩於前而不色變的境界。

好一會後，吸管聲終於消失。紅顏會長暗中吁了口氣，剛剛放鬆露出個解脫的微笑，角落那位已經舉了杯子朝一葉知秋招手。

「嗳，喝完了，再給我一杯？……最好換成酒，最近生孩子，十天沒沾酒葷了，別那麼小氣嘛。」

「去換酒給她。」一葉知秋依舊淡定，揮揮手，抓著文件繼續講道：「關於妳提的要求，以我們公會現在的實力確實不成問題，但是條件……」

集中、集中、集中……紅顏會長太陽穴一跳一跳。

「要女兒紅。」雲千千在角落補充要求。

視萬物如浮雲的一葉知秋口中敘述連頓都沒頓一下：「所以我個人認為可以這樣，妳們提供……」

集中、集中……紅顏會長笑容已快崩潰。

「是三十年的女兒紅，不要新釀。」雲千千繼續補充要求。她是有身分的人，要求高一點也正常。

浮雲，一切都是浮雲……一葉知秋眉都不挑繼續講解：「這樣合作的好處不用我說明，相信紅顏會長應該也能考慮到其中……」

集中……

「有酒沒菜哪是待客之道，你給我……」

「有完沒完！」紅顏會長忍無可忍，拍案而起。可惜熊熊怒火還沒燃燒就已成渣，一團巨大黑雷從天而降，將她的聲音及整個會場都淹沒在內。

116 找凶手

一片巨大黑氣包裹整個落盡繁華駐地山頭，雷火魔氣衝天，金戈交擊與廝殺吶喊聲不斷。哪怕是方圓數里之內，依舊可以感受到陰寒森冷之氣，讓人忍不住頭皮發麻。

突然遭遇襲擊的人看見黑氣中紛紛隱現出的海量魔族後被嚇了一跳，有幸沒有被黑氣包裹在內的玩家們在周邊看到此壯觀場面後被嚇了更大一跳。

這排場太威風了，哪怕是魔族之亂的活動期間裡面，也沒誰有機會見過這麼大手筆的恐怖襲擊啊。

「這是怎麼回事？」一葉知秋聲嘶力竭，青筋暴跳。讓他在這種時候保持風度實在是太難為人了，任誰看見自己老巢突然被人包圍，肯定都會失態。

他起碼還保留了一點理智，知道問一句緣由。更多人，尤其是紅顏傾國的女孩們，那早已經是驚慌失態，眼淚與哭喊齊飛，尖叫共怒吼一色。

雲千千察覺不對勁的第一時間已經捏碎傳送石跳回山腳，同時沒忘記順手發了個召喚邀請給自己老公，可惜對方沒接受自己好意。抓頭疑惑半分鐘後，雲千千才恍然。臥槽！忘記那傢伙現在正被別的女孩包養去當護花使者……

「好壯觀！」山腳下圍上一群不知情的圍觀群眾。有人在人潮人海中感慨，雙目迷離嚮往的看山頭上黑氣瀰漫的魔族肆虐所在，顯然是十分羨慕；但他大概還有一絲理智，所以衡量自身與敵人的實力對比之後，果斷選擇繼續旁觀。

「嗯，確實壯觀。」雲千千面無表情的附和了一句，摸下巴，若有所思的看山頂上黑光一片，黑光中還有白光一片……

想了想，她刷出相機搶拍幾張戰場第一手圖片資料，多角度「喀嚓」三分鐘後才滿足。接著她轉手召出小使魔，附上襲擊事件經過、時間、親身體驗等等，將照片直接寄給默默尋，要求對方支付爆料費；同時另外表示自己知道本次魔族突然襲擊的理由，欲知詳情可以擇日詳談。

小使魔背負著雲千千的殷切期盼絕塵而去。煙塵滾滾中還有另外一批使魔，都是在場的圍觀黨放出來的，估計不是同樣搶爆料就是寄照片給朋友去炫耀，順便召喚更多圍觀黨來圍觀熱鬧……

創世第一高手在本次滅門慘案中雖一度力挽狂瀾，可惜終究是寡不敵眾，在不小心誤入魔族群後身死殞落。老牌公會落盡繁華的駐地作為戰場中心，被毀壞殆盡，繁榮度直接滑落跌停板；因基礎建築損壞度超過百分之五十，被強制減降一級規模。

全女性公會紅顏傾國主要幹部攜親信赴會合作時，被本次恐怖襲擊波及，江湖私家美女排行榜第一名、第四名、第十名、第……等等數名嬌花在此次暴風驟雨的打擊中黯然慘死，引起眾狼激憤，拉大字橫條幅上街遊行抗議，要求遊戲官方出面解釋……

魔族為何重現，又為什麼突然發動了這麼聲勢浩大的屠殺行動？他們的目標究竟是誰，想要得到的又是什麼？

創世時報第一時間派出記者奔赴戰場進行即時報導，緊急增印特刊數份，詳細的揭露了本次事件的經過，在江湖中引起的回響和討論不可謂不大，一石激起千層浪。

而在全創世紀玩家們或惶惑憤怒的氣氛中，唯有默默尋是最大的贏家，在辦公室裡數金幣數得眉開眼笑……管他是什麼原因呢，這樣的大事件最好再多來幾次，要不然她哪來的錢賺？

「呃，你不是讓人包……僱用？」雲千千在麵攤正吃著麵，突然眼前降下一片陰影，抬頭一看，正好看見九夜在自己對面坐下。

九夜抬頭掃她一眼，淡定招手喚來服務生：「切盤滷牛肉，再來碗餛飩麵。」他點完菜後，才平靜的回答問題：「解約了。因為保護不力。」

「不會吧？」雲千千驚訝道：「那小妞因為你保護不力的關係就跟你解約？」

駐地後來的死傷情況她不是沒從報紙上看到，一個不留、滿山被滅確實是慘了點，但要怪到九夜頭上實在是說不過去。首先不說人家是突然襲擊，單說那次來的魔族數量就不是好對付的。自己在山腳下面抬眼粗粗一掃都起碼看到了數百來個，更別說被籠在那堆黑氣裡面的……這次魔族的出動最少也得有上千的規模？

再說了，紅顏會長明顯醉翁之意不在酒，是不是真需要保護需要到專程去僱用一個高手的地步不知道，但她想泡九夜的心思倒是表現得挺明顯了……

為這就解約？她腦子被水淹了吧？

餛飩麵沒上，滷牛肉先到。雲千千很自然的伸爪端過來，倒了半盤在自己碗裡攪和攪和，吃一片，皺眉繼續問道：「是不是其中有什麼誤會？」或者說，莫非這就是傳說中的以退為進？

「……」九夜默默看瞬間變得空虛的牛肉，面無表情的把盤子拉過來，擺在自己右手邊後，才抬了抬眼皮，搖頭道：「沒有誤會，是我主動要求解約的。她不願意，我沒理。」

「噗……咳咳，你解的？」不知道那女人當時是以何種心情面對如此殘酷的事實。雲千千抓抓頭，問道：「為什麼？」難不成他知道了那女孩對他有企圖，為了表示清白不讓自己誤會，所以才……

「不能保護僱主安全，當然解約，這是我的行規。」餛飩麵終於來了，九夜說完埋頭吃麵，眼神都懶得給一個。

「……」好吧，是自己自作多情了……雲千千摸摸鼻子，聳聳肩繼續吃麵。

吃飽喝足談正事，九夜捧杯茶問道：「妳之前到落盡繁華找我，莫非就是故意引魔族過去？」

這個假設是無常想的，但是九夜個人也認為十分有可能，所以同意前來一探，看看究竟是不是某水果產婦憂鬱症延遲，突然精神分裂、殘虐成性什麼的；再不然也有可能是最近生產的日子過得太空虛，所以她迫切需要找點樂子，鬧出些動靜來向大家宣布她又回來了？

雲千千一口茶水嗆住，大怒：「踏馬的誰造這種謠？」

九夜乾咳幾聲後，尷尬道：「這只是例行問話，別介意。那麼妳的意思是這次的事件與妳無關？」

「呃，其實認真說起來還是有點關係的。」

「你……」

「別生氣，我保證不是故意的。你先聽我說完。」雲千千連忙倒茶，狗腿諂媚道：「還記得我們的兒子嗎？」

九夜想了會，突然驚訝道：「妳的意思是，那些魔是想來搶路西法？」嗯，這樣的話就解釋得通了。蜜桃多多有事情找自己商量，大概就是得知了一些內幕，想商量應對魔族的事情。但沒想到對方出手會那麼迅速，還自帶雷達偵測，定位座標後，直接拉團飛撲會議現場……

九夜汗，大汗，廬山瀑布汗。要這麼說的話，這事和她還真沒什麼關係。雖然她有點連帶責任，但主要是時機太不湊巧了……關鍵還是一葉知秋倒楣啊，誰叫他早不開、晚不開，非得那個時間開會？

「看你這表情好像已經理解了。」雲千千惆悵嘆息：「其實我也不想的，這次真的是個誤會。」雖然這話被她用來糊弄過許多次，但只有這次包含的感情最為真摯。

踏馬的，早知道魔族會跟著她過來的話，剛才她直接冒死去神族聚居地做客多好。反正那神主大叔看她不怎麼順眼，正好她看人家也不怎麼順眼……

「事情應該還沒結束吧。」九夜首先想到的是後續麻煩。這次屠殺行動大概不會是最後一次，如果對方真有心要動蜜桃多多，接下來的行動也將是源源不斷。

「還沒結束。」雲千千咬牙道：「沒看我現在都縮到這麼小的麵攤來吃飯了嗎……不過目前優先要解決的問題不是這個，最重要的是，查清究竟誰洩漏了我手裡有路西法的事情。」

「哦？」

「你想想，路西法前腳才在百慕達變成了我們兒子，後腳我們馬上回了大陸。為了保險起見，我還沒去魔神那交任務……那麼魔族從何得知路西法的事情？莫非你以為他們是單純看我不順眼，毫無理由就發動了那麼大手筆的襲擊？」

「這……」九夜的臉色漸漸凝重：「果然有問題。妳我沒有洩密的話，那麼有內奸也只會是海商或狐狸……我個人覺得海商嫌疑最大。」

雲千千拍案而起：「虧我還想辦法幫那群孫子謀生計，居然吃裡扒外？正好你現在沒任務，我去找他們算帳！」她抓起通訊器，直接接通燃燒尾狐：「狐狸，幫我算算上次幫我們帶路的那海商在哪裡！」

一分鐘不到，燃燒尾狐回訊：「西華城民居，座標XXX、XXX。」

一路衝破魔族三次圍截、四次暗殺、五次追堵……魔族不殺雲千千誓不甘休的意志，已在實際行動中被體現得淋漓盡致。尤其最可氣的是，海商在西華城的住所外，還有一排排魔兵、魔獸將整座小房團團包圍，防守得滴水不漏。根據雲千千的初步估計，此等保護等級已可媲美當年路西法率魔兵親征時的水準。

身為一個小小商人，能在有生之年體驗一回高級VIP級的魔王待遇，他已經可以瞑目了。

「臥槽！居然有這麼多魔兵，到底那商人是魔王還是我們兒子是魔王？」雲千千和九夜躲在小屋外某隱蔽巷道中生氣。

「我個人認為魔族應該是兩個都不想認。」九夜淡定，仔細研究一下海商小屋外的情景後，沉吟片刻後，問：「他們這是守株待桃？」

「……」

「嗯？或者妳覺得應該叫請桃入甕？」

「九哥你變壞了。」雲千千悲痛。

魔兵是輪班制，採取的是以前護衛路西法時曾用過的交班方式。每批交班士兵有兩百人，分十隊。每隊攜帶魔獸兩隻，專門注意周圍氣息是否有變化，有陌生氣息進入巡邏範圍百公尺內的話，立即狂吠報警。

雲千千開始不知道這個，還想化雷混進去，結果剛一靠近就被聞出來。百來個NPC牽著十條狗足足攆了她四條街啊四條街，其熱鬧場景，甚至引發萬人空巷前來圍觀。要不是她化雷形態沒被人看到臉的話，以後也就沒臉繼續在江湖上混了……

踏、馬、的，到底是魔族哪個孫子做出來的避雷針？

沒錯，為了應付擁有化雷形態的雲千千，魔族還特意出動了新型武器——避雷針。正是因為如此，前者才會猝不及防之下吃了這個悶虧。

此針原理大家都懂的，不懂可以去問網路。總而言之，雲千千估計現在最少三個魔族手上就有一支針了，而且那避雷針接的可不是地面，接的是空間傳送石……一被吸進去，八成直接連通魔族監獄，要不然就是被投到某蛇窟魔洞啥的，總之是不可能讓她好過。

雷咒、雷霆地獄之類的雷因為屬於技能關係，有定點打擊性，所以避雷針對這些倒沒有什麼太大影響，頂多是讓雷霆軌跡稍稍有些偏移罷了。用網遊的說法，意思也就是說你閃避增加。

九夜觀察小屋輪班情形許久後嘆氣：「偷偷潛進去不行，換班空白時間也找不到……還是硬闖吧。」

「兩百魔兵……」雲千千欲言又止，悲憤握拳。兩百人看起來不多，他們咬咬牙倒也撐得下來。問題是她不相信外面會沒有援兵，說不定人家見她來後小哨子一吹，兩百人瞬間增加十倍……

「總比什麼都不做的好。」九夜頭疼道：「再說我們又不用真的全殺，只要突破重圍衝進去就好。那商人可不是路西法，我估計三兩下就能解決了，之後直接傳送……根據活動期間路西法身邊的守護兵力和巡邏規則，無常算了下，如果我們從進門到刺殺能控制在三分鐘內，應該還是有五成機會逃出生天。」

「……萬一要是逃不出來？」

九夜嗤之以鼻，丟個替身草人過來：「那就趕緊隨便找個人送死吧，只要千萬記得別被人活捉就好。」

無常帥哥的戰略測算還是信得過的。人家是這方面的專業人才，大大小小的網遊戰役都不知道策劃過多少次了，磨礪至今，失誤的可能性已經是非常之小，除非他故意整她……不過好像也不大可能，畢竟這次九哥也跟著呢。

就為了報個仇出口氣，還特意九死一生的去冒這個險，是不是有點不大划算？雲千千順手把替身草人丟進口袋裡，很認真的猶豫著。

「又怎麼？」九夜武器都上好了，回頭一看，正主居然沒有動的意思，於是不耐煩的問道。

「沒，正在思考關於人生的哲理。譬如說榮譽，譬如說生命價值……」

「……」九夜滿頭黑線：「妳不想去了？」

一針見血啊大哥！雲千千臉一僵，瞬而諂媚笑道：「怎麼可能呢，犯我桃威者，雖險必誅。不然以後誰都敢扯老娘後腿，我還要不要在江湖上混了。」

「那就上吧。」

「但……」

「蛋在妳身上，GO！」九夜沒耐心繼續和人胡扯，抓了匕首當先衝了出去。

屁！姐姐是純女人，只有包子沒有蛋！

幫手都上了，身為主角她好意思不上？當然不好意思，更別說這幫手還是她看上的男人……雲千千淚流滿面的拉出法杖跟上，英勇就義：「天雷地網！」

幾乎在兩人出現在魔兵面前的同一時刻，對方已經第一時間反應了過來。不出所料，二十隊魔兵裡就有二十個隊長動作整齊劃一的齊齊掏哨子，尖銳的哨訊警報瞬間撕破城市上空，緊接著就是黑雲滾滾，魔獸齊吼。

「抓緊時間，援兵馬上就來了！」九夜抬手舞出一片血色刃影，滅掉當前擋路的幾個魔兵，騰出一隻手拉著雲千千就往屋子裡跑：「記住，就三分鐘，多一秒都別指望。」

九夜一路霹靂匕首開路，雲千千開魅影衝進小屋。

驚惶失措的海商剛從椅子上站起來，一臉懼怕的看著二人。

雲千千二話不說抬手就喊：「受死吧！天……」

「英雄饒命啊！」她快，海商比她更快，一個餓狗撲食撲過來抱住雲千千的大腿，一把鼻涕一把眼淚的哭號：「我是冤枉的！您不要聽信小人挑唆，白白放跑了真正的洩密奸細啊——」

別的不說，這NPC倒還真知道兩人來此的目的。就這一點上來分析的話，他是奸細的可能性至少有五成以上，不然魔族也不可能派出那麼多人來保護這個小人物。

「小人？除了你就只有狐狸知道這事，你的意思我應該相信你這個NPC？」雲千千滿頭黑線，鬱悶問道：「放手！敢把鼻涕擦到我褲子上的話，當心老娘鞭屍！」

「真的真的，他們這哪裡是保護我啊，純粹是拿我當誘餌，專釣您這條大……呃，美人魚。」海商眼看對方沒有馬上動手，知道自己還有機會，連忙再三不迭的解釋保證：「我對您的仰慕猶如滔滔江水……黃河氾濫……又有如……總而言之，言而總之，您千萬別衝動啊美女！」

「少囉嗦，趕緊動手！」九夜丟下匕首，切換了一把闊劍，一夫當關、萬夫莫開的擋住了小屋門口。他擊退完了就威懾，威懾完了再獅吼，吼完了文震盪……總而言之就一個目的——絕不能放進一個魔兵來！

他忙得要死要活中，抽空回頭掃了一眼，卻發現那氣勢洶洶嚷著要進來殺掉叛徒的女人居然在跟預定目標聊天，九夜頓時吐血，忍不住吼了一聲。

雲千千被吼得回神，臉紅尷尬的連忙乾咳了聲，抬手看下時間——喝！這麼會工夫就過去兩分半了？

「九哥，情況有變，我們先撤。」

雲千千甩手一個傳送閃人，再發個召喚邀請，把九夜用「生死相隨」拉出來……

就在兩人出現在西華城中水果樂園某店鋪產業的同時，一道震耳欲聾的炸響轟鳴就在海商小屋的上空爆開。雲千千沒理店裡那些被自己突然出現而驚到的管理人員，拉了九夜連忙跑到窗戶那裡往外面看。

團團黑雲有如實質壓迫在海商小屋上，炸雷轟鳴聲不斷，雷電霹靂有如銀蛇亂舞，從黑雲中不斷落下，砸在屋頂和周圍。其密集及其無孔不入的程度，有如針扎水潑。保守估計，至少以小屋為中心的那方圓一里之內，想看到活物是不可能的了，再等一會八成連渣子都不剩。

目前剛好在西華城中的玩家都被招出來了，一個個對小屋方向指指點點。眾人興致勃勃的開動腦筋，揣測如此大動靜究竟是何來歷。

根據群眾自行整理集合的意見來看，目前最為大眾所接受的猜測是有人引發雷劫，初步懷疑此遊戲中有隱藏的東方修士職業。其次排名第二的猜想是穿越。相當一部分群眾堅定的相信著，這麼大的場面，一定是有某個幸運兒帶著遊戲技能穿越到了異界。其三……

群眾的熱情是沸騰的，雲千千的感想是眩暈的——好傢伙，這麼大的動靜，看來魔族果真是因為路西法的事情忍無可忍了。

一片議論聲中，默默尋眾人皆醉我獨醒的發來賀電：「恭喜恭喜，這次妳又做了什麼天怒人怨的事情，居然把場面鬧得這麼大？」

「……也沒什麼，大人物出場總是會和爾等眾生螻蟻有所不同，妳懂的。」

「……」默默尋噎了下，運氣三分鐘才終於又憋出聲來：「面對面個人專訪一次，時間一小時，酬金500，幹不幹？」

「這個……大概要過一段時間我才有空。」她還得回去看看能不能幫那海商收屍呢。

117 計畫啟動中

再次整裝，準備重會海商，這回雲千千可沒那麼衝動了。就她和九夜兩個人去的話，雖然說行動上比較方便，可力量上卻是毫無疑問的薄弱。

當然，不可否認兩人都是實力榜上數一數二的高手，一般的龍潭虎穴闖了也就闖了，根本沒什麼壓力。問題就在於他們現在想闖的這地方不一般……

「龍哥哥～」

雲千千帶九夜拐彎抹角的找到龍騰。為什麼要找龍騰呢？理由很簡單，龍騰九霄已經決定加入魔族陣營。雖然他們目前還未正式入夥，但那也只是一道系統手續的問題。他們的人全改了暗黑信仰，駐地也挪到了西華附近，更在西主城圈了十來家店鋪，上繳魔族不少物資捐換好感度，以表示自己的堅定信念。

魔族對有如此識相的肥羊示好一事也感到十分高興，拍胸脯表示只等官方一開陣營系統，立即就收他們上賊船。

現在的龍騰在西華城裡的地位水漲船高，乃是當之無愧的地頭蛇。有點耳目的玩家都知道，最近西華城就連城市巡邏管理都有龍騰九霄的人插手，可想而知對方在魔族那裡有多受信任……

一聽遠處某熟悉聲音發出含糖度百分百的招呼，正看文件的龍騰情不自禁的打了個冷顫。他抬眼朝門外看了下，頓時大汗，隱含怒意的壓低聲音問身邊人：「她怎麼來了？不是告訴過你們一見這人就立刻拉響一級警報？」踏、馬、的！他把駐地滿山都安排了巡邏的人，連這麼兩個大活人都看不見？

「老大，我們確實認真巡邏了，問題是人家從天上來的。」被問的人含淚喊冤。他也是剛剛才收到簡訊，有群眾指證這兩個鳥人皆是從天而降。

地面巡邏只是平面，加上空中的話就很立體。除非人手比現在再多個百倍，不然誰知道人家會從哪個高度溜進來？

龍騰一聽默然。這確實不能怪罪手下的人，條件限制太大了。沒奈何，人來了自己還得好好接待，總不能落人口實，說自己為難一個女孩。

「蜜桃好久沒來了，歡迎歡迎。」整整表情，龍騰一臉熱情的迎了出去：「這次不會是無事不登三寶殿吧？我正好想著要組織一次員工旅行，海島風情豪華自助七日遊，包吃包喝包男人……怎麼樣，有興趣嗎？」

他猜都猜得出來最近這死水果找自己只可能是為了海商的事情，問題是魔族上頭提前打過招呼，一見蜜桃殺無赦……自己可不能在這關鍵時刻站錯隊伍，萬一要是把魔惹火了，前面的投資就全成風過了無痕……

雲千千假笑道：「龍哥這話說得可就太不厚道了。小妹我已經是有夫之婦，哪能在外面亂跑……唔，不過話說回來，我和九哥結婚以後好像還沒去蜜月旅行。」

「哥哥我包了！」龍騰一聽大喜。不怕妳要價高，就怕妳不肯走。只要這邊肯鬆口，別說蜜月旅行，就是蜜年他也包了。

「太棒了，我在這先多謝龍哥。」雲千千羞澀的一低頭，接著道：「不過小妹最近有點事情沒解決，騰不出假期來，不知道龍哥哥能不能幫個小忙？」

「……」龍騰想罵人。這是連吃帶拿啊！蜜月旅行她要，幫忙的事人家也不忘。反正她是吃定了自己這大戶，無論如何都要賴上來不可？

面對雲千千殷切的目光，龍騰抽了抽，終於嘆氣：「我們還是明說吧，妳來的目的我知道，我現在的處境妳也知道。魔族那邊我已經砸下去不少投資了，如果這時候出了什麼事，說不定兩邊的關係就完蛋了……雖然我錢多，但也不是這麼不當回事的，是吧？」

「龍哥這是信不過我了。看，你看我純潔的眼睛，我像那種過河拆橋的人嗎？」

「……」妳不是像，妳根本就是！

龍騰、九夜一起默然，不好發表什麼意見。

想了想，龍騰轉頭面向九夜說道：「九哥，雖然你老婆是那樣子，但說句實話，對你我還是信得過的。這事你們是不是非辦不可？如果我真幫了你們的話，事後你們能不能把我這裡的後續麻煩收尾？只要你點頭，今天這刀山火海我就幫你們闖上一闖。」真闖砸了的話，正好你良心有愧，我就趁機提條件收編你這第一高手，也不算賠。

「嗯，我不知道，但我會負責的。」九夜很識相的點頭。

雲千千大驚失色的喊道：「九哥，你要對我始亂終棄？」

馬的，本來是想開空頭支票，誰知道人家不簽收，還拉了一個擔保人……雲千千愁得直扯頭髮，看來老公太厚道也不是件好事。

既然九夜落到人家手裡，點頭答應擔保了，雲千千只好改變計畫，龍騰還是得拉，但不能只拉他這一家，總也得分散下風險吧。具體該找誰？雲千千抓九夜在認識的人中下手了一圈，才發現自己人氣高得可怕的同時，人緣也差得可憐。

人氣高主要體現在她的知名度上，只要江湖上一有什麼風吹草動，幾乎所有人都會立即聯想到她身上去。雖然這樣的想法有點不負責任，但命中率卻很高。

比如說西華城前腳才出了一個論雷劫與穿越之出現機率猜想，後腳馬上有相當一部分人就知道肯定是蜜桃多多又有什麼事了。

而說她人緣差的原因，主要也體現在這些人得到結論後的反應上。

雲千千一開通訊呼叫，至少百分之八十的好友都處於關機狀態，連使魔出去轉了一圈都沒有收穫，擺明裝死。

她親自上門吧，落盡繁華的人說自己會長出差洽談領地業務去了，去哪裡不知道，去多久不知道，跟誰去不知道……一個問，三個不知道。搶答比自己提問都快，像是生怕自己突然看上他們，更改主意隨便拉壯丁。

銘心刻骨那邊的說辭是臨時決定和老婆二次蜜月，閉門謝客，讓會裡人轉告那些上門的人，這段時間他要和老婆專心培養感情，如果有朋友有急事的話，請稍等一段時間。而這個「朋友」和「急事」具體指代的是什麼，大家心裡都明白。

天堂行走去尋找自己的愛情去了。君子和毒小蠍頭一次意見一致的說要下線休息幾天。就連海哥和晃哥都被自己會長或會裡人踹出海外去考察海貿線路去了，就怕他們一時衝動千古恨。

除此之外還有好友甲、好友乙、好友丙……雲千千一排名單順著找下去，能見著面的基本上就沒幾個。玩家不懼挑戰是沒錯，但也得適當考慮自身情況。一般BOSS刷了也就刷了，哪怕她曾經躍躍欲試要圍剿路西法時都沒這麼讓人抗拒過。

西華城中那場浩雷大家都看在眼中。雲千千的雷也算剽悍橫行，但跟人家完全不是同一個等級的。尤其是默默尋緊跟這場事件之後，把落盡繁華被魔族攻擊之專訪揭露這一期報紙辦出來後，幾乎所有玩家都知道路西法變成了小桃子，倒吸一口冷氣表示震撼的同時，對於魔族欲殺桃而後快之心情更是瞭若指掌。

神仙打架，凡人遭殃，大家等級不夠，都不願意去湊這個熱鬧……雲千千從沒有一次如此痛恨過錢。早知道自己忍也要忍到事情解決後再接受訪問啊，何苦貪圖那點爆料金呢……

還好，唯一欣慰的是，總算還有比較厚道的那百分之二十留了下來。燃燒尾狐拍胸脯表示自己孤家寡人一個，死死也沒什麼，主要是雲千千下次記得幫他把她曾提起過的真知之書找來就好，據說預言之書可以吞噬同類武器進化。

無常看在九夜面子上，也願意提供一些場外幫助，比如說情報，比如說戰略計畫設計，比如說不滅和七曜這兩個幫手……

萬事……呃，不說事事具備吧，好歹基本隊伍陣容是湊齊了。雲千千甚是疲憊的重新登門拜訪龍騰，將從無常那裡拿到的計畫書讓對方過目。兩個奸人嘀咕一小時，修修改改後，終於確定最終方案，拍板定在第二天動手。

秋風肅殺，寒日高掛。此場景宜殺人放火，宜滅門。

龍騰眨眨眼，擦掉額上冷汗，略有些緊張的問身後人：「準備好沒。」

「準備好了。」雲千千、九夜易容路人甲、乙，冷靜答。

「那好，我們……」龍騰的話還沒說完，旁邊有人哆嗦插話。

「老大，我們還沒準備好。」

三人齊刷刷瞪過去，眼刀刷刷亂飛。

尤其雲千千更是生氣。不知道一鼓作氣嗎小子，再而衰、三而竭，萬一你老大被你一打岔，在這漏氣了怎麼辦？

計畫第一步，雲千千二人混入龍騰九霄的本日巡邏隊伍中，偽裝真容接近目標。

「沒準備好也得走了，時間已經差不多。」龍騰果然有點萎，不過還好丹田一口真氣在，硬是咬牙撐了下來。

沒多久，龍騰和西華城內其他魔軍同時收到來自魔神信使的傳訊，稱有一票反魔族軍正在西華城外造反。

反魔族軍是誰？其實那只是些自行聚集的普通玩家，根本沒什麼惡意。只是他們聚集的地點對西華城而言太過有脅迫性，再加上組織規模的問題，很容易讓人聯想到關於起義、暴動之類的行為。

「我很好奇，無常單獨給妳的計畫書上是怎麼寫的。到底是什麼辦法能在短時間內煽動這麼多的人？」龍騰就這一事件向雲千千做出訪問。

「無常還是太過有原則了。」雲千千嘆息，摸出一枚貝殼道：「我們的計畫是聲東擊西，他原本的打算是偽造出一支隊伍引起魔族恐慌，所以給了我這個。」

「這是？」龍騰自動自發的掏出真實之鏡一晃，看了看後驚訝道：「蜃？」

「沒錯，海市蜃樓的蜃可以在方圓一里的範圍內製造出幻象，但是相對比夢魘來說，威力就小得多了。蜃投射的幻象是虛景，沒有實體。無常想讓我派個人拿蜃偽造出一支大軍，然後用幻象把魔族勾引走。可是我個人認為，勾引魔族不如勾引玩家。」

「這……」龍騰擦把冷汗：「雖然我比較好奇，但感覺妳做的事情肯定是千夫所指的那種……要不然妳委婉一些告訴我是怎麼回事吧。」

雲千千嘿嘿一笑：「也沒什麼，我只是做了幾個發光的地面。」

「……求解？」

「唔，還是替你示範下吧。」雲千千把手中貝殼翻開。

蜃口張開的同時，隊伍附近一塊地面突然有了變化，模模糊糊透出些寶華流轉、仙光隱隱，一看就是那種神幻小說中將有神器、法寶問世的標準場景。

龍騰倒吸口涼氣問：「這是幻象？」要不是親眼看著蜜桃多多翻開蜃殼後才出現這異狀的話，恐怕他都要忍不住挖上一挖了。

雲千千把貝殼一闔，幻象立即消失：「我讓狐狸帶了這個蜃去西華城門，人家從早上開始就上班了，每過一刻鐘就弄出三分鐘的異象。每次異象出現的座標不同，但大致都是在城門外那塊地上。狐狸在城門旁邊的石頭後面躲了一上午，這才終於把人群吸引到現在的規模。剛才我們這做好準備，我就讓他把頻率調快了，一分鐘翻起來十秒……所以現在外面的沸騰是理所當然的，都以為法寶快要出土。」

龍騰再擦把冷汗：「而剛才魔族又發來了通知，看樣子是準備出手驅逐城門那群非法集會的了。要是他們真在現在去犯眾怒的話，絕對沒有什麼好下場……妳這也太缺德了。」

龍騰九霄跟來參與行動的玩家們同擦汗，壓低聲音，窸窸窣窣又窸窸窣窣。

「嘿嘿……」雲千千很含蓄嬌羞的奸笑一聲，不發表任何觀點。

九夜旁聽完全部經過後，將這邊情況轉告無常。

無常雖然應答聲調依然平靜，但明顯聽得出有些反應遲鈍……自己本以為這只是因為自己不稀罕計較打擊她，沒想到盛名之下無虛士，創世第一陰人確實是夠陰，不僅人壞，出的點子更壞。

無常嘆息，深深感慨果然長江後浪推前浪，一浪更比一浪騷……

已經到了現在這分上，龍騰也不好再說什麼了。畢竟把魔族注意力吸引去城外是計畫中最重要的一部分，他既不能臨時抽身，更不可能去跟那些被騙的無知群眾說明事情真相……自己只要一開口，絕對被人當成詐騙同夥。

再說，嚴格意義上他確實是蜜桃多多的同夥，雖然騙玩家群眾的事情確實沒他的分……

「這件事情誰也不准說出去，跟自己老婆也不行！」龍騰轉頭瞪眼，對身後手下下封口令。

「是！」手下們異口同聲。

踏、馬、的，誰敢說啊，又不是什麼好事……

無論知道真相的這少部分人群感想如何，此時城門外的玩家們和魔族大軍都已經如雲千千預期般的接頭了。

「這裡是魔屬城範圍，不允許私自聚集，請各位盡快解散！」魔族交涉人吼。

玩家集會其實不稀奇，但是在這個全魔皆兵、風聲鶴唳、要逮捕蜜桃多多的時候集會就很稀奇了。

更何況這些人個個利器在手（鋤頭、鐵鍬、鏟子……），邊口鋒利森寒，顯然是高檔貨，有的還經過打磨……哼，別以為用生產器具代替武器就看不出來你們隱藏的暴徒本質了。這是怎麼樣？想造反？

玩家們當然不肯走，眼看快要出寶了，你們就跑來趕人算怎麼回事，莫非是想私吞？但想是這麼想，畢竟對方出動的魔兵不少，態度也很強硬，玩家們只能先交涉交涉試試，能不動手最好……

新十二公會聯盟盟主此時再次出場。作為不知情的團體中極富有代表性的一員，他在玩家中還算是有些地位：「魔族的大人們請不要誤會，我們只是想在這裡挖點東西。」

「挖什麼？」地道？

「對不起，這個可能不大方便說。呃，就是一些私事……」

「什麼私事？」協同蜜桃多多造反？

「你……」不要這麼咄咄逼人行嗎!?盟主抓狂。他還沒想好要怎麼委婉的請對方離開不要妨礙自己，玩家群中已經有人騷動。

「囉嗦什麼！兄弟們，先殺了鬧場的再回來挖寶！」

那玩家話音一落，早有按捺不住的衝動人士甩出冰、火、雷、電，另外還有箭枝、飛鏢，刀光劍影，刷刷覆蓋了一片，劈頭蓋腦的向魔兵站著的位置砸了過去。

魔族交涉人怒，大怒：「果然有問題！全體注意，把這些人殺了，一個不留！」

一方大旗升起，魔族方隊喊殺聲震天的向玩家方隊撲了過去；後者也不甘示弱，眾志成城、勢如破竹的迎擊魔兵。戰火瞬間燃起，兩方人馬在西華城城門外展開了拚死殊殺。

燃燒尾狐在混亂人群中擦把冷汗，呼出一口長氣，左避右閃的溜出戰場，躲在某陰暗處彎下身來，捂嘴發訊息給幕後黑手雲千千：「已經煽動他們開打了，還有其他事嗎？」

「沒了。不過你最近一段時間最好去海外躲躲風頭，別讓人認出你就是那喊話的。」

如果就是那麼巧，正好有玩家記得這煽動人士，把他和燃燒尾狐這身分對上號，再聯想到燃燒尾狐是自己好友……這樂子可就大了。

燃燒尾狐一聽，頓時淚流滿面：「妳就是這麼對待為妳立下汗馬功勞的朋友？」

「乖，我有時間會去找你的。」

「不必了，有時間妳還是把真知之書替我弄來吧。」燃燒尾狐滿頭黑線。這話怎麼聽起來自己就像一個小白臉？

打發完燃燒尾狐那邊之後，雲千千把城門的情況實況轉播告訴身邊的其他人，順便徵求聽眾意見：「你們覺得這陣容夠不夠引起魔族重視，重視到要從別處，比如說海商小屋附近抽調士兵去增援？其實我覺得光是散人和新公會在那裡折騰還不夠真實，如果有寶的話，你們龍騰九霄這樣子老牌又行事囂張跋扈的組織怎麼可能不去湊個熱鬧？」

龍騰滿頭黑線：「打都打起來了，根本沒人會去注意參戰的人到底屬於哪一方。再說老牌公會也未必就沒人去，現在大公會的人數規模最起碼都上萬，我們要做什麼事情不可能一一通知的，我手下肯定也有不知情的圍觀群眾，不過那些都屬於基層成員罷了。」

「那就好，我們等十分鐘。十分鐘後如果魔族不從這裡調人，我們就幫他們調人。」

一行人原地繼續等待，虎視眈眈的關注不遠處的小屋情況。

系統的恢復能力就是強，前天才被雷劈成一片焦地的小屋，現在居然重新又煥然一新的矗立在民居區中。而且看樣子還不是新建的，完全就是被劈前的造型。半新不舊的破屋頂、半新不舊的牆壁，連窗沿旁邊掛的那串乾辣椒都還依舊是前天的那串……

「咦，那商人好像要出來了。」隊伍裡的弓箭手鷹眼觀察後報告，為自己及時發現敵情而小小的驕傲了一把。

作為唯一一個擁有遠視技能的職業，弓箭手為自己在隊伍中能隨時提供最新動向、避免損失的重要作用而感到自豪。

「真的？」雲千千神奇的刷出望遠鏡一副，往小屋看，大驚道：「果然沒錯！那傢伙還提了個水壺，好像是要去後院菜園澆水。」

「……」弓箭手黯然淚下。

目標居然真的沒死，這對雲千千來說無疑是個好消息。本來她還有些猶豫，懷疑海商是不是已經掛在前天的雷劫下，說不定這座房子就是專門來釣她這傻魚……還好還好，目前看來，魔族對海商這誘餌的生命還是挺珍惜的，最起碼沒打算當作拋棄性用品。

「時間差不多了。去，執行計畫第二步。」放下望遠鏡停止窺探，雲千千很滿意也很雀躍，積極萬分的行動了起來。

龍騰一聽，深呼吸一口氣，手提武器，深沉遠目望向小屋方向，風蕭蕭兮易水寒般悲壯沉聲：「那我現在就去了，爾等不必相送。」

「……」沒人想送你……

龍騰義無反顧的孤身一人闖進龍潭虎……咳，海商住的小屋。他剛進了大院院門，還沒進主屋，就被一個魔族 NPC 攔了下來。

龍騰與人交談說話，開始還正常，後來臉色一凝，語速漸漸有些急促，好像情緒躁動。再接著，他似乎一直談不攏，又從急促變成生氣……

三分鐘後，龍騰怒氣沖沖的抿著嘴脣，大踏步走了回來，拐過拐角、脫離魔族視線後立刻大吼：「氣死我了！」

「怎麼？」雲千千非常關切，或者說非常八卦的急忙湊近，興致勃勃的問。

「哼！還以為龍騰九霄在魔族的貢獻不低，提的意見應該也有些分量了，沒想到人家根本只是拿我……我們當肥羊！」龍騰氣得直哆嗦，一圈圈不停在原地打轉。這個情況下，他依舊記得把代表個人的「我」用代表群體的「我們」來替換掉，圍繞丟臉不能自己來的中心思想，堅持貫徹了死要面子的大男人主義風格，成功把個人所受的委屈與群體榮辱扯上了關係。

龍騰九霄參與本次行動的玩家們本來不說話的，聽到這裡才終於忍不住七嘴八舌：「老大，什麼情況？」

「哼！」龍騰再次重重冷哼，緩和了一下情緒之後，才開始慢慢講起自己過去的交涉情況。

按照計畫的那樣，龍騰過去之後先是和魔族的人寒暄閒扯了幾句，這個時候魔族的人還算客氣的應付龍騰。接著他眼看氣氛不錯，就假裝不經意的提起了城門外的魔族與玩家之混合群P，本來是想順口慫恿對方也去城門處參戰，自己表態願意幫對方代為把守此處云云。

結果沒想到後續還來不及展開，龍騰剛一提到城門外的事情，只來得及問上一句「你們沒收到通知？」這句話後，剛才還算和善的NPC立即翻臉，話裡有話、冷嘲熱諷之。

NPC的意思就是龍騰管太多了，魔族的事情自有魔神、魔將指揮調度，輪不到他一個小小的公會長置喙，而他也更不應該在這裡打聽這些不該他管的事情。要知道，各人都應該弄明白自己的地位，不要越俎代庖、自以為是云云……當然了，人家說這話的時候比較委婉，並沒說得這麼直接。

但龍騰是什麼人？人家是從小在刀光劍影、口蜜腹劍的小人堆裡長出來的小開。平常形形色色的人見得多了，從還是小正太的時候，他連收根棒棒糖都要瞻前顧後考慮一下影響、形象，還有會不會因此被拐等等複雜的現實性社會問題。

這麼一個身經百戰、百鍊成鋼的人材，他又豈會聽不出來這些談話其中真正的意義？

就因為聽懂了，所以龍騰也怒了——馬的，雖說老子確實是不安好心，但你從一開始就這麼不信任我們是不是也有點太不給面子？

雲千千聽完講述後，沉思一會，悲痛道：「這就是殖民地的悲哀啊。所有玩弄奸詐手段的人都要有做好當二等公民的準備。陣營系統說得好聽，其實也就是他們自己的人力或物力不夠消耗了，來找你們當金字塔基層底石的……做任務、上戰場、出生入死有你的分，表現好了給個好臉色也不是不可以；但你要想真正被接納入核心的話，那基本是不可能的事情。」

龍騰聽完這一大段話後吐血：「那妳還叫我去？」這不是擺明了讓他去丟臉嗎！

還有，什麼叫奸詐手段啊。小姐說話別太損，小心我們翻臉！

雲千千看了一眼龍騰後說道：「我本來想著你現在這麼一枝獨秀，一時半會也沒其他比你更肥的羊，說不定魔族看在面子上暫時不會那麼打擊你。結果沒想到……」

不怕人要臉，怕的就是人不要臉。撕破臉皮的人都不好對付，比如說魔族，比如說自己……唔，不對，自己和魔族的性質是完全不一樣滴。

「非我族類，其心必異啊！」龍騰也感嘆。自己不僅不是魔族，更不是原住民。看來蜜桃多多以前那麼欺負 NPC 不是沒理由的，反正怎麼做都不可能成一夥了，與其委屈自己，不如委屈別人：「現在他們不肯聽我的，接下來怎麼辦？」

「調虎離山計畫還是得繼續，不過得換個方法。」雲千千遞過去黃酒一壺：「別著急，先休息一會，我的人馬上就來了。」

她的人？

雖然疑惑不解，但龍騰還是依言坐了下來，喝酒等看熱鬧。

不一會後，外援七曜和不滅到場。兩人先是和久不一起行動的九夜高興的打了個招呼，氣氛頗為熱烈的交談一番，接著含蓄靦腆的對基本不怎麼來往的龍騰等人笑笑，最後直奔雲千千，開始交流行動細節。

「如何？」七曜首先開口，詢問前面布置情況。

雲千千看了一眼龍騰，恨鐵不成鋼的搖頭說道：「不行，某人糊弄不夠力，我們還是得上誘餌！」

「不滅，你的隨身血符和藥都準備好了？」七曜一聽，連忙拋棄雲千千，轉頭向不滅確認。

「OK。」不滅點頭。

兩人一邊交流細節。

龍騰皺眉，壓低聲音問雲千千：「這兩個是誰？他們就能把事情搞定？別到時候搞砸了吧。」

「放心，他們是專業的。」

太后候補

兩人確實是專業的。雖然在九夜和無常的光芒下，兩顆黯然的小星光很少出現在臺前被人注意到，但這也不過是個對比的問題；而單在實力和遊戲了解度上來說的話，七曜和不滅的水準比起一般一線高手也是不相上下。

沒一會的工夫，前期準備結束，不滅帶齊裝備，換了套蒙面衣，兔子般竄出去。他翻牆爬樹，依靠地形隱蔽前進，每每在最不可能的時機巧妙躲過魔兵守衛的看守監視，其嫻熟身法看得龍騰一愣一愣的。

「這兩人妳是從哪找來的？」

雲千千嘿嘿笑：「你以前其實也見過，不過那時候你眼中只有九哥。」

「不可能啊，這身法比九夜也差不了多少吧。」

「準確來說，在潛入這方面他們比九哥可強多了。」這是大實話。九夜雖然也能做到神出鬼沒、行蹤

莫測，但他那是天生屬性的被動技能，二十四小時觸發狀態，一不小心就能把自己繞不見。

不滅的那叫潛入，九夜只能算迷走。敵人迷糊，他自己更迷糊。

「人才啊！」龍騰感慨，嚮往的看不滅方向：「如果這兩個兄弟沒去處的話，不如來我公會好了。」單憑這潛入刺探的本事，也能邁進一流玩家的行列了。

七曜一直在旁邊沒吭聲，但聽到這邀請也忍不住感動得淚流滿面……大爺的，進創世紀大半年，這會可算是觸發到傳說中的挖角事件了……

傳說中的龍套傷不起啊傷不起。

不滅終於順利摸到小屋後院翻牆潛入。他剛進去沒一會，尖銳的警報聲就被拉響，一大片嘈雜的腳步聲向後院方向湧去，其中還夾雜著魔兵的大喊。

「蜜桃多多來了～抓住她！」

「……」雲千千滿頭黑線。眼睛瞎了嗎？那洗衣板的身材，那魁梧的身高……喊話的禽獸到底是從哪看出來不滅像自己？

七曜尷尬乾咳道：「咳，這主要是慣性思考。畢竟對那海族商人感興趣的人目前就只有妳一個，他們冷不防看見一個人，沒仔細分辨，誤認成妳也不是不可能的事情。」

「……」雲千千木然無語。

魔族對雲千千的防範是到位的。自從路西法的事件曝光以後，雲千千在魔族心裡的地位和警戒線已經成功提高到了一個相當的層次，一切兵馬調動都以絞殺此人為最優先。所以，即便是現在西華城外正戰得如火如荼，警報聲訊拉響後，增援圍剿的魔兵還是第一時間迅速的趕來；同時大型雷雲再度啟動，重現當初雲千千和九夜在遠處曾看到的那一幕。

轟隆隆一片大雷轟炸了足有三分鐘，小屋二度變為一片焦土，海商和魔兵們灰頭土臉的坐在廢墟裡；前者手裡還提著個不知是澆花還是澆地用的水壺，木愣愣的眼神呆滯看向地面。

一瞬間，遠處的雲千千彷彿在這個海商身上看到了各種黯然神傷、各種心如死灰、各種哀莫大於心死的具象化黑體背景……

「不滅呢？殉職了？」為海商默哀三秒鐘，雲千千轉頭問七曜。

「怎麼可能？」七曜滿頭黑線：「這世界上有個傳說中的道具，叫傳送石。」

「……我記得傳送石只有非戰鬥狀態才可以使用？」

「他既沒被攻擊命中，更沒主動出過手，怎麼算是戰鬥狀態？相信我，我們是專業的。」

專業的不滅很快歸隊，表情很是興奮，彷彿只是去參加了一次大型遊樂活動。而與此相反的是，魔族方面則為不滅這次的騷擾而感到大為頭疼。

首先，受到影響的就是城外的戰局。魔族活動結束後，能滯留在大陸的魔兵有了限制。除了守衛城市必備的規模數量外，多餘的魔兵都要被遣返送回魔界。也就是說，現在再讓魔族動輒弄出十萬、百萬的規模是不可能了。別的城市是多少士兵，他們也就只能留多少士兵；功能 NPC 倒是不受這個限制，可也不歸魔族軍隊調動。

在城外有暴動玩家，本來魔族就要分出不少精力去應付那批人；突然在這時候冷不防聽說桃子來了，本著優先原則，大批士兵自然是火速趕回，同時大型殺陣啟動。

啟動殺陣耗費了非常多的城內法陣力量，人手上也出現了很大漏洞。本來魔族就只能跟玩家拚個平手，人員一抽出後，玩家更是迅速占領了上風，轟轟烈烈的甚至一度殺進城門。要不是玩家還惦記著城門外的神秘寶藏的話，搞不好魔族在今天丟掉一個主城都不是不可能的事情。

事情一結束，增援的魔兵又在將領率隊之下火速奔回城門方向趕場，繼續抵抗玩家；而少部分魔族高階幹部則碰頭開小會。

「死了嗎？」魔將甲急吼吼的第一個發言，提出最關鍵的問題。

「沒屍體，沒白光……好像是沒死。」當時在現場的魔將乙痛苦抱頭：「又讓那個女人跑掉了！」

「不對吧。」魔將丙道：「我聽手下說，當時潛入的好像不是女人。」

其他魔異口同聲，眼睛瞪大問道：「不是女人？」

眾魔面面相覷，不知道此時該說些什麼才好了。

一陣沉默後，魔界駐大陸魔神沉痛開口，打破僵局：「兄弟們，這就是慘痛的教訓啊。經過調查，剛才潛入的確實是一個男人，也就是說，我們只是因為不夠準確的軍情白跑了這一趟。為區區一個不知道從哪裡冒出來的人就調動了那麼強大的力量，姑且不說他死沒死，就算是死了，這成本消耗也是太不划算了……」

「而且在眼下城外戰鬥如此緊張激烈的時候，我們完全有理由相信，這個男人說不定就是冒險者們派來故意吸引視線、擾亂我們判斷的棋子。」

魔神的陰謀論深深震撼了在場其他魔：「大人，照您這麼說的話，我們是被耍了？」

「確定、一定，以及肯定。」魔神嘆息一聲，吩咐道：「換個地方安置那個商人吧！讓其他人注意一下，不要再犯下這種錯誤了。」

短暫的碰頭會議結束，與會的魔族們在詳細分析了一下剛才發生事件的經過，以及事件發生後城門外玩家們的受益情況之後，都深深的肯定了魔神關於陰謀論和釜底抽薪的觀點。

用一個最流行的判斷標準來說的話，就是只要看看誰才是最後得到好處的人，就知道誰是凶手了。

這些冒險者真卑鄙！氣憤填膺的魔族們忿忿不滿的散去，並各自暗暗囑咐自己手下所屬部分的魔，讓他們再遇事時一定要冷靜判斷，別一個不注意就被人牽著鼻子走了……

雲千千很滿意的揮揮手示意大家可以休息一陣子了：「成果不錯。走，先去喝杯茶，過半小時再來。」

「喝茶？」龍騰瞪大眼睛不可置信：「妳意思是我特地從公會拉了一個精英小隊出來，就是為了陪妳喝茶？」

「不然怎麼辦？本來以為一上來就可以直接動手了，誰知道你在魔族地位會這麼低！」雲千千一句話直接戳上龍騰的弱處，把後者慪了個滿臉漲紅。

「要不是妳事情鬧這麼大的話，我有必要看那些NPC臉色？」

七曜、不滅上來當和事老：「好了好了，休息一下也不錯。其實過個五、六分鐘就可以再來騷擾一次了。城外的混戰大概最多再堅持個五、六小時，畢竟是沒獎勵的活動，就算有神秘寶藏做噱頭，玩家熱情也不可能持續更久了。」

對於雲千千來說，這次的事件其實沒有什麼太明確的目的性，既不是任務，也沒什麼明顯好處。她之所以鬧那麼大，一是為了出口氣，二也無非就是為了好玩。

無欲所以無求，正因如此，雲千千心態擺得非常好，事情成了就成了，不成對她也沒損失，那麼緊張拚命做什麼？

找了個最近的小茶棚，一堆人往裡一坐，直接把攤位整個包場，五張桌子擠得滿滿的，連個空位都沒有了。

老闆看見一次來了那麼多客人，自然是非常高興的，趕走服務生，親自提了茶水上來，笑呵呵的挨桌加滿水：「各位客人要用點什麼？小攤雖小，但絕對乾淨實惠，點心和小菜都是味美量足。」

「每桌來碟鹹菜，再來壺粗茶。」雲千千吩咐完後，起身抱拳答謝：「感謝各位這次來幫忙，今天我請。」

龍騰冷哼一聲鄙視：「算了，還是我請吧……每桌上幾盤點心，要好茶。」

老闆本來臉色已經不高興了，聽到這才重新笑開：「馬上就到。」

「這多不好意思。」老闆走後，雲千千腆著臉坐回去，同時不忘替自己解釋下：「其實我只是想著別浪費，反正這東西也吃不飽……」

「先不說這個。」龍騰懶得和她計較：「報紙上說妳收了魔王做兒子，妳兒子在哪裡，牽出來遛遛？」花了錢出了力，怎麼也得體會一下讓魔王叫自己叔叔的快感吧。

雲千千抱出魔王蛋：「還沒孵出來呢，其他條件都滿足了，就剩熬時間。」

龍騰嘖嘖有聲的把手放蛋上摸了一圈：「這透明度、這硬度、這顏色、這手感……果然好蛋！」

「……」雲千千滿頭黑線：「你以為這是鑒玉？」

龍騰笑笑道：「說句妳可能嫌口氣大的話，我從小都是拿玉當彈珠玩的，那玩意在我眼裡還比不上一顆玻璃珠子。倒是魔王蛋這還真是第一次見。」

「……果然口氣大，我拿我家玻璃珠子跟你換你家彈珠吧。」

「呃……」這人真不要臉。

龍騰從小到大都是要風得風、要雨得雨的人物，讓他對一個東西感興趣是十分有難度的事情。人家閱盡千帆，什麼好東西沒見過？第一次看到的時候可能稀罕，看多了也無非就是那麼回事。

這魔王蛋就不同了。好寵物不稀奇，就算神寵、聖寵什麼的，只要有錢，拍賣行裡總會有人賣。但魔王寵物誰能有？全創世紀就這麼一個。

而且這還是人家的遊戲兒子，想買都買不到手的。既是獨一無二，又求之不得，這才真是稀罕。

所以說買不如偷，偷不如搶，搶不如搶不著……龍騰正站在搶不著的最高境界上，對雲千千各種羨慕嫉妒恨。

點心很快送上，一群人吃吃喝喝、閒聊打屁。雲千千是單純出來玩的心態，其他人無非也就是協助；除了龍騰外，在場還真沒人有什麼其他想法，就當圍觀湊熱鬧了。

老闆也是與時俱進，特地替這群消費大戶附送了一份玩家報紙，算是茶點的贈品。當然，這報紙只是名不見經傳的小報，還是不知道哪個玩家忘在茶攤的。畢竟創世時報太貴，最近新聞又紅，一份的價格差不多抵得上一桌茶點了。

「本報特訊，近日江湖名士蜜桃多多傳出緋聞，懷疑其與某生活玩家有婚外情……」

「噗——」茶攤靜了，雲千千噴了。

好一陣咳嗽後，雲千千鬱悶的衝剛才唸報的那玩家伸手：「拿來我看看。」

玩家也知道自己做錯事了，連忙怯怯的雙手將報紙奉上。

雲千千拿來一看標題，當場黑臉——蜜桃多多紅杏出牆，到底是誰動了九夜的牆角？

很好，這筆者功力不俗啊。單憑這標題，進創世時報的八卦部都夠資格了。

傳說中被挖了牆角的九夜在茶攤中眾人的複雜視線中淡定喝茶，一杯一杯又一杯……喝了一會，他抬起眼皮子，視線掃了周圍一圈後淡淡的開口問道：「看我做什麼？」

一群人迅速將頭埋下，不敢挑戰被戴綠帽子的男人之心理承受底限。

現場激動的唯有三人，龍騰、七曜和不滅。

「給我看看，給我看看。」

不滅高興的伸手要報紙，被雲千千一巴掌拍回去，瞪了他一眼，「我還沒看完呢，你湊什麼熱鬧？」

七曜乾咳一聲：「那個，你們先聊，我出去逛一圈。」他說完起身，手一背，盡量自然的往茶棚外面不急不慌的走去，同時在移動過程中，雙眼炯炯有神飛快掃過攤外，尋找最近的報紙發售點或者報童可能隱藏的角落。

龍騰嘿嘿笑，不懼黑臉、不懼瞪眼，堅定的看向雲千千，調侃道：「看不出來，妳隱藏得夠深啊……到底是誰竟然能讓妳看上眼？」有九夜這樣子的對象都能移情別戀，相信第三者絕對不是普通人物。

「我正在看呢……香蕉的，難怪今天出發前小草特意問了下我會跟誰一起來這裡，搞半天是怕本桃子幽會。」雲千千鬱悶。緋聞她不介意，名人誰能沒點緋聞？

問題是來風也得有空穴吧，自己連這傳說中的第三者面都沒見過，怎麼就寫得好像她已經和人家陳倉暗渡、夜下鴛盟了？

這虧自己吃得可是太大，怎麼也得讓她摸摸小手吧。雲千千翻報紙的速度飛快，刷刷刷專門找有重點詞彙和事件大概的地方掃過去，其餘煽情鋪墊、點綴插花等等一概忽略。

不到一分鐘，報紙翻完，她心中大概也有個底了。

作為事件男主角的第三者沒有直接寫出姓名，根據記者的說法，這是為了保障對方的人身安全，免得九夜惱羞成怒殺上門去。再根據記者的說法，如果因為報紙披露而使得該第三者出現人身安全問題的話，「她」也就是雲千千肯定會生氣，衝冠一怒為藍顏……

臥槽！要是讓她知道是誰的話，不用九夜，她自己就過去把那孫子宰了。

報紙最後說明，對本次新聞還將有後續的追蹤報導，歡迎大家訂閱關注。雲千千翻回首版看了下小報名稱——狗仔熱點……

「小尋尋啊～那個狗仔熱點是誰辦的知道嗎？」有問題，找專業人士。雲千千順手把看完的報紙丟給身邊九夜，一個通訊直接撥給了默默尋。

默默尋慢條斯理說道：「怎麼，妳看到那八卦了？」

雲千千一愣，生氣：「妳早知道有這樣子的新聞都不通知我？太不夠意思了！」

「如果我真不夠意思的話，早就跟著一起炒作了。要知道創世時報的讀者可是比其他小報多得多，如果我們也跟著煽風點火的話，妳的花名就能傳遍全國。」默默尋沒好氣道：「放心吧，這條新聞的傳播面暫時還在控制中。那小報無非就是兩個目的，要嘛就是製造噱頭，想搶創世時報的市場；要嘛就是收了誰的好處，故意炒作那個神秘第三者。」

「怎麼說？」雲千千又愣。

「看過明星緋聞吧？出名最快的手段不是拍戲出唱片，而是炒作。娛樂公司一般會有引導性的為旗下藝人主動製造新聞，吸引大眾關注。」默默尋道：「這個無非是異曲同工。根據我的推測，那個第三者的名字最多下期就能曝光了。」

於是，雲千千最終還是沒能知道自己的情夫是哪根蔥。

看蜜桃多多似乎沒有生氣的意思，茶攤裡很快恢復活躍氣氛。玩家們熱情高漲的傳閱小報，更有膽大包天人士對雲千千這朵據說已出牆的紅杏提出現場採訪，主要是為了滿足自己的好奇心。

雲千千各種鬱悶、各種不爽。可惜，現在沒時間讓她繼續感慨了，因為還有海商的騷擾行程排在前面。

那麼多助拳玩家都在，就算是龍套演員一天也要花不少錢。

「咳！這個問題以後再討論，先去找海商吧。」七曜以最後的一句總結發言阻止了現場騷動。

龍騰早已經派出一個精於潛行的盜賊跟蹤魔族動向，海商被安置的地方也在掌握之中。一行人直撲海商的新落腳點，沒有意外的在新民居外再次見到大批魔兵守衛……

海族商人陷進了一種瀕臨崩潰的極端抓狂中。從下午自己在澆地時小屋被炸開始，接下來的時間裡，他接二連三的被不停轉移，並無數次的遭遇相似一幕。

A宅整理貨物時……

「來人啊～蜜桃多多來了！」

轟隆隆雷雲團旋，魔兵匯聚。神秘出現在窗外的蒙面黑衣刺客在第一片雷落下前捏傳送石飛走，接著自己面前就是一片眼花撩亂，耳邊轟隆隆電閃雷鳴。

海商回神時，眼前已是一片廢墟滄桑，還有破口大罵、忿忿不平的魔族將領。

B宅院中散步時……

「來人啊～刺客來了！」

轟隆隆魔兵匯聚，雷雲團旋。蒙面黑衣刺客神秘刷現自己面前，嘿嘿一笑，傳送走。於是，再度眼花撩亂、電閃雷鳴。

C宅客廳喝茶時……

「來人啊……臥槽！再攔不下刺客全部扣薪水！」

魔兵……雷雲……刺客飄過……

D宅……

整整三小時的時間中，海族商人已經趕場似的輪流換過了十個住處。每個地方都是剛到沒多久，他還沒來得及喘口氣，那個來騷擾的神秘刺客就出現了，要猴似的把院子外面那群魔兵調戲一遍；接著魔族雷陣清場，刺客溜走；再接著自己就又要搬家了。

從驚訝到抓狂到鬱悶再到淡定，海商的心理承受能力在短短的一下午中得到了巨大的提高。以至於那個熟悉的黑衣蒙面刺客第十一次出現在自己面前時，他和外面的魔兵都已經能夠以平靜的心態面對這一切。

「咦，外面那些魔兵不進來了？」不滅抓抓頭，很不能接受。前面他每次出場都是轟動一時、萬眾矚目的，為什麼突然就把這待遇撤了啊？

海商波瀾不驚又帶點無奈的抬頭替他解答：「您一下午來十趟了，每次都是鬧起來就跑，再森嚴的戒備也有疲軟吧？再說人家在城外還有戰鬥，沒時間浪費人力、物力在這裡耗……我說你到底是殺人的還是越貨的？這一下午我也累得不行了，馬上就到吃飯時間，您如果不忙著殺我的話，要不然留下先吃了飯再繼續跑？」

不滅摘下蒙面巾，撇撇嘴：「不用了。」他說完，手指放進口中打了個呼哨，不一會後，院外傳來廝殺聲。

海商嘆氣。算了，看起來這飯暫時還是吃不成……

五分鐘後，雲千千率領一干玩家衝進海商所在房間，抓上人就跑：「快快快！援兵馬上就會來了。」

果然，門外傳來淒厲的報警聲和魔兵大喊：「來人啊～蜜桃多多來了——」

沒人信他……

劫人計畫終於順利完成。強行徵用了龍騰的駐地和辦公室，雲千千在一干龍騰九霄群眾膽顫心驚的目光中，悠悠然走進會議室，開始審問海商：「說吧，到底是誰把我事情說出去的？」

海商麻木的抬頭問道：「能先給一口吃的嗎？」

「……」

趁著吃飯時間，龍騰憂心忡忡的拉了雲千千商量關於場地借用的事情：「桃子，雖說大家是聯盟，但有些事還是先說清的好……妳老實說，現在魔族還會不會再主動出來找妳麻煩？如果到時候我這山頭成了第二個落盡繁華駐地，再好的關係我也跟妳翻臉。」

「別擔心，你看我們剛才把西華城攪和得亂七八糟的，魔族要是能找到我位置早就出來了，哪還至於被耍得跟狗一樣？」雲千千安慰龍騰：「再說他們自己現在架都還沒打完，就算要找我算帳也不是現在，放心好了。」

「話是這麼說，可我這心怎麼跳得撲通撲通的……」龍騰的臉色依舊不是很好看。

還是那句老話，他有錢，但有錢也不是這麼蹧蹋的。要是為了自己的事情的話，損失一些也就損失了，又不是虧不起。問題是這明明不關他的事……

「撲通撲通跳？是不是還有點惴惴不安？」看龍騰點頭承認，雲千千很高興的恭喜：「龍哥，你這是陷入愛河了啊。哪個女孩，介紹一下？」

「……去死！」龍騰滿頭黑線。

請神容易送神難，桃子上了山，再想把她趕走就不是那麼簡單的事情了。既然事不可為，龍騰也只好接受這個殘酷的事實，和自己手下會員一樣膽顫心驚的關注著，希望這女人事情早了早滾蛋，別沒事戳他家山頭上當引雷針。

吃飽喝足後，海商終於回復一點元氣，在以龍騰為首的公會眾人及雲千千幾個人的殷切期盼下，終於說出了關於洩密者的事情。

原來一切還是那個利維聖戈爾的吟遊詩人兼占卜宗師挑起來的。當初魔神去請亞瑟斯，想占卜出魔王路西法的去向，結果半路巧遇同樣因為燃燒尾狐職業任務去請人的雲千千幾人。於是出於穩妥考慮，魔神中途改變主意，委託了雲千千任務，要求她代為尋找自家老大。

在把幾人打包出海之後，因為考慮到雲千千當時的不合作態度，魔神覺得光靠這票人似乎不大保險，再度抓來了亞瑟斯，讓對方幫忙占卜。亞瑟斯確實不負宗師之名，得到了魔王的消息；但是緊接著沒多久，他卻又算出了魔王已經重生為某水果兒子的結論。

魔神狂汗的同時深深為這結果而震怒，他堅信一定是雲千千用了什麼卑鄙的手法暗算自家老大，才會出現這樣的事情。而且最重要的是，魔界的魔王只有一個，根本沒有預定的候選人。畢竟按照主神的法則來說，路西法是不會死亡也不會消滅的。即便他被打倒，也會無數次的重新復甦，除非整個世界崩塌……於是問題來了，魔王不可替換也無魔能替換，那麼路西法成了蜜桃多多的兒子，豈不是就等於說蜜桃多多成了魔王的老媽？

一推出這個結論，魔神當場就恨不得自戳雙目、飲毒自盡……踏、馬、的，讓那女人當了魔王的娘，以後魔界還能有好日子過？

就算不提以前蜜桃多多與魔族之間的齟齬，此人的人品眾所皆知，怎麼看也不能真讓她成了老大的老大啊！在那一瞬間，淚眼模糊的魔神大人甚至無數次想到自我了斷，就此和這世界告別算了。反正他活著也只能剩下一個崩潰、扭曲、毫無希望的未來……

還好，在魔神崩潰抓狂之前，亞瑟斯又說出了一條消息，總算讓其在忍辱負重和一死以謝魔界之間有了另外的一個選擇——只要在魔王出世之前，把蛋砸碎，直接打散靈魂本源，魔王就能和蜜桃多多脫離母子關係。

根據魔王靈魂不滅法則，魔王是不死的。而根據玩家孕育法則，在孩子出世之前是可以流產的。孩子出世後會與玩家形成綁定關係，即使死亡也能如寵物般掉一級復活。而只要在其出世前毀滅，就切斷了綁定關係的可能性。普通孩子死了也就沒了，可魔王不同，其靈魂的剽悍性保證了他再死多少次也能以新姿態轉生。

能不能讓魔界從扭曲的未來中掙出一片生天，全在於魔神的努力……

就是在這樣的情況下，被亞瑟斯卜算提名的唯一知情原住民，也就是和雲千千幾人一起進入失落神殿的海族商人，就這麼倒楣的被逮了回來，成為誘餌的角色。無論以什麼代價，魔界全族上下一心，誓要把蜜桃多多抓到手，而且一定要把蛋弄回來，堅決砸碎……

「所以說，我是多麼的冤枉啊！」海商一把鼻涕一把淚，想起這段傷心往事就忍不住黯然。踏馬的，他招誰惹誰了？就為了賺一點錢，他容易嗎他！

雲千千聽完長嘆，拍拍海商肩膀安慰道：「還真是委屈你了。」

事情終於水落石出，雲千千摸摸空間袋裡的蛋蛋，雖然感覺頭大，但還是忍不住有些得意——原來老娘還有成為魔界太后的潛力耶，這世界真是太可愛了。

龍騰列席旁聽，知道所有前因後果後，眼睛都嫉妒紅了。他頂住人家正牌老公在旁的壓力，一把抓住雲千千的小手手，聲音激動到顫抖：「桃子，我當妳兒子的教父吧！」

解決目前問題的唯一辦法，毫無疑問就是儘快把魔王孵出來。

現在魔界還有退路，當然不肯放手；而如果一切已成定局的話，主動的一方就變成了雲千千。

從龍騰那借了一個閒人負責把海商帶回百慕達去放生，雲千千二話不說拉上九夜告辭，直接奔回天空之城去找龍哥。當然了，這個龍哥可不是龍騰，人家是真正的龍族。

同樣是生蛋的，這位大哥已經孵出來一個兒子養了好幾年了，肯定比她有經驗……

「龍哥～幫幫忙嘛～」雲千千捧著魔王蛋在龍哥身前身後打轉耍賴：「幫忙看一眼這個蛋蛋OK？我未來兒子耶！同是天涯父母心，你應該能理解我心情吼？」

龍哥嘴角抽了抽，瞥了一眼雲千千，面無表情道：「不是我不幫忙，但妳的蛋和我的蛋不一樣。」

「怎麼不一樣？同樣是蛋清加蛋黃……呃，當然，如果你指的是你自帶那兩顆的話肯定不一樣……」

「……我指的是孩子！」龍哥咬牙伸出手指，把額上青筋一根根按回去：「妳的蛋不是正常產下的，用你們冒險者的話來說，它目前還在融合進化期，要等進度條讀完才行。」

「進度條？哪裡？」

「喏。」龍哥指了指蛋上的黑色雲紋：「現在是白底黑花，等它整個完全變成黑色之後，就完成了。」

「呃……」雲千千滿頭黑線的看蛋蛋。沒想到這就是傳說中的進度……條？

九夜提問道：「這花紋已經幾天沒變過了，還要等多久？」

「不用太久。」龍哥摸摸魔王蛋，在兩人鬆口氣後才繼續補充完：「差不多一個月左右吧。」

「……」

一個月……都夠魔族把她殺回新手村了。

「有沒有快一點的辦法？比如說催熟激素之類的。」

「這妳得問專家。」龍哥刷刷寫下一張紙條遞給雲千千：「這是我認識的一個獸醫，本事不錯，當年小龍就是他接生的。」

「……」

雲千千不甘心自己就被一個獸醫打發了，又死纏爛打的磨了龍哥十多分鐘；無奈後者只一徑搖頭，表示自己再沒有其他辦法了，NPC的世界很純潔，沒有人工催熟的說法。再說那可是魔王蛋耶！萬一一個不小心把未來的路西法培養成痴呆肉雞了，這責任是他扛啊還是她扛啊？反正他相信這水果肯定不會負責的。

無奈之下，鬱悶的雲千千只有抓上九夜，再去找那傳說中能幫龍接生的獸醫。

照著地址找到獸醫家的小院，他們剛一踏進去，就見裡面擠了十來個玩家正在吵架。

「臥槽！這任務是老子先接的，你們這些人懂不懂規矩？」

「屁！俺才是先到這疙瘩的，剛才去扯了幾根草，你們就來了。」

「唔改識既朋友們幫幫忙了，系度多謝先，系米要翻臉才開心？」

「嘴兒有麼有講理滴？餓都跟恩屁西（NPC）社上話咧，咋？嫩絲想匹K？」

「Stop! Take a chill pill……」

雲千千冷靜的擦把冷汗，眨眨眼，戳戳身邊九夜問：「他們在幹嘛？」

九夜沒說話。

旁邊一老頭搖著扇子哼了聲，不屑道：「聽不出來？都在吵架呢。」

「吵什麼？」

「主要是討論究竟誰先做任務的問題。」老頭回答完後朝院子裡喊了一嗓子：「你們快點決定好不好？要不然先去外面研究清楚了再進來？快到下班時間了，再過半小時誰都沒戲啊！」

這遊戲號稱每一個NPC都和玩家息息相關，主要就體現在任務系統上。無論是再怎麼不起眼的角色，都有可能會發放出一個不錯的任務給玩家。對於NPC來說，有一些任務是他們必須發放的，比如說職業導師給的進階任務，比如說循環任務，再比如說主線、支線劇情一類。

但是其他一些任務則是不定的，完全憑NPC的心情。主要是看他們有沒有什麼需要你幫忙的地方，然後由NPC自行付出一定報酬，委託玩家去辦成某些事情。而獎勵好壞自然也是根據這個NPC自身的財力實力而定。

雲千千要找的獸醫就是剛才說話的老頭。這老頭發放的任務類似於護鏢，他每天都要去不同的地方，幫農家、寵物店，甚至是幫一些珍稀魔獸BOSS看病，龍哥就是他的客戶。

獸醫沒有什麼戰鬥能力，NPC又不能使用傳送陣，更別說去偏僻險地幫魔獸接生看病時要走的路更是險峻非常。在這樣的情況下，他不得不僱用保鏢來護送自己，免得走到半路還沒幫魔獸看病，就先成了其他魔獸的便便。

根據護送地點遠近和路況不同，獸醫會給玩家相應的金錢報酬。而這個任務最大的隱藏好處還不僅僅是這些金幣；曾經就有玩家在做任務時，跟著獸醫輕而易舉找到虛弱狀態的魔獸BOSS，輕鬆擊殺後獲得黃金職業套裝部件……

信老頭，有肉吃。

在這個消息傳開後，獸醫一下子紅了……

雲千千聽了半天才終於弄懂，原來這些玩家在這裡都是搶著第一個接獸醫的護送任務。

看了一眼院子裡面，雲千千撇撇嘴，直接抓了老頭亮蛋：「先別管他們，幫我看看這蛋……」

她話還沒說完，院子裡的玩家一看來個直接插隊的，頓時爆開了。

「哎，那個美眉，哪有像妳這樣子的？」

「嫩過分咧，麼有看到嘴兒這麼多人？餓還絲排嫩前頭滴。」

「Hey! Girl……」

雲千千頭也不回的一揮手，一片狂雷將人全部白光之，然後抓著獸醫的老手，眼睛閃星星，期待的問道：「怎麼樣，能提前孵出來嗎？」

「……」獸醫無語。

九夜平靜的扭頭遠目望天……嗯，今天天氣不錯。嗯，他什麼也沒有看到……

魔王蛋少見嗎？答案是肯定的。不僅少見，而且根本是獨一無二。

獸醫研究了雲千千手中的蛋蛋一會，沉吟半晌後道：「要想提前孵出來也不是不可能。如果找齊材料的話，大概能把時間縮短到三天。」

「三天……也行。要找什麼？」

「月見草、彼岸花、六道輪迴……」獸醫洋洋灑灑的開出一份至少百來種材料的單子，就連口述都至少花了十分鐘。這些材料大部分都不是十分稀有，但是花樣繁多，成功的把雲千千繞得頭暈腦脹。

敘述完後，獸醫丟出一個小鍋給雲千千，說：「這些東西都找到以後，也不用來找我。妳直接去接一鍋返生噴泉的水，把材料全部丟進去，再把蛋丟進去……煮上三天就行了。」

「……」雲千千一臉糾結的接過小鍋：「這麼多材料全丟進去的話，哪還裝得下水？這是煮蛋還是燜蛋啊？再說看這容積也不一定裝得下……」

獸醫鄙視的看了一眼雲千千，半晌後才道：「這是遊戲……」

踏、馬、的，被一個NPC鄙視了。

直接給了彼岸毒草單子，讓對方蒐集齊後直接快遞過來，雲千千一頭黑線的繼續攜九夜殺向百慕達。因為創世時報的報導宣傳，海族商業協會新開發出的導遊業在極短的時間內就迅速的熱門了起來。以前玩家不去百慕達不是因為不感興趣，而是條件不夠。現在放低門檻了，那些曾經嚮往而又無法探索的人理所當然全都蜂擁而至。

NPC沒有通訊器自然是無法場外聯絡的，雲千千又不可能一片雷把在場人全清了，只好鬱悶的排了一小時隊，這才終於輪到接待檯前。她報上名字後，海族商業協會迅速派出專人接待。

又花費半小時跟著導遊摸到失落神殿外，眼前神殿裡裡外外的遊覽玩家當場把雲千千震得徹底。以前記憶太深刻，她一時都忘記這裡已經被成功開發成旅遊區了……

臥槽！這麼多人，她怎麼煮蛋？

「要開個包廂嗎？特價優惠30金一天。」海族導遊看出雲千千為難，笑呵呵湊上來問。

「……這裡什麼時候有包廂了？」雲千千鬱悶。她幾天沒來，沒想到人家業務倒是拓展得很多，過幾天搞不好還有神殿KTV開放。

「嘿嘿，配合市場需求嘛。有些客人建議，說難得來一趟，這裡也沒歇腳點，要多玩個幾天的話連吃飯休息的地方都沒有……反正這神殿空著也是空著，還剩那麼多偏殿，我們正好開放出來，擺些家具就能再利用！」海族導遊笑咪咪，對待客戶很是熱情。

雲千千想了想後問道：「有沒有保全？」

「當然有。」海族導遊拍胸脯保證道：「我們和亞特蘭提斯重新取得聯繫，展開雙邊合作貿易，特地聘請魚人族的精英來擔任保全，每個休息區都有魚定時巡邏。」

「OK，替我開三天。」

場地問題解決。雲千千裝了一鍋噴泉水，直接進偏殿去煮蛋。

百慕達的盛名可不是吹出來的，就算魔族算出她在這裡，想進來還得闖一把迷宮才行。再說NPC不能用傳送陣，開船至少還要再花一天半的時間，在這裡比在外面可是保險得多了。

「妳就打算三天都守著這顆蛋？」九夜蹲爐子邊瞪小鍋，很是怨念。

他是高手，他是精英高手，他是正義執法的精英高手。高手就該目下無塵，就該走路帶風，動如脫兔、靜如處子。誰見過高手蹲爐守鍋等煮蛋的？別說這是魔王蛋，就算是恐龍蛋都不行！

雲千千也很無奈：「三天無聊總比一個月提心吊膽連吃個麵都擔心遇上恐怖攻擊來得好吧！」

為了這顆蛋，魔族已經是下了血本，一個個紅著眼，看樣子不把她殺回新手村是不肯甘休的了。她雖然自認長得還算可以見觀眾，但也絕對沒想到紅顏薄命那一步去。

世界如此美好，還是要有命享受才行。

落盡繁華已經賠進了一個駐地，西華城最近的連環爆炸事件也早就引起玩家廣泛關注。在這種囂張的時候，她個人低調一些比較可能活得長久……

「蜜桃多多失蹤了？聯絡不上？」默默尋疑惑沉吟：「不可能啊。那桃子睚眥必報，是出了名的小心眼。她知道有人拿自己炒作，不應該在這個時候突然消失才對啊。」

「說不定那緋聞是真的？」副主編提出假設。

「放屁。你看看人家老公九夜，身材、臉蛋都是一流的，還是創世公認第一高手。哪個男人能比他有看頭？」默默尋白了一眼副主編道：「除非他身患隱疾，不然其他人根本沒可能上位……不過這就是一個遊戲，這理由也不可能成立。唔……到底是為什麼？」

「這……也或許人家是為了刺激……」

「……很好，你可以親自向蜜桃多多驗證這個疑惑，下期的名人專訪你負責吧！」

副主編瞬間淚眼汪汪，無辜看默默尋……他又不是故意的，不是在討論問題嗎？當然要提出各種大膽假設，然後再小心求證……

默默尋想了會，最後拍板：「去雲翔工作室請燃燒尾狐來！」

「……尋主編，您莫非是想？」

「沒錯，我們請燃燒尾狐算算蜜桃多多的位置。然後再派記者過去。」

蜜桃多多對緋聞的態度也是一大話題。做新聞的不能光炒別人的冷飯。所謂第三者插足，先不說這新聞的真假性，光是自己沒搶到頭刊，就代表這新聞已經沒有什麼報導價值了。

除了話題的新穎性以外，做報紙更看重的是自家刊物的引領能力。一個新聞我先發，別人再跟著發，那麼我就是老大。反而言之，別人發了，我再發，那就無形中已經遜色了一籌。寧可再挖掘其他焦點新聞，不到萬不得已的時候，絕對不能輕易承認其他報紙的地位。

更何況這緋聞擺明了就是作假。哪怕是八卦也要講究威信的，轉眼就會被戳穿的那種根本不能算好八卦，怎麼說也得要能蒙蔽讀者一、兩個月才有價值……

「什麼？被蜜桃多多殺了？」新十二公會聯盟盟主拍案而起：「聽說最近魔族為了魔王的事情追她正追得緊，她居然還囂張到敢在這個風頭上殺人？」

「絲滴，餓只絲想做個印務，哪知道瓜娃子來咧啥話莫有就殺銀。」獸醫小院中的被害人甲委屈：「猛豬，泥可要為餓仈主槖……」

盟主忍著兩眼冒金星把一堆方言聽完，好半天理解完後才點頭：「放心吧，作為猛……咳，盟主，我一定會為你做主的。」最主要是藉這理由還可以探探底，趁著魔族正在找蜜桃多多麻煩這股東風，他說不定能順勢把水果樂園這心腹大患拔了也說不定。

越想越覺得自己精明睿智、運籌帷幄，盟主意氣風發的吩咐下去：「讓財務去取公會資金，請雲翔工作室的燃燒尾狐卜算蜜桃多多的座標……唔，不要說我們是去打架的，就說要談生意。」

與此同時，終於定好計畫準備挖角的雲翔工作室、從魔族那接到任務的首批陣營候補玩家，許許多多的人都一樣開始滿大陸搜尋起了蜜桃多多的蹤跡。而在發現對方通訊器關閉無法聯絡，甚至連幾個好友都不知其去向之後，幾乎所有人的目光都同時轉向了大陸中最負盛名的占卜師燃燒尾狐……

臥槽！這麼多人？燃燒尾狐剛上線就發現自己一夜之間突然爆紅，無數好友、非好友的傳訊幾乎將他通訊器呼爆。還有滿滿一屋子的小使魔，眼巴巴睜著大眼睛等自己上線。

名人的生活也太艱辛了。雖然燃燒尾狐知道自己因為職業關係算是有點名氣，但是好像也沒大到這分上吧？

他隨手翻開通訊聽了幾通留言，無一例外是詢問蜜桃多多下落的。又聽幾條歸納整理了一番，燃燒尾狐才明白過來是怎麼回事。大致事情也就是蜜桃多多跑了，留下各種爛攤子，現在很多人想找她找不到，於是乎想到了尋人能力第一的自己……

他占卜一圈，該水果現在攜自己老公正在百慕達窩著。

他再占卜一圈，對方現在正在煮蛋，好像是午飯菜色？

他繼續占卜……唔，原來是魔王蛋。

綜合以上內容，不算笨的燃燒尾狐很快推測出，對方現在正在做的事情應該是不能被打擾。可是那麼多的尋人訊息怎麼辦？

一分鐘後，曇花一現的燃燒尾狐淚奔下線。他還是先避避風頭好了。

能用上的占卜師沒了，查詢得知對方已下線的尋人玩家們瞬間崩潰。燃燒尾狐不在的話，這偌大的大陸地圖，茫茫人海要上哪去挖出一顆黑心水蜜桃？

而此時，不知道自己已經成為群眾關注焦點的雲千千依然在悠閒的煮著她的蛋。還好她順手拉了幾本小說帶進來打發時間，不然三天還不知道該怎麼熬過去。

九夜寂寞到憂傷。出去的話，雲千千怕他身為魔族太上皇會被抓去當人質；不出去的話，這豢養的生活確實太過無聊，一不小心把一個大好青年悶壞了怎麼辦？人家可不是宅男，沒有一屋子速食麵、一部電腦加漫畫就能在房間裡窩上一年半載的記錄。

「無聊的話，不然你去附近逛逛？」煮了一天蛋，雲千千實在看不下去九夜憔悴的樣子，想了想還是提議道：「我把生死相隨的應召選項打開，遇到危險或迷路了你直接瞬移回來就可以。」

九夜瞬間恢復生機，從氣息懨懨一改而成精神抖擻跳起來，眼中射出凌厲目光，淡淡頷首：「嗯，那妳就留在這裡，我出去刷圈怪再回來。」

「……去吧去吧，早去早回，順便帶點肉回來烤著吃。」吃了三頓大饅頭，她其實也早鬱悶到不行了。

九夜離開後，房間裡只剩下雲千千和一顆蛋。

空閨寂寞啊……兩個人一起宅的時候還不覺得什麼，只剩一個人的時候，頓時就感覺有些冷清了。

空虛的雲千千慨然長嘆，明媚憂傷四十五度角望牆——這種老公出門，只剩老婆一個人留守的情況，實在是太適合發生一些譬如紅杏出牆、夜半私會之類的事情了。對了，自己還有個神秘情夫，至今不知對方是圓是扁……唔，要是報紙上早點把對方名字披露出來的話，自己現在起碼還有個聊天對象。

她正在胡思亂想中，門外一陣凌亂的腳步聲傳來，接著沒過一會，傳來大力的砸門聲，伴隨著急促的喊話。

「有人嗎？有沒有人在裡面？借我進去躲躲，拜託你了。」

咦，想什麼來什麼，那麼快就有挖牆角的候選人出現了!?

120 古鏡

這時候的九夜根本不知道自己的牆角出現可能被挖的危機。

好不容易有機會出來放風，他當然要四處多轉一下。迷路怕什麼，自從他有了天空對戒的生死相隨，頭不暈了，路不亂了，一口氣迷五條街也沒關係……

他剛走沒幾步，就遇到有玩家混戰。秉承著堅持路過圍觀這項基本國粹的心態，九夜淡定走過去，拉了個正要亂入戰局的場外玩家一問：「發生什麼事？」

「臥槽！老子現在很忙，想採訪找別人去！」玩家大罵。

「……」九夜依舊淡定，手中匕首順手舞了個刀花，一個普通攻擊就殺了對方三分之一血條。九夜再次問道：「發生什麼事？」

「呃……江湖仇殺。」玩家瞬間被震懾，都快哭了。這煞星哪來的？幹嘛找上他啊！

「哦。」九夜點點頭：「為什麼？」他不是八卦，他只是無聊。人生寂寞如雪，剛禁閉一天出關的男人傷不起啊傷不起。

「為、為什麼？」玩家這回是真想哭了：「這個解釋起來就有些複雜了……」

PK嘛！常玩遊戲的人有誰會不知道是怎麼回事。挑起PK的理由是多種多樣的，無外乎是各種資源的爭搶，比如BOSS、比如女人、比如礦產……

但是說白了其實就一句話，發洩熱血唄！

等級練高是為了什麼？不就為了馳騁快意、熱血恩仇？

芝麻綠豆大點的事情都可以成為PK的理由。比如說兩個公會混戰群架，殺得天昏地暗、日月無光，但是等到事後一細問，最開始爭端的出現可能也就無非是一場小口角，比如說什麼——

「馬的！搶我怪！」

「馬的！不服打！」

然後兩人互打，再然後拉朋友亂打，再再然後喊公會混合打，再再再然後……直打到血流成河，直打到當事人可能都下線回家吃飯。

突然被追問PK原因這麼深刻的問題，被九夜揪住的玩家只感覺淡淡的蛋疼……自己知道個屁！他也是聽見有朋友喊打架，正好自己又在附近，於是乎興匆匆的過來湊個熱鬧，再於是乎還沒來得及加入就被逮住了。

玩家還沒想好怎麼回答，旁邊不知道誰一片風刃手滑甩了過來，正好把九夜和其手上的人都籠罩了進去。九夜猝不及防，發現時已經來不及，硬生生的挨了一下，之後也有些愣然。

踏馬的，從他修煉大成之後，多少年都沒被人這麼偷襲過了，沒想到居然在今天一不小心破第一次？

九夜性情冷漠，但也不是沒脾氣，這麼一下之後頓時大怒，二話不說甩了手上被打得愣愣的玩家，抽出匕首撲進戰局。

亂局中的玩家們眼前一花，就見一個迅疾的身影撲了進來，雙匕單挑群雄，一輪旋斬連擊帶起血花無數。多少玩家怔愣間就發現眼前一黑，再亮起來已經是復活點中，身邊還有不少和自己一樣死得莫名其妙的兄弟……

「臥槽！這人到底是哪邊的？」

九夜的強勢加入一下就打亂了格局，讓所有玩家都呆了一下。接著不一會後，很快有人反應過來，發現此人的攻擊居然是毫無目的性的，完全是誰站得近戳誰，根本不管什麼陣營敵我。這麼一來，所有人都怒了。

九夜成功吸引了全場仇恨值，成為眾矢之的。幾乎所有人都不約而同將手中技能的重點覆蓋範圍向他這邊傾斜了過來，試圖先清走這個搗亂的。

「劍氣縱橫！」九夜不退反進，手腕一翻，匕首由反握改為正握，模擬大劍劈砍技能劃了出去，頓時一片黑光爆射，緊接著一片白光升起，色彩絢爛、異常震撼。

「靠！」血防比較堅挺、依然頑強拖著一條殘命苟活的玩家們個個吐血。你那明明是匕首，劍氣個屁的縱橫！

群眾此時已忘了仇恨，忘了繼續廝殺。所有人眼中只有一個九夜。在這一刻，九夜彷彿 BOSS 附體，人們彷彿透過他看到了小怪獸、密卡登、大蛇丸……

他不是一個人在作惡。

就在九夜已挑起眾怒，場中局面一觸即發，眼看就要爆發一場驚天動地的終級 BOSS 剿滅戰時，人群中突然有人驚「咦」了一聲。

「這不是九哥？你家桃子呢？」

雖然高手榜上蜜桃多多的名次沒有九夜那麼剽悍，但她的淫威遠比自己老公來得影響深遠。

道理很簡單，玩遊戲的沒有幾個怕死，人在江湖飄，就等於是隨時等挨刀。面對高手的定義，大家一般只會想著打不打得過，敬畏也僅僅是出於實力的對比。

而蜜桃多多給人的威懾卻不僅僅是實力原因。此人好比口香糖，被盯上了，首先是難纏，其次是噁心，時不時被陰一下的感覺大家都不想體會。如果說九夜對玩家的打擊是肉體方面，那她就是肉體、精神的雙層次多重絞殺。

和蜜桃多多打過交道的人，對此女的人品評價感想都只有一個字——糟！

一瞬間，群玩家頓時鬥志凋零，狀態萎靡。他們再不想報仇的事情了，只對九夜避之唯恐不及。

九夜往人群中掃了一眼，很快找到說話的那個人：「君子？」

君子笑笑的從人群中走出來：「沒想到你和桃子躲到這裡來了。難怪外面的人都找不到。」

「哼！這之後很快就會被找到了。」身分都被人叫破了，還找不到才叫怪事。反正他是不相信在場這些人都是嘴嚴的。

人多口雜，眼看反正這架也是打不下去了，兩人乾脆換地方說話。

「剛才那邊到底發生什麼事？」九夜邊走邊問。

「也沒什麼。好像是有小隊發現了好東西，然後產生分歧內訌，一言不合打了起來，接著喊幫手，越打人越多，就變成你看到的那樣子了。」

「哦。」九夜知道原因後，也就對剛才的事情沒什麼興趣了。所以說，過程遠比結果重要就是因為這個。九夜問：「那你呢？也是被叫去助拳？」

君子有些驚訝的看了九夜一眼，反問：「你現在對外界事情這麼感興趣？」

「……」九夜淡淡斜睨了君子一眼：「隨便問問。」如果對方也像自己似的被關在一個小屋子裡一待就是一天的話，說話的欲望肯定會比他還濃烈。

君子笑笑不以為意，逕自解釋：「說起來，我其實是對那個東西比較感興趣。聽說是一面叫風月寶鑑的古鏡，可以照出人心底最渴望的東西。」

「哦。」

「你可別以為這東西不稀罕。雖然不是戰鬥道具，但人總是有渴望的，有時候雖然明知道是鏡花水月，但是能過過眼癮也是好的。再不濟，拿來送人也是好東西。」

物以稀為貴，就算這東西在自己這裡不算什麼，但單憑那目前獨一無二的標籤，怎麼也能值高價。

「反正我沒興趣。」九夜鄙視君子：「你想要的話就回去吧。」哄搶可能還在繼續，說不定君子還有一絲希望搶到。

君子無奈攤手道：「回去也沒用了。拿了那東西的人早跑了。他們只是因為大多數人根本不知道為什麼才PK，現在正好打得興起，所以才一直沒解散。」想了想，他突然有點樂：「不過如果桃子知道這事的話，現在那邊肯定就不止這麼點動靜了。」

九夜腦補了一下蜜桃多多知道風月寶鑑後的反應，饒是再鎮定淡漠的心性也不由得情不自禁冷顫了下……確實，還好那水果不知道。

聽說水蜜桃在孵兒子，君子當然要去看個熱鬧；先不說這生產孕育過程本身的與眾不同，就單說那小兒子的身分，也值得他去現場觀摩一下。

九夜倒是無所謂，很爽快的帶著人回了包住的偏殿。

兩人一推開門，第一眼就看到一個愁眉苦臉、衣衫凌亂的男玩家。

君子第一反應就是，莫非是蜜桃多多紅杏出牆？唔，看起來好像還是女方主動的霸王硬上弓……

接著他再看第二眼，雲千千正蹲在鍋旁，邊守蛋邊抱著一面鏡子傻樂。

於是正確答案出現，君子頓時恍然……原來是搶劫。

「……」九夜無語十秒鐘，很鎮定的反手把門關上，看一眼雲千千，再看一眼君子，問：「風月寶鑑？」雖然他是疑問句，語氣卻很肯定。

莫非創世紀的寶貝都和這女人有緣不成？前腳他才從君子這聽說了古鏡的事情，後腳就在蜜桃多多手裡看到了實物。緣分果然是件很玄妙的事情，這世界太令人頭疼了。

君子冷靜的判斷了一下，擦把冷汗：「看你老婆那傻樣子，應該是它沒錯了。」

「兩位！」被搶劫的男玩家看見二人，頓時眼睛一亮求救道：「拜託幫幫忙吧，這女人她……」

九夜很鎮定的刷過去，一匕首把人敲昏，再冷靜的彈了彈雲千千的額頭，很嚴肅的批評：「怎麼能留活口？」

聽到此發言，本以為九夜會批評雲千千的君子愣了，繼而淚了——九哥，你變壞了……

九夜對風月寶鑑的定義是：一個還不錯的觀賞娛樂道具。

其性質差不多等同於動漫、電影一類，都是以視覺享受刺激愉悅度，從而達到令觀者心情舒暢的效果。

甚至在九夜心裡，這東西還不如動漫、電影，至少後者有情節，前者充其量只能算意淫……

「桃子，妳看見什麼了？」君子好奇的蹲在雲千千身邊，湊過腦袋也想瞧瞧鏡子上的畫面，可惜卻只能看到一片霧濛濛的虛影……唔，還是高科技，隱私保護加鎖防洩密型畫面？

雲千千斜睨一眼，轉目作世外高人狀：「以你的水準恐怕欣賞不了我的品味。」接著在君子抓狂前，她把鏡子丟過去：「想看就看自己的吧，不要沒事探聽人家隱私，跟個老女人似的。」

君子忿忿的哼了一聲，接過鏡子隨手翻到正面來，正想再順嘴反駁個幾句表示自己的不滿，卻在鏡中畫面慢慢清晰映照出來的時候被瞬間吸引；接著他定睛看清之後，就是一陣手抖，不僅瞬間消聲，更是差點把手裡的鏡子也摔了。

喵的，自己怎麼會看見天堂行走!?

君子感覺自己的未來突然一片灰暗，陷入了此生最大的危機。在此之前，君子從未想過心底最渴望的居然會是一個男人。雖然他確實是從來沒做過什麼人生規劃之類的事情，也沒有太過明確的目標，但怎麼也不至於墮落到男男 BL 的分上去吧？

雲千千、九夜當然都看到了臉色突然變得灰敗的君子。出於對朋友的關心，當然順便也出於八卦的好奇心，兩人對視一眼，忍不住都對對方看到的景象好奇了起來。

「你看到什麼了？」雲千千戳戳已成木頭人的君子，非常感興趣的問。

君子呆呆的轉過頭來，兩眼無神，嘴脣抖了好一會才遲疑的問道：「如果，妳在鏡子裡看見一個同性……」

「唔……據說這鏡子會映照出自己的渴望，那麼假設我看到的是同性的話，一定是對方身上有什麼我想要的東西……當然了，這絕對不可能是身體，我對自己性向還是很確定的。」雲千千摸摸下巴，認真想了會，之後才繼續道：「比如說美貌……這個不大可能。再比如說智慧……我認為自己已經站在人類進化頂點了。再再比如說錢……唔，大概只有這可能性了。」

什麼叫柳暗花明、山窮水盡？君子現在這情況就是。

本來他以為自己已經身在阿鼻地獄，甚至對自己的品格都產生了懷疑，電光石火間大腦CPU高速運轉，深層次的思考了關於人生、人性、文明起源、世界、精神發展和感情本體追溯等等輻射甚廣、橫跨多個領域的哲學問題，一瞬間差點沒看破紅塵、踏碎虛空。

沒想到聽完雲千千這一席話後，君子忽然就豁然開朗，重新返回人間。

是啊！誰也沒說看見一個人就一定是代表自己暗戀人家。比如說所謂偶像這種東西，不就是因為崇拜心理，希望自己也能有對方身上的某種特質？

天堂行走閱盡千帆，天堂行走不入騙門卻深得師父真傳，天堂行走……這些都是自己小小嫉妒過的東西嘛哈哈，原來真相如此簡單。寧願承認自己悶騷善妒也不願承認自己有可能會被掰彎的君子終於鬆了一口氣，這才感覺剛才憋得胸口都有些悶疼。

拉住雲千千的小手手，君子以此生最真摯的感情，含著激動的淚花對對方表示感謝：「謝謝，桃子！妳真是太可愛了，我太愛妳了哈哈哈……」多虧了妳啊，要不然自己說不定就會走上不歸路了嗚嗚嗚……

「……我可是有夫之婦。」雲千千滿頭黑線的抽回手來。這人生了什麼病？

九夜同樣對此狀況表示摸不著頭腦，同時也對風月寶鑑升起了巨大好奇。小小一面鏡子居然還有讓人如癲如狂的魔力？

「讓我看一下。」直接抽手取過鏡子，九夜往裡面看去……

嗯，九夜看到了什麼是另外兩人不可能知道的，但是雲千千和君子都能看得出來九夜的臉色在一瞬間變得震驚，繼而是不敢置信，再繼而是皺眉，再再繼而……

雲千千很好奇，不知道什麼樣的畫面才能讓九夜這樣的人都大驚失色。

君子則是有些幸災樂禍。在自己的慘痛遭遇之後，他很樂意看到其他人也碰到和自己同樣震撼的遭遇。

「怎麼樣、怎麼樣，看見什麼了？」君子興匆匆的問。

「……」九夜的喉結滾動一下，凝目很認真的思考了下，再充滿期盼的看雲千千問道：「如果，妳在鏡子裡看見一個異性……」他很希望雲千千能像安慰君子的時候那樣，說出一番合理的解釋，安慰自己飽受驚嚇的心靈。

「唔……如果是異性的話，那應該就是深深的愛了。」雲千千嘿嘿奸笑，笑到一半才發現好像有些不對勁：「呃……臥槽！是哪個女人居然敢挖老娘的牆角？」

他、奶、奶、的！九哥居然在鏡子裡看見一個女人啊。這女人肯定不會是他老母，不然剛那臉色也不會這麼震驚了。

那就是愛戀對象？雲千千深深的震撼了。雖然自己和九夜並不是朝夕相處，但她自認對對方的掌控力還是足夠的，最起碼不會連對方身邊悄沒聲息的出現一個女人都不知道。

莫非是那個紅顏會長？雲千千咬牙變臉、磨刀霍霍。敢讓自己偷戴綠帽子？那女人不想活了是吧！

雖然身邊的水果暴走，但九夜現在根本沒心情管她，他只震驚於自己從風月寶鑑中看到的畫面——他抓著競技格鬥的全球獎盃，身穿制服、冷眼睥睨天下群雄，胸前龍紋勛章代表了警界最高榮譽……

這很好，確實很好。

但是為什麼？

究竟是為什麼？

他身邊居然還站著奸笑霍霍的蜜桃多多？

九夜對自己的審美能力徹底絕望了，一萬隻草泥馬在他的腦袋裡呼嘯奔騰著。

「他怎麼了？」雲千千拉了君子到一邊咬耳朵，雖然還在介意那個第三者，但九夜現在的狀態明顯更需要關懷。

君子悄悄打量一眼九夜。這人好像比自己剛看鏡子那會受到的打擊還大。一時間，饒是幸災樂禍想追求心理平衡的君子也忍不住升起了一絲同情心：「不知道，大概看到的人很出乎他的心理承受能力吧。」

「什麼樣的人能有這麼大力量？」雲千千摸下巴，陷入沉思。

「性別沒問題，那麼能讓九哥震驚，除非是那人的外在或內在嚴重不符合他接納的標準；再或者是生死仇敵？」

「你小說看太多了吧，哪有那麼多生死仇敵。」雲千千鄙視一下：「外在有問題應該不大可能。九哥不是看重外在的人，八成還是人品問題……」

知道九夜是有婦之夫還來挖牆角，這當然得是人品問題。

一般來說，人們對第三者和出軌的看法都是不同的。這一點雖然不大公平，但也是沒有辦法。比如女人追求男人，男人已經結婚了，女人說不介意，大家會罵：「臥槽！好不要臉的小三。」但男人追求女人，女人已經結婚了，男人說不介意，大家則會感動：「看！好痴情的男人。」再換個立場。男人出軌，群眾中至少有一半會一笑而過，稱這是風流韻事，其中包括女人。而女人出軌的話，至少九成九的人都會對其有丟臭雞蛋、爛番茄的衝動，其中同樣包括女人。

所以說，性別決定一切。

君子想了想，很中肯道：「其實以九哥這麼隨性的性子，真要愛上的話，對內在要求應該也不會太高吧。我猜測這對象能讓他這麼震驚，肯定是刷新了人品下限的等級，達到一個讓他無法接受的程度，比如說卑鄙無恥、陰險齷齪、五毒俱全什麼的……」咦，為什麼他覺得這個性格特徵好像很熟悉？

雲千千咬牙道：「不要讓我知道這無恥的女人是誰，不然老娘找人殺她回新手村一萬遍啊一萬遍！」

「冷靜，衝動是魔鬼。」君子嘆息，拍拍雲千千。

感情方面的事情實在不適合外人插手，再說這三角戀中其中兩角還一個是九夜、一個是蜜桃多多，這種等級的紛爭已經不是他這小人物應付得了。

兩人窸窸窣窣又窸窸窣窣。

好一會後，事件男主角九夜終於從震驚中回過神來，神情複雜的沉吟了好一會後，把鏡子丟給雲千千，就再也不吭聲了。

「九哥……你到底見到誰了？」知道名字她立即全遊戲通緝，不信趕不走這個女人……雲千千咬牙切齒的打聽情敵情報。

九夜神色複雜的看她一眼，好不容才吐出兩個字：「……沒有。」

「……」臥槽！騙鬼吧。

雲千千淚奔。蒼天啊，大地啊！睜開你的鈦合金狗眼好好看看吧！身為她老公，九哥這麼快就已經開始包庇偏向那個第三者了啊嗷嗷……

121 鏡中世界

先是小女孩的火柴，後來又是風月寶鑑。

如果一次還可以說是巧合，那麼兩次呢？九夜陷入此生最大的糾結。

既然糾結了，自然得想辦法把事情解決掉，快刀斬亂麻也總比繼續頭疼下去的強。

於是九夜請假了。於是九夜在小魔王還沒孵出來之前就開溜了。於是九夜找到無常了……

「你怎麼回來了？」忙於公會事務的無常突然看到九夜還是很驚訝的，不過這人定力始終是不錯，神色只小小波動一下就恢復了平靜，推推眼鏡，很淡定的問。

此時不止無常在，一葉知秋等人也在。說了是公會事務，落盡繁華的幹部自然都在場。其他人可是沒雲千千那麼膽子大，敢把偌大一個家當丟給下面人隨便玩。

「嗯，有點小問題。」九夜皺眉說道：「主要是關於個人感情……」

「來來來，先看一下這份文件。」沒等聽完，所有人又把頭扭回去。一葉知秋在旁邊遞了份地契給無常：「這裡的駐地稅務有點問題，上報的兄弟說好像有BOSS變異影響了駐地安定度。」靠，這又不是心理諮詢診所，還以為是什麼大事……

「……」九夜無語。

只有無常還算比較關心自己弟弟，把地契和一葉知秋的腦袋一起扒開，沉吟半晌問道：「你所謂的個人感情該不是關於蜜桃多多吧？」

「唔……」

「……行了，我明白了。」無常頭痛的捏捏鼻梁，感覺一陣陣牙疼。

他千算萬算的防那隻小母狼，沒想到自己的小弟反而先栽進去了。這算什麼？人算不如天算？本來還想爭奪發言權的一葉知秋明顯也被這消息嚇了一跳，見鬼般看九夜，驚訝道：「九夜兄，你的眼光不會這麼差吧？」

九夜尷尬：「其實，蜜桃多多也沒那麼差……吧？」

這一聽就是連他自己都沒自信的。

一葉知秋和無常對視一眼。一個是不樂意見到某水蜜桃風光，一個是不願意看自己弟弟踏上不歸路。瞬間，兩個男人達成共識，你一句、我一句苦口婆心開始開導九夜……

「九夜兄，其實我覺得，這種事情還是要考慮清楚比較好。你覺得蜜桃多多那性格適合當老婆嗎？再說了，戀愛是兩個人的事，結婚卻是兩個家庭的事；而又有一個說法是，所有不以結婚為前提的戀愛都是要流氓……所以由以上條件可以推出，如果你真的想跟蜜桃多多在一起的話，只可能有兩個結果……」一葉知秋比出兩根指頭，臉色很凝重的總結：「要嘛就是你從此和女惡龍過著水深火熱、萬劫不復的幸福生活；要嘛就是你耍了一場流氓。」

「……」九夜滿頭黑線。

無常乾咳幾聲，繼而推推眼鏡，慎重點頭：「我附議。」

「照你這麼說，蜜桃多多的人品就真那麼差？」九夜皺眉，狠狠皺眉。

其實如果無常和一葉知秋勸解得比較委婉的話，他還未必會有這麼大的反應。但是兩人從一開始就犯了一個錯誤，那就是替自己和被勸解的人都安排錯了定位。

九夜的本來目的只是想來討教經驗解惑的。換句話說，他之前連自己是不是喜歡雲千千都不知道，只是想確定心意後再另行思考。

因為九夜不確定自己的心情，所以喜歡雲千千的機率等於是50%對50%；如果確定是喜歡的話，再另外斟酌適不適合，機率又是一半一半；總結下來，最後兩人真正在一起的可能性實際上只有50%的50%，也就是25%。

而無常關心則亂，再加上一葉知秋迫不及待想搗亂，直接開始抹黑雲千千。也就是說，他們是在假設九夜已經喜歡上了雲千千的基礎上進行推理，直接跳過了其確定心意的概率確定，將選擇答案篩選圈定至只剩兩個：

其一，九夜喜歡蜜桃多多，經歷無數波折後終於情意磨盡，黯然分手。

其二，九夜喜歡蜜桃多多，經歷無數波折後依舊堅挺，終成眷屬……

這樣一來，兩人的勾搭成功機率反而一躍跳成了50%。反正不管怎麼樣，肯定是喜歡了……

所以說青春叛逆期的孩子經常跟家長鬧得不可開交也不是沒有原因的。雖然這個時期中特有的衝動、自大性格占據了重要因素，但是更主要的，還是家長在一開始就把對方推到了與自己對立的叛逆立場上去。

「我是為你好。」

「這些你不懂。」

「別找藉口，老子還看不透你？」

……等等諸如此類的話一說出來，直接無視了對方也許只是因為思想不夠成熟才考慮不夠周全，而是直接全盤否定了小阿飛、小太妹們的判斷正確性。或委婉或直接、或引導或鎮壓的種種言行，背後透露出來的無非是一個意思——你錯了。即便是成年人，經常被人指著鼻子說這不對、那不對也會翻臉，更何況那些還不夠圓融通達的小不點？

九夜早過了青春期，可是人家也有脾氣。

無常、一葉知秋對於目標心態把握得不夠，一說話就先直接幫人扣死了立場與定位，再徐徐反駁之……於是，終於間接的將九夜推上了那條不歸路。

做了半小時的心理輔導，誰也沒能說服九夜。其一是因為人家本來就只是來確定心意的，根本沒打算徵求處理意見。其二也是因為當事人心神過於震撼，導致短時間內無法思考。

於是臉黑黑的無常和惋惜扼腕的一葉知秋只能眼睜睜的目送九夜心神恍惚的飄出會議廳。兩人腦補了一下未來九夜和雲千千一臉幸福步入禮堂的情景，頓時臉黑的更加黑，嘆氣的也嘆得越發大聲。

他們對這個無情、無恥、無理取鬧的世界徹底絕望了……

「君子哥哥～」雲千千甜膩膩的呼喚身邊的君子。

被呼叫人打了一個冷顫，表示無福消受美人恩：「有話直接說，我們的關係也不用來這些客套的吧。」

雲千千攤手表示無辜：「那我就說了……以你男人的立場來看，九哥突然提出要回大陸是不是有幽會第三者的可能性？」

「這個……」君子為難道：「男人也分很多種的。比如說我吧，絕對是專情不二、一心一意……妳現在讓我代入那些劈腿族的思考模式，這是不是有點太難為人了？」

比中指鄙視一下，雲千千嘆氣：「其實我也覺得九哥應該不是那樣的人，問題這事情疑點太多了，實在很難解釋啊。」

君子想了想，開解道：「我覺得妳應該往好的方面想……聽說以前你們玩火柴的時候，他劃出的火光裡面，出現的就是妳的半身像？」

「咦，這麼一說的話也沒錯耶！莫非讓九哥神魂顛倒的那個美人就是我？」雲千千捧臉驚喜，想了想後還是不解：「但如果是我的話，九哥表情怎麼那麼奇怪，還中途跑掉？」

「呃……這也或許是他覺得無法接受？」這個猜測設想已經無限接近於事實。

「放屁！老娘內外兼修，出得戰場、入得臥房，賺錢比一般男人都厲害，還是天空城主、創世第一公會長，有哪裡會讓九哥不能接受了!?」

這個反駁宣言已經無限接近於無恥。

君子嘆息搖頭，決定不跟她講道理了。雖然蜜桃多多是個不錯的朋友，但朋友和愛人是兩碼事。就跟男人都願意自己情人火熱激情，同時卻也都想自己老婆溫柔保守一樣。

「這蛋還得煮幾天？」轉移話題是脫離目前尷尬境地的最好辦法。

雲千千看了一眼蛋殼上面積越來越大的黑色，又撈出手錶計算了下時間：「快過去兩天了，明天這個時候應該就能出來。」

「讓我當教父吧。」君子眼睛閃閃的盯著蛋流口水。

「有紅包嗎？」

「啊？」

「啊什麼啊，你第一次見乾兒子不給紅包？小氣鬼……」雲千千鄙視之：「還有好多人也都預訂了。別說我不給你機會，朋友價1000金，給不起的話，我就便宜龍騰了，那傢伙正好前幾天也跟我預約過。」

「……」為了魔王教父的虛名，付出1000金到底值不值得？這個問題值得好好的考慮……嗯，反正還有一天呢，到時候再說。

正在兩人閒聊打屁消磨時光時，房門突然再次被砸響，一個焦急的熟悉聲音在外面大吼大叫：「桃子，我知道妳在裡面，快把門打開！」

燃燒尾狐？雲千千、君子面面相覷，都想不通這個人怎麼會突然來了這裡。

「去開門。」雲千千一抬下巴，指使小雜工君子。

君子撇撇嘴，起身去開了門，就見燃燒尾狐跌跌撞撞的衝了進來。

「妳這裡是不是有面鏡子？」一進門，燃燒尾狐一把抓住雲千千，迫不及待的問。

「……是有這麼回事。」雲千千好奇問道：「你從哪裡得到的消息？」

燃燒尾狐聽說鏡子果然在，鬆了口氣：「不用擔心，這消息還沒散播到大陸上，我是算出來的。」一算出消息，他就馬上動身來百慕達尋寶；然後他趕到現場又驚聞鏡子竟然已經出土，而且被一神秘女子打劫；再然後他懷抱著最後一絲希望來找雲千千……於是終於柳暗花明。

雲千千早玩膩了風月寶鑑，聽說燃燒尾狐想要，二話沒說的丟出去。反正她也沒打算賣。

燃燒尾狐大喜，拿著鏡子美滋滋就開始翻自己那本破書。

「看你這樣子，莫非又是那破書的升級或進化物品？」雲千千看了一眼問。

「嗯，據說可以融合出新能力，讓預言之書裡放出的攻擊技能隨機變異出附帶迷障和衰弱效果。具體參考資料來自青樓夢……」

「那叫紅樓。」雲千千忍不住插嘴，鄙視沒文化的人。

「反正都差不多。」燃燒尾狐反鄙視：「不知道是誰，帶著老公悄沒聲息的就躲到海外來了，還把一堆爛攤子留在外面……知不知道現在大陸至少有萬把人在找妳啊？要不是我夠堅挺的話，妳這會還能在這悠閒過日子？」

「我那是事急從權。」

「呸……咦，說起來九哥怎麼不在？反倒是君子……嘿嘿。」大家都懂的。

君子本想明哲保身，沒想到不說話也躺著中槍，忍不住翻了一個白眼：「是九哥拋妻棄子背友，突然神秘離開，跟我可沒關係。」

「唔……說到這裡，狐狸你能不能算算九哥現在位置和身邊玩家ID？」

燃燒尾狐愣了愣，驚訝道：「莫非是傳說中的偷情？」

雲千千黑臉怒瞪燃燒尾狐。

君子連忙把後者拉到一邊，壓低聲音教誨：「罵人不揭短，這種事情知道就好了，說那麼明白是替自己找麻煩……」

兩人正在說話，突然間燃燒尾狐手中書本無風自翻，通體泛出一片柔和的白色光芒。在兩個男人驚訝的目光中，白色光芒又很快籠罩燃燒尾狐另一隻手上的風月寶鑑。接著一道金光一閃而逝，古鏡消失，時間彷彿被凍結般的絕對寂靜三秒，再再接著突然狂風大作，整個房間的氣流呼嘯狂暴，把人吹得東倒西歪，衣服頭髮亂飛。

雲千千第一反應護蛋，第二反應罵人：「臥槽！老娘兒子還差二十多小時就出來了，出什麼事的話我找你們算帳！」

「怎麼回事？」君子也黑臉。

首先，他離風暴中心最近，其次他雖然沒天堂行走那麼騷包，比起一般人還是要注意形象一些。最後也是最關鍵的一點，自己本來是到百慕達做師門任務的，剛找到任務道具，還沒離開前就碰到九夜一起過來了；而剛才風起突然，系統居然提示他的道具XXX被一股邪風吹走……

空間袋裡的東西什麼時候居然也能消失了!?

還「邪風」？這又不是《西遊記》……

燃燒尾狐在狂風中手忙腳亂的翻書，終於找到提示訊息，小臉蒼白的解釋：「這好像是預言之書吞噬風月寶鑑進化時引起的鏡靈暴動，房間等一下會變成鏡中世界，也就是幻境。在我們鎮壓鏡靈之前是無法離開的，而且還要不斷衝破幻境……」

雲千千黑臉：「臥槽！」

君子也黑臉：「靠！」

燃燒尾狐羞愧中。

「期限多久？總不可能衝不出去就一輩子這樣吧？」平復一下情緒後，雲千千又問。

又是一陣猛翻書，半分鐘後，燃燒尾狐怯怯的抬頭吞口水說道：「期限是遊戲時間三天。三天內收服鏡靈則任務通關，預言之書成功進化；三天內沒完成的話，書本進化失敗，風月寶鑑自動消失，而且鏡中世界的所有人強制掉三級……」

「臥槽！」

「靠！」

「……」

這是典型的人在家中坐，禍從天上來。

雲千千來百慕達本來就是躲麻煩的，這裡既沒人知道她在，在魚人守衛下也不會發生什麼意外，沒想到魔族的麻煩躲過去了，其他麻煩還是自己找過來了。

尤其是現在離孵化時間只剩下最後一天，卻突然發生這種意外，一不小心的話，人飛蛋打也不是不可能的事情。這損失太大，由不得雲千千不怒。

說話的這麼一會工夫裡，風暴已經慢慢平息下來；而呈現在三人面前的，哪裡還是剛才的失落神殿偏殿，分明已經是身處於一片雲遮霧繞的荒蕪所在。遠處有幾幢樓閣在雲霧中若隱若現，隱約間還有女子嬉笑聲和渺渺箏樂之聲。

突然一陣香風漸漸飄近，一個美貌絕世女子橫空飄遊而來，衣裙隨風擺舞，輕盈妍魅的懸浮在半空中，對三人笑意嫣然：「此乃太虛幻境，吾乃警幻仙……」

「天雷地網！」雲千千喝。

「萬刃穿心！」君子也喝。

「言靈，大預言術！」燃燒尾狐毫不猶豫跟著喝。

飄來的絕世美女開場白都沒來得及說完，就被三個不知道憐香惜玉的禽獸三兩下打掉大半血條。尤其君子運氣非常，居然觸發致命一擊，傷害值瞬間翻了一倍，在偷襲壯舉中做出了不小的傑出貢獻。

「還沒死，那就天雷再地網！」雲千千眼睛尖，一眼發現雷光白光加劍光中的某美女依舊在半空中堅挺不倒，於是又趕緊再補幾個大招，美女終於死透透。

之前打過所有BOSS中就她死得最爽快也最淒慘，剛露個臉，臺詞都沒說完就回去領便當了。

殺完人，君子才問道：「這人是誰？」莫非是通關或破除幻境的關鍵人物？或者她就是鏡靈？唔，如果是後者的話那就太好了。不過從自己幾人現在仍在鏡中世界來看，這種可能性不大。

「不認識，不過肯定這女人不是什麼好東西。」雲千千撇撇嘴。

君子、燃燒尾狐互視一眼，疑惑的問道：「為什麼？」

「長得比我還漂亮，這女人肯定不誠實。」

「……」

風中凌亂了一下，君子乾咳一聲，轉回正題：「其實殺了也好。任務說要鎮壓鏡靈，而我們又不知道鏡靈是什麼形態，這樣寧可錯殺一千，也別放過一個……如果真是提示NPC的話，剛才我們殺了那女人罪惡值應該會提升，現在沒事也就代表我們殺得沒錯。」

「呃……嗯。」燃燒尾狐現在也只能用君子的觀點來自我安慰了。

「殺鏡靈的事情你們去做。」雲千千毫不猶豫的表示自己不參加行動：「我猜重頭戲應該在那女人剛飄來的方向，也就是那些雲中樓閣的位置。我還得煮兒子呢，就不陪你們了。」

「這……」君子這才想起人家還有個魔王兒子等待出殼。這種時候讓人陪自己冒險是有點不大好；再退一步說，魔王的價值可比在場人的等級或是古鏡、預言之書之類的重要多了。

而且換個角度想的話，如果他們真找不到鏡靈無法出去，一天後出生的魔王說不定有什麼特殊手段能掙出一片生天？畢竟人家好說也是一界之主……

燃燒尾狐也是明事理的人，聽雲千千這麼說完後，當下連連點頭：「沒關係，妳先孵著，我和君子去探探路，實在不行的話到時候再說。」

於是，雲千千留在原地繼續守著鍋煮蛋，另外兩個大男人臨時組成冒險敢死小分隊，去尋找衝出鏡中世界的關鍵。

三人在鏡中世界開始各自忙碌著的時候，外面的失落神殿裡也鬧成了一鍋粥。

魔族發布尋找雲千千任務給玩家時，就做好了兩手準備。他們重新尋找亞瑟斯再度占卜雲千千的座標，並於不久前終於達成目的，組織出戰人員上船，駛向百慕達。

玩家們在魔族眼裡只能算是苦力小勞工一流，實力也參差不齊，自然沒有魔會通知玩家這個消息，直到九夜回大陸後才被無常套問出一些消息。

魔族動身早，而行動遲緩；玩家動身晚，卻有傳送便利。於是有心尋找蜜桃多多的人和 NPC 們幾乎差不多就是前後腳的到來。

「亞瑟斯閣下，你確定蜜桃多多在這個房間？」魔神帶著精兵魔將站在雲千千原本所在的偏殿門外，身後廊道中一片被打倒在地的魚人。

「是的。」

「很好。」魔神點點頭，朝身後一揮手命令道：「所有魔跟我一起衝進去。」

門一打開，魔神等人埋頭就衝，還來不及反應就在鏡中世界被分散隨機傳到各處，掉進了各自的幻境……

不久，一群玩家也到了，新十二公會聯盟盟主看了一眼滿地魚人，笑道：「看來人應該就在這附近沒錯了。」

「老大，有個偏殿。」

於是門又開，玩家們接二連三也掉了進去……

122 鏡靈

魔族和一群高手一起消失在百慕達，這個消息無疑是相當震撼的。至少剛剛回暖的百慕達探險事業就因此重新冰結，股市下跌不止一、兩個百分點。

外面大陸的玩家們根本不知道發生了什麼，只知道自己好友名單裡突然神秘失蹤了不少人，看名字狀態是線上，呼叫卻是未顯示區域，信號無法連通。而他們紛紛打聽之後才知道，失蹤的大家們最後一次的露面地點，皆是在神秘百慕達的失落神殿……

百慕達重振魔鬼海域威名，這個好消息讓剛剛嘗到發家致富滋味的海族們淚流滿面……

鏡中世界不是好混的。除了四處尋找雲千千的群玩家和魔族們被耍得欲仙欲死之外，被尋找的雲千千同樣不好過。

所謂幻境考驗，當然不是只要站在原地不動就什麼事情都沒有。所謂山不來就我，我便去就山。儘管雲千千本人非常願意在幻鏡中混吃等蛋破殼，可惜鏡中幻境顯然卻不願意就這麼放過她。

留在原地煮蛋第一個小時，雲千千身邊環境變化萬千。從懸崖峭壁到呼嘯黃沙，從狂風暴雨到地震海嘯，各種自然災害及險惡地形依次輪番上陣，中間還有各種猛獸、猛禽等大型動物客串咆哮，試圖營造令人畏懼的恐怖效果。

可是雲千千是個堅強、執著的人，不管外界如何變遷幻化，反正她的目的就一個——煮蛋。鍋在她在，鍋亡她還在……老娘就蹲在這裡不動，你們能怎麼辦？

她是來熬時間的，又不是來衝關的，以不變應萬變。目的不一樣，採取的應對措施自然也不一樣。

也許是意識到光靠嚇唬根本無法動搖到這個女人，於是鏡靈開始使壞。

第二個小時中，九夜、無常、一葉知秋、龍騰等人紛紛出現，圍著雲千千各種囉嗦引誘。雲千千本來以為救兵出現，正想指點這些人去找君子和燃燒尾狐，結果她剛起身起到一半，抬頭就見無常對自己笑得甚是慈藹溫柔。

馬的，裝都裝不專業！

於是還沒完全起身的雲千千重新又蹲了回去，順手放出一片閃電把幻影諸人全部劈成灰灰……

第三小時，鏡靈迂迴使了一個障眼法，讓鍋中的蛋蛋表面變得一片漆黑。雲千千誤以為蛋已煮好，反射性剛要把鍋中泉水和藥材倒掉，動作還沒做完才反應過來時間消耗不大對勁，連忙懸崖勒馬，看面板提示，果然還差十幾個小時。

「禍不及子女有沒有聽過!?你這個生兒子沒屁眼的，動手腳動到老娘的蛋蛋上去了，有本事衝老娘來，你blablabla……」起身叉腰指天狂罵半小時，出了一口惡氣後的雲千千低頭望鍋沉思。

藥材倒是沒損失，可是噴泉水已經倒掉一半了，好像只夠再熬六、七小時，剩下的時間怎麼辦？水燒乾再倒噴泉水就好，空間袋裡裝了好幾瓶，就是怕煮蛋過程中水被熬乾。問題是藥材被倒掉一半，現在使魔也送不出去……

想了想，雲千千左右看看，偷偷摸摸把地上倒掉的藥渣撿起來，洗洗刷刷重新塞回鍋裡，加滿水、點上火，一看煮蛋時間進度條……霍！居然真的又開始顯示進度了耶！不過這也正常，怎麼說地上那些藥材都是自己剛才煮蛋用的，應該還是有點藥性殘留，最起碼也不會有毒。

連地溝油這種神物都可以拿來在市面上廣泛循環再利用了，她小小撿個藥渣，還是自己沒有煮完的藥渣，這又有什麼大不了？

雖然煮蛋大業險險得以維持繼續，但透過這三小時的經歷，雲千千也深深的感受到光是被動挨打是不行滴。雖然人家只能用幻境進行一些非攻擊性的搗亂騷擾，但怎麼說這裡也是人家的地盤。俗話說，強桃不壓地頭鏡，萬一真把那個鏡靈惹毛的話，人家不能動手，但說不定糊弄燃燒尾狐或君子來動手。

人家只要給那兩人使個障眼法，再把她變成 BOSS 形象，額頭上加一行標注——鏡靈……

雲千千冷汗嘩啦啦的流，越想越覺得這個法子真是太卑鄙了，連自己這麼善良的人都能想到，鏡靈沒理由想不到。於是為了安全著想，雲千千往身邊丟了一顆強效結界石，又刨了幾個坑在結界外，坑中各丟一顆觸發式陷阱地雷，再把蛋打開，再再……

忙碌好半天後，想了想應該沒什麼遺漏了，雲千千這才轉身準備繼續守自己的蛋。

剛一回頭，一張近距離的特寫大臉差點把她三魂嚇掉七魄。

「喝……何方妖孽！」雲千千往後一跳，抽出法杖就想放雷。

「別衝動！」突然出現的神秘人忙喊：「我乃鏡靈……」

「天雷地網！」

一陣狂轟亂炸、銀蛇飛舞、電閃雷鳴……自稱鏡靈的神秘人居然剽悍如初，不僅在雷電中屹立不倒，連臉色都沒半分變化……呃，其實還是有點變化的，至少人家的臉黑了。

「……我乃鏡靈的投影。」神秘人無語半分鐘，黑著臉把下半句說完。

「大哥，不是真身你早點說啊，浪費我的藍藥。」雲千千也黑臉，既然知道動不了人家，索性大方的把法杖收了起來。

一聽這話，鏡靈饒是虛影也忍不住淚流滿面：「姐姐，要不是我小心謹慎只投了個虛影過來，現在早就被妳劈回成程式了好不好。」

從對方進入鏡中世界到現在三個多小時，他總算是看明白了，這就是個死豬不怕開水燙的，和人家講道理根本就講不通。再說兩人本來就屬於敵對立場，不是他死就是她掉級，怎麼看人家也不可能和自己好好交流。

「不過話說回來，你既然是鏡靈，怎麼突然又想到現身來見我？」雲千千蹭回鍋邊，順便疑惑了一下。

「……鏡中世界全是我的化身，幻境、幻影何止萬萬千？這個身體雖然是投影，但也只不過是萬千投影的其中一個。在這裡唯一不受幻境影響的人就是妳，既然幻境已經沒有用處，那我還折騰個屁。」

說來鏡靈也是委屈。進來一大批人，唯獨此人威脅最大。人家有魔王兒子傍身，只要蛋一孵化，路西法捏死自己輕而易舉。唯一一個不用急著破除幻境的也正是此人。

鏡中世界與夢魘不同，後者可以凝出實體分身作戰，屬於主動進攻型。而鏡靈卻只有自己處於鏡中世界中心的本體可以進行攻擊，其餘對付玩家的手段只能是混淆五感拖時間，屬於被動防禦型。

雲千千死活不動時，鏡靈就鬱悶了。等到發現對方在自己身邊布下一排排警戒線，彷彿是在防禦什麼的樣子之後，鏡靈疑惑之餘略一思考，更是差點吐血——馬的，他怎麼沒想到可以借刀殺人？無奈現在想到也晚了，人家已經打好樹樁等著傻兔子往上撞，自己再想引其他掉入幻境的人過來也沒什麼用處。

雲千千不知道鏡靈心中的失落，瞥他一眼道：「如果真看破紅塵的話，你怎麼不乾脆主動跑去我兩個同伴那裡送死？」

「妳意思是要我主動送上門去，早死早超生？」鏡靈嘆息：「我也是有感情的，憑什麼就要等著被一本破書吞噬進化？」

「隨便你。」道不同不相為謀。自己感情比一個 NPC 可豐富多了，她也不願意賠上三級等級來保護一團資料。

「……」鏡靈看了一眼轉頭煮蛋的雲千千，沉默三分鐘後遲疑問道：「難道妳就不想再說點什麼？比如說幫助他逃離被吞噬的既定命運什麼的。螻蟻還尚且偷生呢……」

「任務又沒觸發，我說個屁。」

「難道說非要有好處……」

「廢話，沒好處誰願意白幹活？」

根據佛前求雨定律，放晴則傘商受損，下雨則扇商受損。

一切資源都是恆定不變的。一個人得到了好處，則必定會有另外一個人因此受損，不然無法平衡。所以很多事情根本無法界定什麼才是該做，什麼才是不該做。比如鏡靈被吞噬後，消散意識確實可憐；但如果要想他不消散的話，付出的代價就是雲千千三人和其他闖入鏡中世界的玩家等級。

既然一開始就無法做到人人如意，雲千千當然得先保障自己的好處，沒道理非要她捨己為人吧？

鏡靈猶豫了好一會，摸出一本小冊子，跟雲千千解釋道：「迷惑技能，隨機使敵人陷入混亂狀態，可升級。」

雲千千收冊子，學技能，一攤手：「還有呢？」

「還要？」鏡靈跳腳了。

「廢話，就這點怎麼夠！」難得碰到這麼憨厚的 NPC ，沒提具體要求也沒等自己確定接任務就先把好處甩出來了，不敲他都對不起讀者。雲千千感慨。

鏡靈磨牙道：「再加一本絕對領域，藍條全滿時可消耗一半 MP 啟動，啟動成功率 10% ，所有攻擊技能威力提升 300%……」

「成交！」

風月寶鑑重新落到雲千千手裡，她的任務就是保護鏡靈本體三天。作為有玩家插手鏡靈任務的交換，參與幻境的玩家在任務結束後都可以不必受到掉級懲罰。

至於燃燒尾狐的任務……

嗯，其實鏡靈也沒說過三天後她不可以把風月寶鑑再送給狐狸嘛。雲千千很滿意，這買賣怎麼看都是穩賺不賠的，生活中果然處處充滿了希望。

可是還沒等雲千千得意多久，系統公告突然出現，明確告訴鏡中世界的所有玩家，鏡靈本體現在已經落到了某人手中，如果不把風月寶鑑找回來的話，大家通關鐵定沒戲。

雲千千一聽完公告頓時淚流滿面。難怪那麼多好處，原來這獎勵也不是讓自己白拿的。自己轉瞬間成了眾矢之的，還好公告裡還沒提到自己名字，不然更慘。

至於魔神率領的魔族那邊倒是依舊什麼也不知道。人家屬於創世紀內的本土原住民，跟玩家這種外來戶是不一樣的，不管三天後鏡靈死不死，反正人家不可能掉級。再說大家目的也不同，他們千軍萬馬進來就單只是為了一個蜜桃多多……

燃燒尾狐第一時間發來訊息：「靠！桃子聽到公告了嗎？有人拿到鏡子了，這人該不會是妳吧？」鏡中世界內部是可以彼此互通訊息的。

雲千千堅決否認：「絕對沒有！」這種事情打死她都不能承認啊。

「真的？」

「真的。我以人格和等級保證，我絕對沒拿鏡子。」放空間袋裡不算拿，那叫收。拿是動作，收是狀態……雲千千自我催眠。

燃燒尾狐果然信了：「臥槽！那是誰亂闖人家副本啊，懂不懂規矩？不知道三天不通關，大家都要掉三級？」

「呃……其實我們要往好處想，不一定就非得掉三級……」

「嗯！放心吧，我就不信憑我的本事算不出那兔崽子是誰。找到了非把他碎屍萬段不可！」

燃燒尾狐恨恨說完就掛通訊。

雲千千捏著通訊器，擦把冷汗，連忙摸出風月寶鑑呼叫鏡靈：「大哥，我朋友可是失落一族的，你該不會那麼不給面子，連個行蹤都無法隱藏吧？」她居然忘記燃燒尾狐的老本行就是占卜，自己還那麼安心抓著鏡子。

風月寶鑑的鏡面閃了兩閃，含含糊糊道：「這個能不能算到也說不準。妳懂的，關鍵是看對方技能熟練度和我的混淆能力對比結果……」

「……我就不信狐狸進來那麼久你都還不知道他的技能，直接說能不能應付吧。」

「應付他當然還是沒問題的，要不然我早就被抓了……」

雲千千聽到這裡才剛剛放心，鏡靈馬上又宣布了一個讓人感到遺憾的消息。

「但是鏡中世界又進來了一些人，其中有一批魔族，他們中間有個占卜宗師……」

「臥槽！」

「……別激動。」

「我沒激動。」她這叫激憤。

雲千千怎麼可能不知道魔族來這裡是為了什麼。人家才不想要一面只有意淫功能的破鏡子，千里迢迢跑過來肯定是專門砸蛋來了……踏、馬、的，又不是復活節，有必要費這麼大勁？

至於提到的那個占卜宗師，毫無疑問就是亞瑟斯了。

「妳有什麼想法？」鏡靈問。

雲千千認真的想了想，而後說道：「你說我把你賣給狐狸，然後拿著錢趕緊出去找個山明水秀的地方躲上一天怎麼樣？」只要路西法一出殼，所有問題都將不再是問題。

「……絕對領域妳不要了？」

「我個人覺得吧，和絕對領域比起來，還是魔王兒子要更有用些，你認為捏？」

鏡靈沉默三分鐘：「其實我還有個功能，和玩家綁定後可以作為儲物道具使用。被儲存物品相當於和玩家靈魂綁定，無法遺失、無法強奪、無法銷毀，就算死了也掉不出來……」

雲千千秒刷出法杖頂住鏡面：「跟我混吧，兄弟，不跟就撕票！」

鏡靈淚流滿面的和雲千千簽訂協議，然後後者繼續煮蛋，對耳邊第二次出現的系統公告無視之。

系統公告曰：有某玩家已收服風月寶鑑，該場景地圖自動轉為智腦控制，取消三天期限限制，請玩家們努力通關，戰勝鏡魔衝出幻境云云……

於是燃燒尾狐又抓狂了，狂呼雲千千：「桃、桃子，妳聽到了嗎？」

「嗯，聽到了，節哀順變。」雲千千嘆息一聲，殘存無幾的良心倍受煎熬。自己其實也不想私吞風月寶鑑，可是誰能想到魔族中途也來插了一腳。這世界變化太快，不是她想變壞，而是環境所迫……算了，回頭還是把真理之書找出來賠人家好了。還有，以後一定要記得，打死都不能把這鏡子放到外面來，免得哪天莫名其妙被朋友插肋兩刀……

「臥槽啊！到底是哪個王八蛋搶了老子的鏡子？」從來不爆粗口的燃燒尾狐竟然如此失控，由此可以看出這個消息對他的打擊到底有多麼巨大。

雲千千再次擦汗，想了想，安慰道：「其實只是一個進化道具而已，沒什麼大不了的。這世界除了風月以外，其實還有風雲、風水、風光、風……」

燃燒尾狐已經快要先變成瘋子：「我不是在和妳討論群組詞，那可是風月寶鑑啊姐姐！」

「舊的不去，新的不來……好了，別說廢話了，你和君子現在在哪？」

「我在哪裡又有什麼區別呢。」他現在已經心如死灰，看破紅塵。

「靠！我們還得想辦法宰鏡魔啊大哥，你不會想在這副本裡待一輩子吧？」

她又說了幾句才切斷通訊。趁著兩人沒回來的這段時間裡，雲千千連忙向風月寶鑑先收集情報。等會再想把鏡子掏出來可是不行了，自己總不能讓燃燒尾狐知道私吞鏡子的那個王八蛋就是她吧？

「鏡魔是什麼東西，有什麼弱點？」

「鏡魔是複製我的一個候補 BOSS，專門用於這種有人進了鏡中世界而鏡靈卻不在的情況。」鏡靈很負責任的報出訊息：「等級 70，攻擊技能一般，但最麻煩的是他有一個能使玩家混亂的手段，有可能策反妳的同伴反過來攻擊妳什麼的。」

「破解辦法呢？」

「破解辦法倒是有，但只有妳能用。」

「為什麼？」

鏡靈哼了一聲：「難道妳想把這關鍵告訴別人，然後讓其他人以後有辦法對付自己？這倒是。自己也學了迷惑技能，萬一這秘密洩漏出去，大家都知道怎麼防備了，她還玩個屁啊？

「也行，那我不告訴別人，你說吧。」雲千千想了想，還是獨善其身算了。到時候總有辦法應付。

「迷惑類技能只要不看對方眼睛，不靠近對方身邊一百公尺的範圍，就可以完全防禦。」鏡靈透露天機：「如果不小心中招也好辦，只要把對方血條打到 20 以下，就可以使其脫離混亂狀態。」

雲千千默了一下：「這個有點麻煩。我一般都是直接打死，很少留活口……」技能威力太大，她不好拿捏啊。

「……盡量克制吧。」鏡靈嘆息。碰上這麼一個主子，其實他也感覺很無奈。不過打死別人總比自己死的好，這只能是盡人事，聽天命了。

當前最重要的事，是不能和魔族一起繼續待這個副本裡，不然雲千千覺得太沒安全感。而要達到這個目的，就必須儘快幹掉鏡魔。

還好鏡靈及時表示煮蛋可以在風月寶鑑的空間裡繼續，雖然要付他一些託管看火的費用，但這也是沒辦法的事情，總比待在原地被魔族撞上的好。

離開蹲了好幾小時的燒火點，雲千千開始向燃燒尾狐二人的方向靠近。等人找過來，不如她主動找過去。雖然幻境凶猛，但製造鏡中世界的本體就在她身上，怎麼也對幻境有幾分抵禦力。最起碼在靠近鏡魔所在的中心地點前，她比任何一個人都要安全……

正因為雲千千開始主動走動了，所以她也就理所當然的看見了其他闖入鏡中世界的玩家。有些人已經被迷惑進入混亂狀態，有些人沒有；但無論是哪一種人，在看見雲千千的時候都表現得很木然。親眼目睹這一幕幕，讓雲千千不由得就有了一種眾人皆醉我獨醒的優越感。

鏡子裡的幻影太強悍，誰也不能確定自己到底清不清醒。如果真是雲千千的話倒沒什麼，但萬一那是被鏡子變成雲千千的自己同伴呢？

在被幻影調戲了這麼幾個小時之後，現在還能留在這裡的玩家們都已經有了豐富的經驗。

正因如此，雲千千從新十二公會聯盟盟主身邊飄然而過時，才沒一個人發難。

「傻子。」擦肩而過的瞬間，雲千千衝盟主嫣然一笑。

盟主先是一愣，繼而恍然輕蔑——果然是假的，想騙自己主動攻擊呢……哼，他偏不動，看這幻影還能怎麼辦。

想到這裡，盟主也朝雲千千很禮貌的一頷首：「過獎了。」其語氣之中，平靜淡然的與世無爭之色表露無遺。雖然是對著這個疑似雲千千的人說話，但他堅信著自己現在是正在透過雲千千的幻影鄙視智腦……

雲千千也愣了愣。她本來以為對方被迷惑，沒想到看起來居然很清醒。更沒想到的是，對方被罵了居然還態度這麼好，難道這就是傳說中的成大事者不拘小節？這精神太令人感動了。

「盟主果然好修養。」雲千千正色誇獎。

「哈哈哈哈……」把這認為是智腦對自己的屈服和認可，盟主不由得得意非凡，大笑三聲，袍袖一拂，負手而去，其身姿瀟灑豪邁……

「……」雲千千眼角抽了抽，不淡定的看其背影漸行漸遠。她忍了又忍，終於還是忍不住的豎了根中指：「臥槽，神經病。」她錯了，這人果然還是不清醒吧？

「別磨蹭了，妳不是要快點走？」鏡靈在空間袋裡輕輕哼了聲。

「好好看著火，那麼多廢話。」

雲千千拋下諸多想法閃人。自認戰勝智腦的盟主自信滿滿的繼續在幻境中漫步。

沒走幾分鐘，突然一人從迷霧中走出，看到盟主，一把抓過來問道：「有看見蜜桃多多嗎？」

盟主掃了一眼過去，不屑道：「哼，還不死心嗎？」居然玩連環幻境，蜜桃多多那邊被他看穿了，就換了九夜過來，想騙他？還嫩了點。

九夜莫名其妙。自己剛一進偏殿就發現掉進了另外一個世界，連陪自己一起來的無常都不見了，他差點被嚇得崩潰，以為自己終於迷路迷到天人合一境界，直接衝入異次元……還好總算遇到一個活人，但是看起來對方精神似乎不大正常？

「沒看見？」九夜皺眉想了想，根據自己理解的意思繼續問。

「哼！」一切都是浮雲，老子最清醒，英明睿智、天下無雙，才不會被小小幻影蒙蔽。

「……再見。」

丟下盟主，九夜點點頭，重新跑進迷霧中去，很快不見。

盟主欣喜得意的繼續漫步，不一會後眼前出現幢幢人影……

「你！」魔神發現有活人闖入，於是伸手點名問道：「你有沒有見到蜜桃多多？」

臥槽！有完沒完？連續三次的遭遇讓盟主深感自己智商受到鄙視。於是他終於小小反叛了一把，對著魔神伸出中指……

123 魔娜麗莎的微笑

鏡中世界爆發大規模減員流血事件，在幻境內死亡的玩家掉三級後自動退出副本；僥倖沒掛的還在繼續努力。

在得知有這麼一個奇幻副本出現的消息之後，創世時報第一時間派出記者採訪新十二公會聯盟盟主，企圖獲得前段時間熱議中的、在百慕達海域集體失蹤的那批玩家之第一手消息。

答應接受採訪的盟主表示十分激動，情緒幾近失控：「臥槽！那地方是普通副本嗎？誰家副本裡面會有十萬魔兵組團等著刷玩家？馬的，還有蜜桃多多和九夜這種等級的高手也在裡面遊蕩。不僅要提防NPC，還要提防自己人……」

記者對新十二公會聯盟盟主的遭遇深表同情，將採訪得來的消息迅速送回印刊，很快在創世紀中掀起一股討論的熱潮……

雲千千在鏡中世界裡遊遊走走，視一切幻影如浮雲，代表智腦接管該副本的鏡魔知道她身上有個正版貨，對幻境有相當大的免疫能力，所以也根本不在這人身上多費工夫，直接去找其他人調戲。

燃燒尾狐和君子的運氣就沒這麼好了。別的幻影先不說，兩人單是蜜桃多多就遇到了十多回，都是鏡魔幻化出來的、帶兩人遠離真正的雲千千的假貨。

一開始上當了幾次，察覺後兩人也學乖了，同樣學會視一切水果如浮雲，只用收費通訊和正版原裝貨聯繫。由於網路使用者隱私保密協定，系統對於付費型訊息是無法查看修改的；當然價格也不便宜，文字訊息每條1金，語音訊息每分鐘2金……

九夜是副本中當前所有玩家裡表示最沒有壓力的一個。反正沒幻影的情況下他也找不到路，這就是所謂債多了不愁，蝨子多了不癢……

「怎麼走了那麼久都看不到狐狸他們，你確定我們現在是清醒狀態？」雲千千越走越荒蕪，終於忍不住抓了風月寶鑑出來。

「我們是清醒的，但是其他人都不清醒。」鏡靈嘆道：「妳以為發訊息確保自己的同伴不被有形幻影蒙蔽就夠了？要知道這世界上還有一種現象叫鬼打牆。」

「你好歹也是一組高科技程式碼，這種沒有科學根據的東西你居然相信？」

「……」

「別說話，有人來了。」

發現遠方隱約出現一道人影，雲千千飛快收回鏡子，氣定神閒的站在原地等了一會。很快，無常就出現在她的視線範圍中。

對方看見雲千千後依舊面色無波，平靜的慢慢走近，既不見焦急也不見迷惑，最後站定在她面前打量其一番，開口：「真？假？」

好簡潔。雲千千努力思索了一下後才開口回答：「我是真的……當然，光這麼說你也許不大相信，要不然我們互相對一下情報？比如說九哥的生日、姓名、手機、地址、愛好什麼的……」

「……不用了，我信。」

「咦，這麼快就信了？」

無常鄙視道：「我相信智腦就算要假扮妳，也絕對是做不到像妳這樣的表現。」她知道個屁，說白了就是想從自己這裡套九夜的情報，還好意思一副理直氣壯、光明正大的樣子……這樣的表現？這樣究竟是哪樣？雲千千抓抓頭不好意思道：「謝謝誇獎。」

「……」沒人在誇妳。

無常的戰鬥力從來沒排上過高手榜，但如果說到情報分析能力和謀略力的話，此人絕對算得上首屈一指。

一會合後，無常就吐露出九夜也已進入此副本的事情。當然了，他個人認為即使聯絡對方也沒太大價值。其一，鏡中世界要找到正確的路很難。其二，九夜要找到正確的路也很難。

所以一發現兩人失散後，無常就直接放棄九夜，自己尋找通關的方法。在他看來，這樣的效率還更高一些。

雲千千聽說後，一個訊息飛去九夜處，果然聯繫上，並得知對方已經試過發動夫妻傳送，可惜特殊環境下的這一招完全被遮罩。紅線的效果不知如何，但鏡魔應該有辦法模擬出千萬條紅線來，到時候這難度比找定時炸彈的引爆線還高；起碼後者還只是三選一，但前者很可能是三十選一甚至三百選一……

猶豫十秒鐘，雲千千同樣果斷拋棄九夜，和無常組成隊伍，商量關於鏡魔的剿滅問題。

「要找路的話我沒問題，在接近中心前，我有辦法不被幻境迷惑。只要你別中途被幻境幻影勾去看A片就行。」

無常對此人的不要臉深感鄙視：「我從來不看A片。」

「咦，還沒失過身？」

「……這應該不是我們現在正討論的問題吧。」

「咳咳，剛才說到哪裡了？……對了，還有燃燒尾狐和君子也在附近，已經發過訊息讓他們原地等我去接了。現在的主要問題是，魔族也在副本裡，而且他們中間還有個占卜宗師。我懷疑他們想找到我有點困難，但以逸待勞找到鏡魔在附近等我還是沒問題的，搞不好人家已經挾持人質也說不定。」雲千千道出情報。這其中有一部分是推理，有一部分是鏡靈友情透露，所以準確率相當高。

無常終於不淡定了：「妳的意思是說，想通關還得先戰勝魔族？」這算什麼？觸發隱藏關卡？

「呃，對於這個不幸的消息其實我也深表遺憾。」雲千千嘆息。

無常眼角亂跳，恨不得掐死這女人。

由於情緒過度激動，他甚至連唇角都緊抿成了一條線，惡狠狠道：「要不然妳還是死出去吧，只要魔族威脅消失，我相信我們這些剩下來的人還是有機會幹掉鏡魔的。」

就著雲千千究竟該不該捨己為大家這個問題討論了一路，兩人終於在副本中心與燃燒尾狐和君子會合。兩人被幻境迷惑中，看不清周圍環境，雲千千卻異常清醒的狠狠被嚇一大跳。

馬的，兩人身後十公尺處不就是魔族大軍？

魔神在對她微笑。

124 對峙

說時遲，那時快，雲千千刷出法杖一片狂雷刷出，同時衝過去拉起還在滯愣中的兩人，吼：「跟我跑！」

「等等，還沒對暗號……」

「對你老母！」雲千千差點朝燃燒尾狐屁股上踢一腳。沒錯，對暗號的提議是她出的，主要是為了核對身分，順便製造點氣氛。可現在是什麼時候？她哪還有那個閒心浪費時間？

魔神根本沒想到雲千千一看到自己就突然突發制人，愣了一瞬。但人家畢竟是高級長官，趁著雲千千和燃燒尾狐這麼一來一去的兩句話時間裡，很快反應過來。他一手抬起向前狠狠劃落，示意身後魔兵上前包圍，另一隻手抓起武器橫在胸前，醞釀技能。

雲千千視線清明，將這一切看得清清楚楚。迷霧障目的燃燒尾狐卻根本不知道將要發生的事，依舊很堅持：「不行，不對出暗號我們就不跟妳走！」

「臥槽！」雲千千終於還是忍不住伸蹄衝他屁股踹了一腳，惡狠狠的喊：「天王推地虎！」

「呃……寶塔摸河妖!?」被踹得一踉蹌的燃燒尾狐灰頭土臉的接下句。

「跑！」

這回兩人終於肯跟上了。可惜包圍之勢已成，雲千千領頭還沒跑出幾步，一片魔兵已將四人團團包圍……

魔神刷出擴音器朝包圍圈裡喊：「裡面的蜜桃多多聽著，你們已經被包圍了，不要再做無謂的抵抗，馬上放下手中武器，交出蛋質出來自首才是你們唯一的出路。現在再重複一遍……」

「什麼情況？現在怎麼辦？」燃燒尾狐驚了一小下。他現在才知道迷霧中居然藏著魔族，而且最可怕的是自己看不見對方，對方卻似乎看得見自己？

雲千千若有所思的摸摸下巴喃喃道：「我本來以為他們會直接動手，不過看現在情況，好像魔族的人也怕殺了我之後會拿不回蛋蛋？」

現在就是這個情況。雲千千相當於握有人質，雖然綁匪並沒撕票的心思，反而是救援人員倒過來欲下黑手滅口。但人質在她的儲存空間裡，相當於放進瑞士銀行保險櫃，搶劫免疫100，防盜、防匪、防禁咒……除非自己主動自願配合，否則誰也別想取出她的東西來。所以綜合以上條件看來，其實雲千千並不是完全不占上風的。

燃燒尾狐急得團團轉，尤其眼前一片朦朧的情況下，對局勢不能了解的無措感更是讓他焦慮不安：「妳想好沒有？我看他似乎耐心快用完的樣子。要不然……」咬咬牙，他狠下決心：「要不然還是棄卒保帥吧！」

雲千千鄙視的看燃燒尾狐如同看神經病：「你那叫棄帥保卒。」

「……」

「到現在還沒看清楚哪邊更重要些，我對你很失望啊尾狐。」雲千千語重心長：「三級雖然看起來多，但是畢竟是可以補回來的。手裡煮熟的魔王都飛了，那才會悔恨終身。」

「問題我又不是魔王他爹，白掉三級還撈不到一點好處……」燃燒尾狐嘟囔。

雲千千驚訝，痛心疾首的斥責其不仗義的行為：「你怎麼能這麼想呢，憑我們的關係，你的不就是我的，我的不也就是我的嗎？還分什麼彼此……這實在是太讓我傷心了！」

「也對……呃，不對！怎麼什麼都是妳的？」

魔神大怒。自己正在包圍這幾人，可對方不僅不回應，還在裡面聊天跑題，這是不是有點太不給面子？

「我給你們最後一分鐘時間考慮，如果再不乖乖交出蛋蛋來的話，我們就不客氣了！」魔神額上青筋很活潑的跳動，抄起擴音器又喊。

「你們猜他會怎麼不客氣？」雲千千堅強的繼續走在跑題的光明大道上。

燃燒尾狐望天：「這個……」

「……」無常推推眼鏡，冷靜分析：「如果我沒猜錯的話，那個叫亞瑟斯的占卜宗師等一下應該會起到重要作用。」

雲千千甚為贊同。竟然敢威脅對她不客氣，那魔神要嘛就是怒火攻心、魔急跳牆，不管拿不拿得回蛋都要殺自己一次洩憤。要嘛就是有所倚仗，即便自己死了，他也有搶到蛋蛋的把握……當然，這把握應該是不大，至少不會是百分百，不然人家根本不用跟自己在這裡廢話半天。要知道魔族本來可就是黑暗陣營的，各種卑鄙、各種無恥是家常便飯的事……

魔神得意冷笑道：「那個眼鏡仔說得沒錯，亞瑟斯閣下的手段可是……臥槽！妳居然偷襲？」

慌亂的從一片雷雲下逃出的魔神大怒，指著雲千千。後者手中的法杖杖頂上，還有剛放出天雷地網時餘剩的幾絲電流纏繞，劈啪作響。

雲千千舉著法杖作自由女神狀，莫名其妙的看魔神：「難道你的意思是想和我和平共處？」

「呸！做夢！」

「臥槽！浪費老娘時間……雷霆地獄！」馬的，遲早都要打還廢話什麼，她先下手為強又怎麼了？關他屁事！魔神想哭。和這個不懂江湖規矩的人一起打對手擂臺，他壓力很大。而且最最關鍵的是，亞瑟斯動手的準備工作還沒做好，突然遇襲……什麼？你問要做什麼準備工作？

香蕉的，難道大家都沒聽說過蓄力時間嗎？……

雲千千搶先開局，另外的三個人自然跟著出手。雷電刷屏後，燃燒尾狐的弱點標記以機關槍速度四處開花。現在周圍都是魔兵，燃燒尾狐根本連瞄準都不用，隨便丟哪都能中標，命中率達到史無前例的百分百……

「煙霧彈！」君子走的是猥瑣技術流，身為歪門邪道就得有歪門邪道的專業做法。砰砰砰一片小黑丸丟出去，頓時滿眼濃煙騰起。

原本的情況是君子等人看不清魔族，魔族卻看得清他們；誰知道還沒開始衝鋒，一大片煙霧已經出現，魔兵們剛剛才開足馬力狂奔，這會慣性之下沒來得及收勢，頓時好幾人和自己人撞到了一處。

「君子你這個敗事有餘的混蛋啊嗷嗷！」隊伍中唯一目光清明的雲千千也瞎了，黑暗中她的手不小心一抖，大片霹靂頓時也歪到了天涯海角。聽到旁邊傳來一片大規模的類似鬆了一口氣的慶幸聲，雲千千哪還能猜不出自己技能現在的覆蓋準確率？

狂吐血三升，雲千千咬牙切齒的開始懷疑思考關於君子已經被魔族收買的可能性……嗯，騙子類職業人士的信用度實在太低，這也不是不可能的事情。

「抱歉抱歉。」君子也發現自己做錯事，連忙誠懇的認錯：「我只顧著想擾亂魔族，一不小心就忘了妳。」

最強戰鬥力不小心被君子玩得沒戲唱，於是大家剛剛才欣喜的發現魔族威脅被緩了一緩時，同時也不欣喜的發現己方對魔族的威脅也沒了。除了蜜桃多多的雷以外，在場幾人還真沒誰算得上是高手的。當然，這純粹指的是打架方面。

「去魔神方向。」關鍵時刻，無常給出指示。

雲千千混亂中抽空回頭問道：「去幹嘛？」送死？

無常冷酷凶狠的道：「殺了亞瑟斯！」

這個時候想逃是不可能了，想繼續大規模清掃魔族更是不可能，而且實際上根本沒有清掃的必要。魔族之所以敢跟雲千千翻臉，是因為有亞瑟斯這張不知道有什麼作用的王牌在；只要他不在了，魔神自然不敢繼續窮追猛打。

最最關鍵的一點是，就算亞瑟斯有辦法從玩家的儲物空間弄出魔王，前提也是那個玩家必須在現場。這麼一來，投鼠忌器的魔族自然不可能在亞瑟斯動手前真的殺掉蜜桃多多……

雲千千根本沒有必要怕魔族，要怕也是魔族怕她不夠堅挺。這顆桃子也不傻，心念電轉間很快的明白了無常的意思。眼珠子一轉，眼看局勢就要變得複雜，雲千千一咬牙、一狠心，收回法杖，換刷出把匕首來，一下頂在自己脖子上尖叫：「都住手！再不住手我就殺人質了！」

魔神好不容易放出狂風驅散遮擋視線的煙霧，一聽這話頓時冷哼：「哼，妳殺啊，我就不相信這裡還有哪個人質能讓我們……呃！」

世界重新變得清新，滿地圖魔兵和他們的老大魔神一起傻眼看著包圍圈中心正在自己挾持自己的蜜桃多多。

「不就是三級嗎？老娘大不了豁出去了！」雲千千淚流滿面的放著狠話。為了生個兒子把命都拚上了，還得拿刀抹脖子。這個刃可是開過鋒的，攻擊力絕對滿點。更可怕的是，自己以前不知道是什麼時候曾經打算拿它來陰什麼人，還手賤的淬了毒……

女人，有時候就得對自己狠一點。

魔神也怕這人一死之後，自己老大魔王跟著飄然遠去，連忙扯著脖子大喊：「住手！所有魔不許攻擊！」馬的，這得是多麼猥瑣才能想出來的損招啊！這女人也太禽獸了。

「桃子威武！」一眨眼發現局勢逆轉，剛剛還懷疑自己能不能活命，結果不一會就占據了絕對上風……劫後餘生的燃燒尾狐欣喜到發狂，殷勤諂媚：「太厲害了，不愧是我們公會長……妳累嗎？手痠嗎？要不然那刀我幫妳舉一會？還是馬殺雞？」

「滾，別搗亂！」

「……」無常沉默著推推眼鏡，再次深刻體會到了不同性格的人與人之間，行事風格的巨大差異。自己是想釜底抽薪，人家直接連鍋都掀了。能說是自己的行動計畫不夠完美嗎？當然不，自己只是不如對方那麼無所不用其極。

「妳到底想做什麼!?」魔神氣急敗壞。大好局面被一腳踢爆，是個正常人都會生氣。

雲千千一聽就為難了：「其實我也不想做什麼……要不然這樣吧，你把亞瑟斯殺了？不然我心裡沒安全感。」

「不行！」魔神吼。

「你看吧，我提要求了你又不幹……要嘛他死，要嘛我死，你自己選吧！」

魔神頓時陷入最大糾結。讓亞瑟斯死肯定是不行的，這女孩絕不可能自己乖乖交出魔王蛋。要想從玩家手裡強奪東西過來，就得靠亞瑟斯的非常手段……可是讓蜜桃多多死就更不可以了，他是想來搶劫的，連肥羊都沒了還搶誰？

糾結半分鐘，魔神跳腳喊：「交換條件！」

「你這人怎麼一點誠意都沒有？」雲千千生氣，說完想了想，又指揮身邊的燃燒尾狐：「去把亞瑟斯封印了。千萬別跟我說你沒辦法。封印不了的話就綁起來。」

燃燒尾狐想過去，被魔神一把拍回來。

後者遙指雲千千，咬牙大怒：「妳別逼我！」

雲千千把小刀比得離脖子更近些，惡狠狠的威脅：「你也別逼我！」淚奔，自己從來都是拿別人命來玩，沒想到還有不得不自殘的一天。魔族的死混球們欺人太甚，回頭她一定要把路西法的奶粉錢扣了，踏馬的……

「要不要我幫妳綁個炸彈？」無常和善的建議。

雲千千怒道：「不用，你死一邊去！」說完再對魔神吼：「現在你們已經走投無路了，乖乖幹掉亞瑟斯撤退，這樣我還可以考慮放自己一條生路，否則的話馬上撕票。」

魔神淚奔。誰聽過這種威脅？現在場面實在太詭異了。

「沒錯沒錯，撕票！」燃燒尾狐客串錄音機，很狗腿的在旁邊吶喊助威。

「蜜桃威武！」君子稱讚一聲。

無常：「……」

雲千千一手拿匕首牢牢抵著自己脖子不動搖，另一隻手舉起來揮了揮，很有大將之風的頷首向四周搖手致意：「謝謝，謝謝大家的支持。謝謝CCTV，謝謝神魔劇組，謝謝創世紀給了我這個自殺的平臺……」

魔神崩潰。

說時遲，那時快——發現沒，這個開場過渡詞又出現了——就在雙方僵持，誰也沒法勸服對方再退一步的時候，魔族後方突然出現騷動。最開始先是一陣窸窸窣窣的聲音，接著慢慢聲量提高，甚至還有間或的驚呼。

「肅靜，肅靜！」一腔委屈怒火無處發洩的魔神終於找到洩憤的對象，扭頭朝身後大軍吼罵：「幹什麼!?全都給我站好，不許喧譁……馬的，一點都不專業！」

「大人！有敵……」

魔軍方陣中有驚呼警報聲，臺詞還沒說完就被攔腰掐斷，繼而白光一閃，很明顯出聲報警的那個小魔兵已經被人幹掉。

魔神臉色大變，沒想到在這關鍵時刻居然出現如此變故：「給我殺了他！」出現的人是誰?怎麼潛入戒備森嚴的魔軍陣列中的?要知道，為了保護亞瑟斯的關係，魔族大軍不僅將周圍團團包住，更是提高警惕的眼觀六路、耳聽八方。別說一個大活人，就連一隻蚊子想飛進來都難。莫非……

恨恨的瞪了雲千千方向一眼，魔神忿忿——莫非這女人一開始打的就是這個主意?她親自出來吸引視線，然後安排殺手趁機潛入大軍刺殺亞瑟斯?

果然好算計……

雲千千被瞪得莫名其妙，百思不得其解的抓頭問其他人：「他瞪我幹嘛?」馬的，她才是被包圍威脅的那個人好不好？她都沒說什麼了，他居然還好意思用那種像是被傷害算計了的眼神瞪她？呀喝，你還瞪？再瞪老娘立即自殺……

無常鄙視反問道：「我怎麼知道他瞪妳幹嘛？不如還是想想妳曾經對人家做過什麼壞事吧。」

「我真沒欺負他。你沒看就算現在這種兩軍對壘的時候，我也是情願傷害自己也不願動他一根寒毛？」雲千千感慨，越說越覺得自己的人品真是偉大。

燃燒尾狐想了想，分析道：「那也許正是因為他看妳想用小刀戳自己，所以才生氣？」

「停，再說下去就變成相愛相殺的戲碼了。我們這是網遊，不狗血、不言情。」

魔族注意力瞬間轉移，聚焦到軍隊中突然出現的神秘刺客身上去。潮水般的魔兵們紛紛向同一個方向匯集，試圖第一時間清除掉這個潛在的威脅。

魔神現在更是沒空搭理不遠處囉囉嗦嗦的那幾人，怒火滔天咆哮質問身邊的魔：「你們幹什麼吃的？怎麼會讓一個大活人潛入了都不知道？」

「大人！」魔兵甲急得一頭汗解釋：「我們一直在注意周圍情況。可是這個人出現得太神秘也太突然了，一下子就出現在大家的視線中……根據我的判斷，這很可能是一種失傳的身法，至少是S級……」

「放屁！」魔神怒：「明明是因為怠忽職守才出的差錯，這個時候你竟然還想推卸責任？」

「冤枉啊！」魔兵甲哭訴：「就算我一個人怠忽職守，總不可能十萬兵士也一起瞎了眼吧……根據我的判斷，那個刺客很可能是專業的，至少潛行技能絕對是專業的……」

九夜重現江湖！

雲千千幾人很快知道了魔軍中騷亂的根源所在。即使不用刻意去打聽，他們也沒辦法裝不知道。那個在方陣大隊中縹緲不定、隨機出現的技能光芒實在是飄忽得讓人熟悉，除了九哥以外，沒人能有這麼風騷的走位……雖然他不是故意的。

「你屬下真是越來越神鬼莫測了。」雲千千的面頰抽了抽，忍不住對無常感慨。

無常嘴角也在抽搐，憋了半天才淡淡回道：「過獎。」他一說完立即捂臉。自己引以為傲的弟弟唯一一個拿不出手的地方就是這路痴的毛病了，這真是想反駁都反駁不了的血淋淋的事實。

雲千千單手拿刀、單手抱臂又看了一會熱鬧：「……你說我們是不是應該去幫幫九哥？我總覺得自己老公在裡面拚殺，身為老婆的一點表示都沒有似乎禽獸了點……尤其是你，不是人家同伴嗎？」

「……」無常很無奈的反問道：「妳覺得以他的身法，我和他配合上的機率是多少？」再說他也實在不想在這裡炫耀自己那點可悲的攻擊力……

又看了幾分鐘，發現魔神開始惱羞成怒，指揮魔族往方陣中心大規模無差別亂轟時，雲千千終於無法再淡定：「全部住手！再不住手我就殺人質了啊啊——」

魔神差點一口氣沒上來被自己憋死，激動得下意識就想一個硫酸光球砸過去，把這討人厭的女人毀滅算了。

妳能不能有點新的招數？魔族眾人一起悲憤，停手望向雲千千的眼中寫滿了諸如不甘、憤怒、恥辱之類的神色……雖然招數老套，但不得不說還是很有效果。

至少在想到辦法打破僵局之前，他們還真不能讓這女人發生些什麼。不然下次再想找到人的話，說不定到時候人家身邊已經帶著正太版的小包子魔王……

魔族突然停手收兵，剛殺得正有些壓力的九夜發現壓力驟減，頓時二話不說一片橫掃技能刷了出去，順手將旁邊沒有防備的魔兵刷掉一圈。

魔神看得眼睛都突出來了。見過不要臉的，但就沒見過這麼不要臉的。沒看這邊已經不玩了嗎？

「九哥——這邊這邊！」

雲千千在被高大魔兵阻隔了視線的包圍圈外高興呼喚，接著雷射似的紅線連接過來，九夜這才知道原來人都在。

君子仰望九夜的眼神充滿崇拜之色：「九哥您威武！這麼虛幻的地圖裡也能找到路過來，還潛入魔軍後方……」這也太有本事了，絕對的王牌主力啊！

「……」其實他自己也不知道是怎麼走的。

魔神不甘寂寞的在遠處喊話：「我已經依照約定放人了，請把魔王蛋交出來！」

雲千千看白痴般看魔神：「你當我傻子啊？現在你們手上都沒人質了，我憑什麼要把蛋交出來？」

「……」魔神吐口血，他發現自己錯了，最無恥的原來在這裡。

「妳這麼戲弄人家，不怕人家魚死網破？」燃燒尾狐看魔神抓狂的樣子有些不安。

「與其讓我把蛋交出來，還不如魚死網破。」雲千千安慰燃燒尾狐：「放心，如果這次你真的掉級，以後我讓我兒子把魔界寶貝拿出來任你挑選。」也順便當作是賠償他的鏡子，免得人受不了這刺激。

幾人交談的這會工夫裡，另外一邊那吐血的魔神又收到一個讓他更加瘋狂的消息——剛才的混亂之後，魔族清點損失，赫然發現亞瑟斯竟然不知道在什麼時候被誤殺了。

亞瑟斯死了，等於強搶蛋蛋行動沒有了執行者，等於魔王蛋拿不回來，等於蜜桃多多有99.999%的可能性穩坐上魔界太后寶座……

魔神崩潰了，他崩潰了所以暴走了。既然可以把蛋強行拿回來的最後希望已經消失，那麼他還管什麼蜜桃多多死不死？

魔神紅著眼睛，嘶喝下令：「給我殺！全殺了一個不留！」

形勢大變。區區五個玩家，哪怕有第一、第二高手在內，但這就能擋得住瘋狂的魔族大軍嗎？

顯然是不能……

「香蕉你這個賊老天！」雲千千在某山頭指天叫罵，很是抓狂。

剛才一死，她本來以為自己肯定會在外面地圖了，沒想到眼前重新亮起時，卻發現還是在鏡中世界裡。雖然座標轉移了，此時已看不到魔軍，但她沒能出去也是不爭的事實，而且照掉三級。

更可氣的是，開通訊器聯絡另外幾人時，系統居然提示她現在雙方不在同一服務區，信號不好，請移動位置後重撥……

經過風月寶鑑裡的鏡靈解釋，雲千千才終於知道發生了什麼事：首先，她身上有保護鏡靈到三天結束後的任務，所以無論死不死，這三天雲千千都只能待在鏡中世界裡，等待任務倒數計時結束；或者除非所有玩家都不在鏡中世界了，她才可以出去。而其他人身上沒任務，自然一死就當場解脫了，只剩她一人在鏡中世界浮沉掙扎。

另外還有一個不幸的消息，根據鏡靈的說法，剛才因為是NPC動手殺雲千千，所以還只是掉級。如果是玩家下手的話，現在雲千千身上的風月寶鑑可能已經掉出去了。因為他們和雲千千的任務目標相互對立，一方是殺，一方是保……

最後一點，雲千千死後掉出風月寶鑑的機率高達65%……所以鏡靈建議，珍惜生命，遠離人群。

「馬的，怎麼不是100%？」雲千千很生氣，這不是害人嗎！？魔族還在鏡中世界裡滿地圖找她，她就不相信鏡魔會不告訴魔神這個她實際還沒被傳送出去的消息。

「妳想拋棄我？」鏡靈驚訝的問。鏡面閃爍、明暗不定，好像代表鏡靈心情非常之激動。

「我還是那句話，和你的價值比起來，很明顯我的兒子更值得稀罕。」雲千千嘆息。不是自己不守信用，但是三天時間說長不長，說短卻也不短。萬一魔族真的狠心來個全地圖全屏掃蕩轟炸，按照死一次掉三級的規矩，自己都不用死滿三十次，百分百就得被傳送回新手村。

鏡靈也嘆息了聲，語氣很是慶幸：「還好剛才我沒告訴妳把蛋託管進來的時候可以選擇取用狀態……我已經設定成孵化結束前無法提取了。只要我一掉出去，蛋蛋也會跟在我的儲存空間裡掉出去。」

「噗——」雲千千吐口血，用袖子一抹嘴，堅定肅色道：「放心吧，出來混講的就是一個義氣，人無信而不立，既然答應了要保護你，我就絕不可能坐視你出現什麼危險意外，哪怕為此兩肋插刀、慷慨赴義……你看我像那種貪生怕死、推卸責任的人嗎？」

鏡靈：「……」

教訓啊，這就是血淋淋的教訓。雲千千來回繞圈步行，一邊頭疼一邊懊悔。她早該知道這些NPC沒一個是好東西，進遊戲以來一路順風順水，再加上仗著以前對遊戲的了解，她居然慢慢失去了警惕心……看來自己還是太善良了。不能進步只會被無情的社會淘汰，以後她一定要更加努力、越發無恥，爭取做到人未陰我、我先陰人，堅決果斷的以小人之心度他人之腹……

用三個等級和未來兩天半註定顛沛流離的逃亡生活換來一個教訓，雲千千當然是十分不爽的。還好風月寶鑑也沒完全打算玩死自己的新主人，所以還是提供了一個有利的消息。

已經在雲千千賊船上的鏡靈表示，自己可以暫時將破解幻境的權力分享給雲千千：也就是說，她現在不僅對鏡中世界的幻影免疫，還可以解除某些玩家的幻境，從而拉攏到有力的幫手，共同抵禦魔族的追殺。

至於怎麼拉攏，就要看雲千千的口才和手段了。

深刻明白自己過街老鼠的地位，雲千千毫不猶豫的刷出易容面具，隨便找了張不起眼的臉蓋上去，接著就動身下山開始去尋找幫手。

雖然幻境凶猛，但蜂擁而來想富貴險中求的玩家還是真有不少的。雖然大家經常是沒走幾步就跌入迷障，但這也依舊阻擋不了大家那火熱的探寶之心。

雲千千一路走來已經遇到了不少人。有紅著臉拉著小手、嬌羞無限互訴衷情的兩個大男人；有兩眼放光、捧著一把石頭桀桀怪笑的尋寶者；還有口裡叼著一團布、蹲地上正憋得滿臉通紅運氣使力的兄弟……鑒定連甩，雲千千連連失望。這些都不行，高手究竟在哪裡？

125 是真是幻

就在雲千千路漫漫而上下求索的時候，新十二公會聯盟盟主雄赳赳、氣昂昂的出現了。

他不是死出去了？沒錯，人家是死出去了，但誰也沒說人不可以再回來。

先有手下被害的舊仇未報，再有自己掛點的新恨又出，盟主是怎麼也嚥不下這口氣的。所以他不僅回來了，還深刻吸取上次的失敗教訓，狠狠點了一批精英和自己一起重闖鏡中界，甚至一路上還蒐集了不少看中的高手……

盟主的想法很簡單，敵人的敵人就是朋友。雖然不知道這些玩家們為什麼要找雲千千，但他有八成把握人家不可能是去幫那女人的。所以大家乾脆聯合吧，一堆人一起行動總比一個人要方便得多……

雲千千和這支玩家大部隊的邂逅，就發生在她順手偷偷宰了一支在周圍巡邏搜找的魔族小分隊之後。

「這位小姐。」盟主發現雲千千英勇剽悍的身姿，當即眼前一亮，上前搭訕：「妳是一個人嗎？如果不介意的話，不知妳願不願意和我們一起行動？人多比較安全，即使遇到幻境也有同伴及時提醒……」

經過無數前輩的摸索，現在玩家們基本都知道了20血的破解幻境原則。在有人互相照應的情況下，行動確實安全了許多。

剛剛行凶完正準備閃人的雲千千聽到有人說話，一回頭，先是被嚇了一下……怎麼這麼多人？

接著她又是被驚了一下……香蕉的，盟主受刺激瘋了吧，怎麼這麼和藹邀請她組隊？

「美眉放心，我不是色狼，更不可能帶著這麼多兄弟一起出來泡妞……」盟主見雲千千瞪大眼睛、一臉驚嚇的看著自己，以為這女孩覺得自己意圖不軌，連忙小小幽默一下，試圖調節氣氛：「在下只是見妳實力似乎不錯，而我們的隊伍也都不是庸手，大家一起走的話對彼此都會是不小的助力……對了，妳也是雷法？真不錯，高手榜裡有個女孩就是雷法，很犀利的，就是人品不怎麼樣……呵呵，離題了，不知美眉的意思？」

雲千千恍然，搞半天對方根本就沒認出自己來：「這個……其實我這人不大合群。」

他鄉遇仇人，這絕對不是什麼值得高興的事，更何況還要一起組隊……萬一打架的時候她一個激動，不小心喊出個天雷地網來，到時候人家肯定會問：「咦，妳也會天雷地網？」

「嗯。」

「真巧，其他技能呢？」

「雷霆地獄、雷霆萬鈞……」

雲千千淚奔。名聲太響亮也不是什麼好事，連幹壞事的時候曝光的機率都增加了不少。看來有必要再學些大眾法系技能，以便自己將來可能幹壞事或隱藏身分的時候使用。

想到這裡，雲千千突然想起自己包裡還有本爆炎彈的技能書，雖然剛學沒熟練度，但加上自己的雷神法杖高法傷，應該也能糊弄過去。

偷偷把書取出來，在背後拍了學習，爆炎彈立刻就出現在自己的技能列表裡。雲千千剛吁一口氣，正好就聽盟主又開始遊說：「不合群也沒關係，我們這又不是聯誼會，關鍵是大家一起有個照應，妳……」

「OK，我加入。」雲千千爽快的遞出組隊申請。

盟主話說一半就被噎到：「妳肯加入了？」馬的，剛才不還推三阻四……難道自己魅力大爆發，不自覺散發出了什麼王八之氣？

一頭霧水的批准了申請，盟主猶自神色恍惚，帶著雲千千回到大隊中去替大家介紹：「我們又新加入了一個朋友，這位……呃，妳叫什麼？」這女孩居然沒開隊伍顯示，看來防備之心還是很重。

雲千千想了想：「九千歲。」她答話的同時順手把原本的名字抹了，再填了三個字上去，開放顯示……嗯，有夫之婦就得跟夫姓。這名字不錯，有她和九哥的名字在裡面，還夠霸氣……

「呃……」再度被噎，盟主抽搐了一下，滿頭滿頭黑線的轉頭繼續道：「這位九千歲美眉是法師，技能傷害不錯的，哪個隊伍缺法師的可以拉過去。」

人群中一陣窸窸窣窣後，雲千千很快被一隊伍要走。

盟主率領大部隊繼續前進，目標鏡魔。

由於隊伍過於龐大的關係，幻境的迷惑效果對這些人幾乎等同於無。再厲害的幻境也不可能同時迷惑所有人；哪怕只有一人清醒，一生二、二化四、四變八……很快所有人也就都能清醒。

人群謹慎小心慢慢向前移動，走了一段路後，又碰到一支在附近搜索雲千千蹤跡的魔族小分隊。而且對方態度異常強硬，見到有那麼多冒險者過來，雖然自己這邊魔少，但還是毫不猶豫的上前要求眾人一個個接受檢查。

雲千千一看魔族小隊長手裡拿的檢查道具，當場嚇出一把冷汗……馬的，盜版事業發展太蓬勃了，這才幾小時工夫啊，鏡魔那麼快就造出了風月寶鑑Ⅱ版？

本著息事寧人、不欲節外生枝之心，盟主雖然不滿，但還是打算答應。畢竟魔族不是好惹的，萬一不小心引來了人家的大軍，他可是死過一次的人，十分有經驗並確定、肯定對方一定會將這裡所有人剿滅。

在這千鈞一髮之際，雲千千忍不住使壞，毫不猶豫一個爆炎彈甩到自己小隊隊長頭上。

隊長本來正在圍觀盟主那邊的進展，冷不防一下被打得有些發愣，呆呆的看著雲千千，無辜的眼神中透著疑惑不解的神色。

「清醒的人快來啊！隊長被幻境迷惑了！」雲千千大驚小怪，一邊喊人一邊射火球不止。

幻境？沒有啊，他覺得自己很清醒……隊長越發迷惑。他本來想要動手抵擋反抗，但一聽這話，還是強忍了下來。說不定自己真陷入什麼幻境而不自知呢，反正那麼多人，這女孩也不可能傻到當眾行凶殺人。

把對方血條爆到差不多只剩20，雲千千趕緊飛快的連續發動了好幾下迷惑技能，在系統接連失敗的提示聲中，最後一下終於成功。

雲千千停手，在眾人莫名其妙的視線中擦了一把冷汗，假意問隊長：「現在感覺如何？還好我發現得及時，不然就麻煩了……對了，剛才你看到的幻境是什麼？」

他什麼也沒看到啊！隊長繼續莫名其妙，茫茫然的往四周看了一圈，突然對著盟主的方向臉色大變，吼道：「馬的！魔族是想把我們一網打盡啊！大家別上當！」

此時在隊長的眼中，魔族手裡拿的已經不是風月寶鑑Ⅱ版，而是一排抓捕拘禁玩家專用的鎖鍊。

一群玩家聞之色變。

雲千千跟著色變：「有這種事？」

「美眉妳看不到？」隊長迷惑了一下：「不可能啊，妳不是沒被幻境迷惑？」對方應該是清醒的才對，怎麼自己都發現的事情她卻沒注意？

「呃……這個，其實我一路上都只在注意觀察你。」雲千千可恥的假裝含春少女，羞澀的一低頭。

隊長頓時尷尬了，連連乾咳幾聲，轉過臉去氣憤填膺：「兄弟們別上當了，魔族不是要檢查，而是要把我們都抓回去。」他說完，扭臉對雲千千正色道：「我們一起，分工合作讓大家清醒。」

分工個屁啊，自己的技能哪騙得了那麼多人？雲千千欲哭無淚，連忙一把拉住隊長詢問道：「我認為現在更重要的是先把魔族幹掉，不然等我們分工完，他們也把人抓得差不多了……你覺得捏？」

「唔……有道理。」隊長沉吟後，凝重點頭。

盟主聽了這麼半天，也大概明白了這兩人話中的意思。他，更甚至更多的人現在都被幻境迷惑住了，要不是九千歲腦筋清明的話，很可能不一會在場人就會有大半被魔族騙去抓起來。

馬的，難怪自己這次碰到的魔族比上次掛的時候碰到的那群好說話呢，搞半天人家現在不玩力敵，玩智取了。

盟主大怒。其他人的思考結論都大致差不多，也怒。

欺人太甚啊！

魔族小隊長只感覺莫名其妙。自己就是帶隊例行檢查的，結果突然碰到一大群人，本來壓力就很大了；再結果，這群人裡面好像有人產生幻覺，最開始先是有一個發神經的，緊接著就是一整群發神經的……

還沒等自己反應過來是怎麼回事，對面的大部隊突然就殺氣騰騰的怒瞪自己。等他回過神來時，鋪天蓋地的一片技能已經砸了過來。

直到死，魔族小隊長都不明白到底發生了什麼事……

邪惡的玩家部隊勝利，戰勝了無辜的魔族小分隊。

俗話說人生有三鐵，一起抗過槍、一起嫖過娼、一起分過贓……

雖然共同扶持度過幻境確實也能加深羈絆，但怎麼也比不上並肩抗敵來得讓人熱血沸騰。經此一役，眾玩家彼此對視，眼中都透出欣慰和親近之色。在他們眼中，這是自己等人頭次正面且全面壓制過幻境邪惡勢力的偉大戰役，是具有里程碑意義的一戰，是正義的一戰，是宣揚自己男兒氣血的一戰……

盟主尤其意氣風發，欣慰的看著自己帶領的團隊凝聚力更上一層樓，更是又一次堅信了自己剛才動手的正確性和果斷性……這才叫男子漢啊！

終於找到點一呼百應感覺的盟主蕩漾陶醉著，連帶對雲千千的臉色也更加美好和藹了：「多虧九妹及時發現不對勁，不然我們肯定要吃個大虧。」他決定，後面的路程裡也要堅決發揚團戰群毆這個優良傳統，果然團隊還是要在幹架中才能更好的成長磨合啊。

「不客氣。」雲千千也很蕩漾，及時解決掉身分被戳穿的危機，她心裡正高興著呢。

一對狗男女互相越看越順眼，終於成功勾搭上。雲千千正式混入隊伍核心，被調到了盟主所在的小隊……

「頭兒，前面又發現有一群高手，二、三十人的樣子，我們去邀請對方加入吧。」隊伍前方用鷹眼探路的斥候興奮的道。

「呃……我們現在的人手已經夠多了，而且兄弟們目前都很團結，一下加那麼多外人……」盟主為難了一下。

「都是美女。」

「咳咳，我認真思考了一下，鏡中世界還是太過凶險，多一個夥伴就多一分助力。走吧，讓我們用最真誠的熱情去邀請新的夥伴！」

「……」禽獸！雲千千扭臉，裝沒聽到耳邊巨大的歡呼聲。

女玩家群體，向來是網遊中一個獨立而超然的存在。

不得不承認，無論外表表現得有多麼道貌岸然，男人們都喜歡漂亮的女人；就跟女人們大部分也都欣賞有錢的男人一樣。

比如說相親的時候，女人們問題就會比較多。她們通常會圍繞著薪水、未來發展、結婚了誰理財等等各種現實問題對男人進行各種精神上的拷問。殺過重重關卡，通過以上標準之後，女人們才會繼續研究關於男人的性格、家庭氣氛、有無不良嗜好等深層細節。

男人就簡單多了，一眼掃過去就能知道這女孩長得怎麼樣，能不能激起他繼續了解對方內在的興趣。當然如果對方妝太厚的話，判斷難度也就會相應有所增加。在女性化妝技能越趨熟練直達宗師等級的當今社會，男人們也不得不承受起相當巨大的風險……以為娶到林青霞，半夜起床卻發現身邊躺的是如花，這精神刺激實在不是一般的大。

當然了，現實世界中還有個綁定問題，和某一個異性走得太近之後，很容易引起連鎖效應，比如說緋聞什麼的。

在虛擬世界中，這個問題就得到了很大緩解。儘管已經實行實名制和真人容貌使用制，但終究是比現實中多了一層保護網。網上近在咫尺，下線遠在天涯……誰也礙不著誰，不就是曖昧嗎？於是群狼們終於有了一展身手的舞臺，一雙發亮的綠眼無時無刻不在發掘著美女的蹤跡，同時不擇手段的找機會親近佳人。

而最好的幌子，當然就是組隊……

「各位美眉請留步！」盟主叫停剛屠殺完一波魔族小隊的眾女孩，風度翩翩的走過去。

小團隊中的帶頭美女一回頭，雲千千頓時進入備戰狀態。馬的，又是這陰魂不散的死小三！

盟主愣了愣，顯然也是認得紅顏傾國這些女孩們的。聽說這個團隊是純女性組合時他就隱隱有了預感，不過唯一沒想到的是，竟然會是對方會長親自出馬帶隊。

紅顏會長同樣認出前陣子風頭正勁的新十二公會聯盟盟主，嫣然一笑打招呼：「你好，真是巧合。」

「是啊是啊。」盟主反應過來，連忙點頭。巧合?這應該叫緣分。對於美女用詞的不準確，他表示深感遺憾：「在這裡相逢就是有緣，如果不介意的話，要不要一起組個隊?」

紅顏會長猶豫了：「這……我看不必了吧。」她是來千里尋情郎的，實在不適合帶這麼多電燈泡，尤其還是一群性別為公的電燈泡……太過弱勢、唯一能代表女性群體的雲千千被自動忽略。

「還是一起組隊吧。」盟主笑道：「我們人手不少，如果有人陷入幻境的話可以及時發現。再說，繼續往前走的話，遇到的魔族只會越來越多。如果現在不組團的話，最後結果只能是被魔族一一擊破……不如聚集力量共同抗敵如何？」

說魔族，魔族到。可能是美女們剛才下手不夠狠辣決絕，導致被滅的魔族小分隊在死前成功發出了求救信號。兩人還在交涉的時候，雙方斥候同時發現有不下百人的魔族小團隊正在向此靠處近。

紅顏會長沒有退路，咬牙點頭道：「那就麻煩盟主了。」

「應該的，應該的。」盟主連連點頭，順手替各支小隊分派了追擊任務下去。

安排到紅顏會長時，她笑了笑，終於注意到對方團隊中居然還有雲千千這麼一個人在：「我跟這位一起組隊好了，我的隊伍裡正好只缺一個法師。」

於是盟主也只能各種羨慕嫉妒恨，目送雲千千小跑向美女小隊中。

「美女，妳怎麼知道我是法師？」雲千千加入隊伍，順口調戲紅顏會長。

「呵呵。」美女努力不讓自己目光中流露出鄙視的情緒：「妹妹真會開玩笑，妳手裡拿的難道不是法杖？」

雲千千抬起法杖，憂鬱的撥了一下額前碎髮，一甩頭，幽幽開口道：「騎白馬的不一定是王子，拿法杖的也不一定是法師。」

「……那妳是什麼？」

「說不定我是一個牧師？」

「呃……」

「其實我最近真的在考慮改行。法師這職業太暴力了，一點也不符合我柔弱的形象……身為一個像我這樣的美女，就應該拿著法杖甩著治療術，在隊伍最後方普渡眾生順便偷懶。不僅顧形象，聲譽好，最關鍵是省藍還不累。萬一哪天不小心救下個高手高手高高手，日後也多了一條粗大腿可抱，妳覺得捏？」雲千千很是認真。

全隊美女一起鄙視雲千千。尤其隊伍中的牧師美眉，更是發展到了怒視……這女人是在指桑罵槐吧？是這樣沒錯吧？

紅顏會長嘴角抽了抽，搞不清楚對方是不是開玩笑，斟酌了好一會才遲疑開口：「……妳的性格和語氣似乎有些熟悉，我們是不是在哪裡見過？」

糟！一時得意玩太過了。雲千千連忙擦把冷汗，假笑兩聲：「開個玩笑而已，別介意……像您這樣風頭無二的大美人兼一會之長，我肯定是認識的。但您肯定就不認識我了……我猜應該是大眾臉的關係，不然就是您有個思念甚深的朋友，日有所思，所以才會覺得我熟悉？」

紅顏會長腦海中第一時間閃過蜜桃多多那張猥瑣的死人臉，接著下一瞬間她就冷汗把這念頭拍飛……太可怕了，自己竟然會對這樣的人思念甚深！這絕不可能！

雖然感覺眼前的女孩和蜜桃多多有著種種相似的地方，但紅顏會長下意識就不想這麼認為。那樣子的女人這世界上有一個就夠了，再來幾個的話，她怕自己會對這個黑暗扭曲的世界徹底絕望……嗯，對方剛說的肯定是玩笑呢！絕對不可能是真的！

閒聊時間結束，魔族小隊已經近在眼前。

在這撈經驗、撈裝備，順便用別人的人幫自己掃清障礙的關鍵時刻，雲千千當然不會分不出哪邊更重要，當即二話不說刷出爆炎彈甩了出去，吹響了戰鬥的號角。

紅顏會長見到此一幕甚感安慰。單看對方這果決和不退縮的作戰風格，就和蜜桃多多完全不一樣，看來自己是以小人之心度君子之腹了。

紅顏會長感動了，態度自然更是友好，特意叮囑隊伍裡的女孩好好照顧法師，別讓這個皮薄血少的職業一不小心被玩掛。

牧師美眉仍然對剛才的事情耿耿於懷，好在本性不壞，還是盡職盡責的為雲千千加起血來。

雲千千一心二用，一邊放技能，一邊兩眼發光在魔怪中尋找帶隊 BOSS……嗯！目標發現。

「擒賊擒王，跟我來！」一把撈住牧師美眉，雲千千帶人衝鋒。

126 拉彌亞

新來的魔族兵團是半人半蛇的種族，由女魔將拉彌亞率領。據說這個種族全是拉彌亞的後代，屬於魔族中少見的家族式兵團；由此也可看出拉彌亞的繁殖能力有多麼的強大，不愧是曾經幹過女王這職業的。

拉彌亞的人蛇種族兵團擅長物攻，對各種幻境和混亂狀態全免疫；最可怕的是拉彌亞本人還有著能使人致盲的能力。雖然盲狀態是有時限的，但能夠率領百人兵團的魔族肯定不可能像之前的分隊隊長那麼好應付，所以這個盲狀態最少也能維持個七、八秒。

在瞬息萬變的戰場上，尤其還是這麼一個混亂的群毆戰場上，七、八秒鐘已經可以死個四、五次了。

雲千千很有先見之明，抓著牧師美眉一衝過去就把人拉到自己身前，正好擋下一道綠色雷射。

牧師美眉驚叫一聲，眼前一亮再一黑，接著什麼都看不到了：「怎麼了!?」

雲千千痛心疾首的安慰：「沒什麼，妳剛才衝太快被技能打中了。」

我衝太快？牧師美眉想尖叫。踏馬的，老娘一個牧師怎麼可能沒事衝那麼快，明明是剛才有人拉了她一……咦，莫非是這死女人拉自己去當擋箭牌？

雲千千此時已經衝過去，拉出拉彌亞一對一去了……什麼？你說她難道不害怕致盲？拜託，大招難道不需要冷卻時間的嗎？雖然牧師美眉進入無作為狀態了，但是雲千千對自身的實力還是挺有自信的。一個百人兵團的小BOSS而已，雖然會有些難磨，但單殺還是不成問題……沒錯，她本來就是這麼想的，把礙眼的人解決，然後自己一個人去撿便宜。

但是新的問題很快出現了。雲千千只記得自己實力不錯，卻不記得她現在正是隱藏實力的時候，可操作技能只有爆炎彈一個，還是剛學會的，技能熟練度別提有多悲哀了，就連冷卻時間都比其他人長上不少，而且還沒有可切換的攻擊方式……

於是雲千千杯具了，她杯具了所以她爆發了，小腰一扭，拉著拉彌亞就朝紅顏女孩們的隊伍方陣衝了過去：「美女姐姐救命啊～有怪獸嗷嗷──」

紅顏會長正率領姐妹們和其他蛇人殊死對戰，冷不防聽到這麼一聲慘號，腳下不由得一歪，身形跟著踉蹌搖晃了下，差點吐血……喊什麼喊啊！滿山都是怪獸，有什麼好喊的!?誰知她一回頭，卻見到一個身形明顯小於其他蛇人的蛇女正跟在雲千千身後，向著自己的方向飛快滑遊而來。

遊戲中的BOSS體型一般有兩個極端。一是大，很大，非常之大。這類BOSS的特點一般就是防高血厚，雖然看起來很嚇人，但實際上只要操作得當的話，絞殺還是不怎麼困難的。

而另外一種就是小……呃，倒也說不上有多小，反正比同類怪的體型看起來肯定是玲瓏了不少的。這類BOSS的血防並不十分出色，但比起體型大的BOSS卻難纏了許多。它們的特徵一般體現在敏高攻高上，尤其最討厭的是肯定會有一、兩個難纏的技能做招牌，再尤其更討厭的是這類BOSS十有八九還都有些初級智慧，想把人家當笨蛋耍更是不可能的。

於是一見到雲千千身後的拉彌亞，紅顏會長頓時激動了。當然，也可以理解成是激憤。她甚至顧不上自己身邊還有未解決的其他小怪，拉開團隊頻道就開始尖叫：「快替我攔下她！」

攔下她？她是指誰？

紅顏的女孩們，尤其是剛被陰了一把的那個小牧師，所有人都有把雲千千也「順便」攔到外面的衝動。這不僅是出於被BOSS剽悍表現的震懾，更有一種說不清道不明的氣場問題，和突然出現的危機預感……說白了，就是所有女孩看她都不怎麼順眼，雖然她們也不知道自己為什麼看人家不順眼。

女人的直覺，是這世界上唯一能堪比宗師預言的神器。

唯一可惜的是，女人的直覺通常很準，但女人們通常卻都沒有那麼狠。只是稍一遲疑的工夫，雲千千已經在最後關頭憑藉著魅影，咻一聲竄進了紅顏隊伍群中。

「……妳的速度倒是挺快。」紅顏會長一個技能甩出去，把追擊而來的拉彌亞打得退了退；緊接著群女蜂擁而上，小行星圍繞地球般包圍了拉彌亞，絞殺在一處。

「過獎過獎。」雲千千擦把汗，鬆了口氣，謙虛道：「我也就是一不小心小宇宙爆發了。」

「……」紅顏會長無語的看看拉彌亞，再看看雲千千：「這BOSS妳從哪裡拖出來的？」大家都沒見過這個兵種，對方怎麼就能一眼準確瞄中BOSS？要說踩狗屎運她第一個就不信。這世界上沒那麼多巧合，就算真有運氣，也要有相當的眼力和實力才撞得上。

「其實我最開始只是看她長得漂亮……」

「……」

「看妳這眼神，好像不相信我的說法？」雲千千失落嘆息：「人與人之間什麼時候變得這麼冷漠，連最基本的相互信任都做不到了……唉，人情淡薄啊。

紅顏會長雖然是美女，但絕對不是花瓶。能在這麼大的公會中當上一會之長，還能在遊戲裡混出個名頭的，絕對不可能是草包美人。

其他都不說，單是紅顏傾國的純女性收人標準就是一個很難控制的底限。女孩們也有老公，沒有老公的也有情夫，再不濟或者哥哥、弟弟什麼的，那麼多人情關係，如果會長沒一定魄力和人格魅力的話，誰願意搭理什麼純女性公會？更別說紅顏傾國的規模竟然還能不小於其他一般公會，這就更能看出紅顏會長的手腕實力來了。

有女孩們接手，場面頓時得到控制。雲千千慶幸的同時也唏噓不已。自己要是能放開手來隨便幹的話，區區一個蛇女算得了什麼？

盟主也發現這邊情況，派了個玩家過來問話：「什麼狀況。」

「沒什麼。」紅顏會長很客氣的笑答，但客氣有時候也就代表生疏。

玩家跑回去，和盟主交談幾句後，後者親自過來。

「這是兵團BOSS，殺了她會更容易解決戰鬥。」

「不用擔心，我的人能控制好。」紅顏會長笑道。

「呵呵……」盟主只能乾笑。殷勤沒獻好，人家還懷疑他是想來撈BOSS，這叫一個熱血純男兒情何以堪？呃，雖然他確實也是想來分一杯羹，但更重要的問題還是關心同伴力有未逮……

咦，不給面子？雲千千大喜，賊眉鼠眼的拉過尷尬的盟主到一邊咬耳朵：「大俠，剛才那美女說了，打完BOSS讓我和她們一起離開。」

「不可能。」盟主斷然表示不信，想了想卻又猶豫起來。畢竟人家態度明顯疏離，如果真說了這種話，好像也不是多麼不可思議的事：「她剛才真這麼說？」

「是啊，我也覺得奇怪，換來換去的，我到底算是哪個隊伍？」雲千千假裝純真的迷惑。

盟主偷瞥一眼紅顏會長，再看雲千千一臉求知渴望，不由得嘆息：「唉，妳不懂……她的意思不只是讓妳去她的隊伍，應該是打算和我們分道揚鑣，在挖妳入夥呢。」

「真的？」

「嗯。」多純潔的女孩啊，連挖牆角都沒看出來，還知道和自己這老隊長說一聲……盟主感動。

可是美女想要分手又是為什麼呢？難道自己這群大男人真就那麼不招這群嬌花喜歡？感動完了又進入疑惑，盟主百思不得其解。

雲千千見會長陷入男人維特之煩惱狀態，很夠義氣的拍胸脯保證道：「我覺得這中間可能是有什麼誤會，要不然我去幫你問問？」

「別問。」盟主連忙攔人：「萬一要是把面子撕破了，以後大家見面多尷尬。」

「放心，我委婉的問。」

「妳？」盟主懷疑的看雲千千。不是懷疑她的信用，關鍵是懷疑她的智商……能把被挖牆角的事情那麼不設防的告訴自己，他還能指望她委婉到哪裡去？

「放心吧，我不衝動的時候還是挺靠得住的。」雲千千再拍胸脯。

盟主頓時更憂心了……

跳回紅顏會長身邊，後者瞥一眼雲千千，漫不經心的隨口招呼：「回來了。」

「嗯，回來了。」雲千千照例鬼祟的看一圈周圍，湊過去作賊似的偷偷摸摸道：「美女，妳知道會長剛才叫我去說什麼嗎？」

「……」明明是妳把人家抓走的。紅顏會長雖然鄙視，但她還是問了：「你們說什麼了？」

「其實他想泡妳。」

這個震撼答案宣布後，紅顏會長的 CPU 停轉許久許久。身為一個美女，她當然不會沒被人追過；身為一個財色兼備的美女，她自然見識過的種種求愛方式。可是說到這裡，就不得不提下關於等級的問題了。

比如毛頭熱血小青年看上某女，一般是拉上兄弟壯膽之，接著攔截或製造偶遇親近目標之；再接著，兄弟們在旁邊起鬨造勢，或為其二人製造單獨相處機會，果斷表白上位之……稍微大一點的社會青年看上某女，則通常是搭訕認識之，騙到手機號碼騷擾之，曖昧一段時間後才花前月下深情告白之……

最後是最精英的成熟人士們，這類人在社會中磨礪得圓滑，即使再喜歡某女也會很含蓄內斂，委婉再委婉的表達自己的好感，在日復一日中對對方多作照顧。等到天長日久，某女或其身邊人看出不對勁，繼而從旁詢問兩人關係後，某女如果有意則暗許暗示，無意就稍作疏離……於是男士們知道對方態度後，再選擇是挑明確立關係還是果斷撤退不使雙方尷尬……

這三類人通常也就代表了男人追女人時經常會出現的三種情況。

作為一個本來就很精英、交往圈子理所當然也很精英的美女，紅顏會長一般碰到的都是第三類人群。一、二類不是沒碰到過，但是少；而且那些人通常也都不可能是會長這樣有些身分的成功人士，如果實在有不識相的，翻臉得罪了也無所謂那種……

所以一時冷不防聽說一個堂堂盟主居然想對自己死纏爛打，甚至還派出小隊底在自己身邊為其製造機會，紅顏會長頓時感覺很糾結。

明著拒絕吧，似乎有些破壞兩邊關係；但是不明確拒絕吧，對方似乎又不是那種會知難而退的第三類成熟人群。到底該怎麼辦？紅顏會長深深的迷茫了。

「怎麼樣啊？他還等著我回話呢。」雲千千在旁邊催促，順便幸災樂禍。瞧她多善良，知道有小三想上位也不生氣，還主動幫人家尋找第二春：「如果妳真的不願意的話，乾脆我幫妳回了？」

「呃……還是我自己去說吧。」紅顏會長想了想，還是決定要自己面對。

深呼吸平靜一下情緒，紅顏會長帶著雲千千去找盟主。

「那個……不知道妳考慮得怎麼樣？」盟主看見兩個女孩過來，頓時心裡比紅顏會長還要糾結。他左思右想，還是找不出自己有哪裡得罪對方，為什麼突然就不願意跟自己組隊了？

不組就不組，還要挖人過去，這不是不給面子嗎？當然了，聯盟會長雖然不高興，但還是有些後悔答應讓雲千千這「憨直的女孩」去探問人家口風。這麼高難度的技術工作，明顯不是她幹得來的，可別把人得罪了……

「會長，我跟你……是不可能的。」紅顏會長是個成熟的女人，她成熟，所以她委婉。

不可能？什麼不可能？組隊？盟主有些納悶。這話用於拒絕示愛是夠委婉了，但用於盟主以為的狀態，卻顯得太過直白：「這個，莫非是美女對我有什麼誤會？」

誤會？絕對沒有，只是自己心有所屬……紅顏會長感慨了下：「總之我覺得我們不大適合。」

不大適合是什麼意思？是配合不夠有默契，還是自己拖人家後腿了？盟主再有風度，聽她這麼說也還是有些生氣只是繼續問道：「妳到底有什麼不滿的可以明說，不用這麼敷衍。」

「……其實你是個很不錯的男人，真的，但是這並不是說你人好就可以了。老實說吧，我來鏡中世界就是為了找一個男人……」紅顏會長特意在男人二字上加重咬音。

男人？盟主快要崩潰，懷疑自己遇上神經病，他和她是不是有點溝通不良？

張了張口，盟主還沒來得及再說些什麼，雲千千已經一臉八卦追問道：「找什麼男人？和我們會長一起去找不行嗎？」

對啊，反正自己對男人又沒興趣，她還怕他會搶？要不然就是那人見不得人？盟主也疑惑的看向紅顏會長。

「這……恐怕不大方便。」紅顏會長也快崩潰。連看臉色都不懂!?

雲千千遂拉了盟主去咬耳朵：「老大，我懷疑這女人手裡有什麼任務，怕我們跟去分好處。」

盟主想了想，點頭贊同：「有道理。」

「她說的男人，會不會是指蜜桃多多手裡的魔王啊？」雲千千再接再厲挑撥：「要不然她幹嘛特意強調要找男的？如果我們堅持硬跟的話，人家說不定還找機會幹掉我們？」

盟主被這陰謀論嚇得倒吸一口冷氣，接著卻越想越覺得很有可能。這紅顏會長明顯已經有和自己撕臉的意思了，連明面上的關係都懶得和自己維持（這是個誤會……）；其次，她把這麼大的秘密說出來，還有點故意告知的感覺，這分明是已經拿自己當死人看吶！說不定對方還真會突然發難，先下手為強。（這是個天大的誤會……）

寧可信其有，不可信其無的盟主對紅顏會長當然不會有任何憐惜，當即決定殺人滅口。最起碼他要阻礙一下對方的進程，不能讓她這麼順利占據先機……

PK嘛！向來是遊戲中最歷史悠久的一項活動。平常有點雞毛蒜皮的小事時，大家也經常P上一P，更別說現在還有了這麼充分的理由。

雲千千看盟主好像已下定決心，頓時收口不再說話，憐憫的看著紅顏會長。人心還真是難說啊，既純潔得那麼容易就被欺騙，又陰暗得那麼容易就被挑唆。所以說自己不肯當好人也不是沒理由的，不是不願，是不敢。

★

127

混亂的戰場

面對小三這種從古至今源遠流長的特殊職業，雲千千向來是沒什麼好感的。包二奶就是包二奶，一個拿錢換人，一個拿人換錢，多簡單的買賣。最最噁心的是，這些人還非要替自己冠上一個所謂真愛的名頭。

出於客戶至上的服務準則，身為專業的二奶，吹點小牛、說點小謊也不是不行，反正誰叫人家就愛聽這個呢。不管怎麼說，大家也有交易與被交易關係。可是那些根本沒上崗、還日以繼夜不斷努力進取的小三又算怎麼回事？

當然了，紅顏會長沒那麼卑鄙，最起碼人家貪的不是錢，是人。準確說起來的話，她如果真和九夜在一起，誰包養誰還是不一定的事情。

可是誰叫她想挖的是雲千千這個壞蛋的牆角呢。

對九夜有企圖的女孩們還真是挺多的。可是一來九夜本身不大給面子，情感接收反射神經太遲鈍，以致女孩們經常有無力可施的挫敗感；二來則是雲千千太可怕，凡是還沒活膩的女孩，誰都不願意去招惹這個水果。自從個人面板上的妻子欄裡多了一個蜜桃多多，九夜身上等於是掛了個「家有惡犬，閒人免近」的牌子。

混到現在，也就紅顏會長這麼一個巾幗英雌膽子大得敢向九夜這塊高地吹起衝鋒號角了。所以說，雲千千不玩她玩誰？

盟主把陰謀論腦補完畢，順便策劃了下先發制人草案。

雲千千則偷偷摸摸蹭到戰場旁邊，兩眼炯炯有神盯住半殘的拉彌亞不放……

她想搶BOSS？錯，大錯特錯。

這女孩想搶的不是BOSS，而是BOSS死後爆出的戰利品。

除了打怪經驗是直接算到玩家頭上以外，打怪後掉落的戰利品一類則通常是掉在地上，甚至放在怪物的屍體裡，需要玩家去撿、或摸起來……這樣一個過程通常也被稱為開寶。

撿起戰利品前，掉落物品的屬性及品階不顯示。如果那戰利品留在BOSS屍體上的話，可能連到底有沒有東西、有幾件東西都不知道。

而得到戰利品再得出其屬性的過程就是開寶。有人運氣不好，經常撿到些垃圾貨色，這樣的倒楣蛋也就被稱之為黑手。

雲千千對BOSS經驗不感興趣。自己想練級的話，隨便亮出名號就能包個山頭、帶夠藍瓶刷上幾天幾夜的，這創世紀裡還有誰能比她升級更快？

而且最重要的一點是，雲千千現在就是在紅顏會長的隊伍裡，不管是誰幹掉拉彌亞，反正她最後都能拿起戰利品……

「妳說，我們該怎麼辦？」盟主心不在焉的和紅顏會長敷衍幾句，回來又找雲千千問。

照理說，這種決策問題不應該找她這個外人。可人都有個慣性心理，就像老話說的，一事不煩二主，一般前面問題是和誰商量的，後續問題通常也就依舊找這人。而且不管怎麼說，盟主心裡的雲千千總算是親身經歷挖角事件的，有一定發言權。

雲千千詫異的看了盟主一眼，反問道：「難道你就沒有什麼想法？」

「畢竟是在副本裡，有些事情不能鬧得太大。」盟主嘆了一聲道：「打個不恰當的比喻，我就怕鷸蚌相爭，漁翁得利。」

「唔，其實我覺得這比喻已經很恰當了。要換我說的話，就是狗咬狗，一嘴……」雲千千收到盟主瞪視過來的死光，連忙嚥下最後一個字，不厚道的捂嘴偷笑。

「……如果我先下手為強，會不會有人說我們一群大男人欺負一群女孩？」盟主想了想，找同樣是女孩的雲千千傾訴。

「那如果你們被先下手為強，會不會有人說你們一群大男人被一群美眉強上了？」

盟主吐口血，臉色變得難看。下手了，名聲不好聽；但如果被下手了的話，這名聲肯定更不好聽。一個男人占了一個女孩的便宜，肯定是人渣、敗類、禽獸，受萬民唾棄，有可能還要被拉出去彈小雞雞一萬下。但如果說一個男人被一個女孩強上了……那可就不只是占便宜的問題了。

自尊心，面子。男人們看這些東西可是看得比命還重。

雲千千看會長無比糾結的樣子，感嘆著拍拍對方肩膀勸說道：「世上哪有那麼好的事，能讓你把所有便宜都占盡了?還是快刀斬亂麻吧大哥，總比猶猶豫豫，最後受制於人的強。」

「可是……」

可是個屁，磨磨蹭蹭跟個老女人似的。雲千千懶得繼續遊說，轉身衝紅顏會長吼：「我老大說了，既然妳不給面子，那就別怪我們不客氣。」她說完，一個爆炎彈直接朝著紅顏會長轟了過去。

紅顏會長被轟得一愣，雖然這血值傷害不高，但這自尊心傷害可是真高啊。

這算什麼？因愛生恨？

當然，紅顏會長可是專業的，反應速度比一般職業玩家也不會差上多少。基於擒賊先擒王的想法，再考慮到事件主要源頭應該是因愛生恨，所以紅顏會長直接盯上盟主，一排技能刷過去……人家根本瞧不上雲千千這個小馬前卒。

男人們先是一懵，不知道發生了什麼，但發現自己老大被刷，頓時淡定不起來了。

女孩們也一頭霧水，但自己老大動手了，她們哪有不動手的道理？

於是場面開始變得混亂……

「大丈夫當斷則斷！」面對盟主望向戰局時一臉欲哭的糾結之色，雲千千大義凜然，說完咻一聲竄進去，提著法杖，一個個爆炎彈甩出去，目標直指拉彌亞……嗯，順便還要占據有利地形，保證一會掉落的戰利品能夠第一時間撿起來……

場面亂糟糟的，沒人有心思注意 BOSS 情況到底如何，更沒人在乎旁邊還有沒刷完的蛇人魔兵。

玩家群P的時候，有誰會傻到把攻擊重點放在小怪身上？這種時候寧可吃藥死頂，也絕不能混亂了打擊重點。

連旁邊的魔族都被無視了，自然更不會有人注意到遠處隱隱約約的又出現了一批人馬……

「前方是什麼情況？」帶著水果樂園精英部隊趕來援救自家會長……當然更重要是保住魔王蛋以期增進公會形象的彼岸毒草，詫異的看鏡中世界裡難得一見的混戰場景，感覺有些不可思議：「這是幻境？還是說這是被幻境迷惑的玩家團隊？」沒聽說這副本這麼厲害，居然還能挑唆玩家大規模混戰？

要真是這樣的話，這裡倒是有些太危險了，他是不是帶著人馬立刻回火星的好？

團隊裡的斥候遠目瞭望了半分鐘：「看樣子應該是兩夥玩家團隊，不像是被迷惑的樣子，應該是原本就有仇。」

有仇？彼岸毒草皺眉沉吟。不管是有仇沒仇，他總覺得一看到類似這樣混亂的局面，空氣中就彷彿隱約透出水蜜桃的味道……鏡中世界本來就是蜜桃多多鬧出來的事，再加上九夜幾個已經死回城了，現在卻還只有她一個人仍然不在信號區……

左想右想，他都覺得和自家會長肯定脫不了關係。

「再看清楚點，尤其注意下那邊有沒有行為鬼祟的人物……嗯，重點是女人。」彼岸毒草給出一個「你懂的」的眼色。

斥候立刻領悟，重新拉開鷹眼望了起來。

彼岸毒草也沒閒著，拉開通訊器直接呼叫雲千千：「有空嗎？」

「對不起，您呼叫的使用者不在服務區。」雲千千冒充系統應答，順手切斷通訊，興高采烈的又放幾個技能後，才覺得不大對勁……那聲音彷彿有些熟悉？

正想著，通訊器又響，她接起來一聽，還是那個熟悉的聲音，只是對方的情緒顯得有些不好。

「馬的！」

「臥槽！小草？」雲千千聽到這聲音，驚得差點跳起來：「你什麼時候來的？」

「剛到。」彼岸毒草態度惡劣，死死盯著遠方戰場質問道：「我問妳，妳現在在幹什麼？」

「也沒幹什麼，就是碰巧路過一個挺熱鬧的地方，看著這邊氣氛不錯就順便逛一圈……」

「臥槽！」

「……你好像心情不好？」

「我心情能好嗎？」越來越肯定自己會長就在遠處那批混戰玩家裡，彼岸毒草忍不住悲傷了：「妳給我等著！」

等？怎麼等？在哪等？

雲千千還沒弄清楚彼岸毒草話中的深意，遠處一片廝殺聲已經傳了過來。

「臥槽！」雲千千跳腳。有必要嗎？一個小BOSS，雖然確實有點油水，但怎麼也用不著弄出那麼多人來和自己搶吧？自己是要偷襲呢？偷襲呢？還是偷襲呢？雲千千認真思考。

她還沒來得及使壞，萬分了解雲千千的彼岸毒草已經又甩了一個通訊：「我帶了人馬正殺過來，妳要是敢動歪腦筋就死定了！」

哦，原來是自家人。雲千千一收到訊息，立刻重新淡定，一邊繼續關注BOSS血量的同時，一邊翹首等待援兵到來。

彼岸毒草帶了百來個剽悍玩家亂入戰場，不僅人員戰力雄厚，更關鍵的是個個還是全滿狀態。這一下立即就把本來僵持混亂的戰局撕開了一個口子。盟主和紅顏會長帶的人被衝得東倒西歪，連魔兵都彷彿瞬間萎靡了三分，在新生力量的衝擊下毫無還手之力。

道理很簡單，原本這裡就是一個互相制衡的局面，誰都沒辦法一下吃掉對方。大家本來就都在臨界點上了，突然一下子加重負擔，自然讓人無法反抗。

「水果樂園的人來了！」盟主眼尖，在人海中一眼認出風騷醒目的彼岸毒草，立即拉高聲音示警。

場面頓時失去控制，兩批人馬及一批魔族兵馬一起失控亂竄，現場一片亂糟糟。

「水果樂園的人來了！」新十二公會聯盟的人喊。

「蜜桃多多進村了！」紅顏傾國公會的人也喊。

「有財產的立刻轉移啊～」這是玩家們。

「有蛋的也立刻轉移啊～」這是蛇人魔兵們……

彼岸毒草吐血。哪個玩家不希望一呼百應，風雲天下？自己雖然也沒想過一定要風光成什麼樣，但最起碼也不要被人當霍亂、瘟疫，一報名字就有群魔退散的清場效果吧？

草泥馬！

雲千千對此情況表示無奈，她當然也看到了自家副會長難看的小黑臉：「淡定。這起碼說明了我們公會的威懾力還是不錯的……」

對於自己會長主動發來的安撫訊息，面對現場萬馬奔騰，自己腦海裡也猶如一萬隻草泥馬奔騰的情景之下，彼岸毒草感慨萬千，千言萬語最後只化作了包含複雜而濃烈感情的一個字——

「……靠！」

本來難解難分、不死不休的三方混戰，就在水果樂園中途入場之後，一瞬間扭轉了局面。三方人馬被悲憤的彼岸毒草率眾幹掉一部分，逃跑一部分，不到五分鐘，現場就清場完畢。

「曲高註定和寡……做女人難，做有名的女人更難。」雲千千一個人寂寞的留在現場，在水果族們及彼岸毒草的虎視眈眈下刷下面具恢復真身，順手一記久違的雷霆萬鈞，輕鬆收割拉彌亞殘命，得到黃金套裝一套。

「妳……」彼岸毒草上前想講話。

「轉過頭去，沒看有美女要換衣服？」雲千千瞪眼，順手把套裝拍上身。嗯，不錯，防禦值瞬間提高一個等級，尤其形象更是提高一個等級。

女魔將嘛，這類暗黑女BOSS的形象都以性感美豔、神秘誘惑而聞名，身上能露的盡量都露，恨不得個個黑色皮裝加牛皮鞭上場，一上戰場面對面，玩家們經常有被調戲的錯覺……

「……」彼岸毒草眼角狂抽搐半分鐘，努力做深呼吸，然後轉頭從人堆裡拉出一個男人來：「我是替妳帶人來的。」

「人？什麼人？」雲千千詫異。剛才在人群中好像沒看到九夜啊，難道是當時迷路了？不過也不對，如果真是自己猜測那樣的話，以九夜的功力，肯定不可能那麼快就被人找到……

她疑惑間，一個英武不凡、身著黑衣的男子越眾走出來，站在雲千千面前淺淺微笑。

裝傻被雷劈。

看男子一臉矜持高傲作翩翩公子狀，雲千千忍不住就想往那張還算小帥的臉上踹個腳印上去。

「小草啊。」雲千千轉頭，嚴肅對彼岸毒草道：「雖然我現在確實是成功人士了，但有些壞毛病還是不想培養的，比如包二爺什麼的……」她對九哥可是一心一意。

男子溫和恬淡的微笑一僵，險些當場扭曲。

當然，彼岸毒草比他更扭曲：「誰想幫妳找情夫!?這人妳沒認出來？」

「……你意思是我應該認出他來？」

彼岸毒草狐疑的看了一眼男子，再看一眼雲千千，接著把後者拉到一邊去咬耳朵：「他就是前陣子狗仔報上熱傳的那個妳的第三者。」

「什麼?原來就是這畜生破壞我和九哥感情還拿我炒作?我……」雲千千激動。

彼岸毒草淡定看著暴走的雲千千，不慌不忙的再補充一句：「而且他還說他是妳男朋友……現實生活的。」

「噗——」

雲千千吐口血，飛快扭頭把不遠處的男人上上下下打量一遍，後者居然還很有風度跟她友好的揮了揮手。回溯自己短暫的一生，雲千千絞盡腦汁怎麼也想不起這號人物來。

「你確定是『我的』男朋友?」雲千千回頭，看彼岸毒草的神情如同看一個白痴：「人家說你就信?」這副會長平常看起來挺精明的，怎麼關鍵時刻這麼不可靠?

彼岸毒草依舊淡定：「……妳叫雲千千是吧?」

「呃……」

「家住XX市XX社區，大學時在XX院校就讀?」

「這個……」

雲千千頭上冷汗嘩嘩的流，在這一瞬間，她腦子裡只浮現出一個詞來——人肉搜索!是的，人肉搜索。從網路實名制實行開始，人肉搜索這個概念就已經在網路中被傳播了出去；後來網路遊戲中以真人相貌為範本製造遊戲角色時，人肉搜索更是被廣泛的推廣開來。

遊戲世界幅員遼闊，想要遇到一個人是很困難的。遊戲玩家千千萬萬，想要遇到一個認識的人更難。但是如果有一個遊戲玩家很出名的話呢?

在遊戲媒體和論壇中，一旦某個玩家的遊戲樣貌被流傳出去，而他在遊戲中又沒有修改過自己的遊戲角色樣貌的話，那就相當於是這個玩家在現實中的真人照片也被流傳了開去。

不認識的頂多在看到新聞時感慨：「啊，這個人居然XXX。」認識的人卻一眼就能認出來：「啊，這個人不就是小X？」

雲千千倒是不怕自己的現實資料被人順藤摸瓜摸出來，反正她也不覺得自己平凡的背景有什麼見不得人的地方；再說，遊戲官方對於各種網路管道上的自家玩家資料都會進行控制和篩選，一旦發現暴露玩家隱私的消息，立刻進行全面封鎖處理。不僅封殺消息，還封殺傳播消息的帳戶；接著還要報案，移交網路治安管理警備局，也就是無常的部門接管……

除非是不想在網路上混了，不然現在的人沒誰會無聊到去散播他人資料。

問題是，突然跑出來一個對自己知根知底的人，還自稱是她男朋友……這又是個什麼情況？

難道有人想在創世紀制霸，所以特地調查她？想利用她統治遊戲世界？還是想用現實家人來威脅她？再或者……雲千千陰謀論模式全開，腦中CPU全速運轉。

「喂，妳有沒有想起來這人是誰？」彼岸毒草不耐煩的催促，順便疑惑一下。

想個男友有必要想那麼半天嗎？莫非是此水果情史豐富？或者腳踏好幾條船？

「……其實我真的想不起來他是誰。」雲千千鬱悶抓頭不解道：「大概是進遊戲後整容了。要不然你說名字吧，說不定我還有點印象。」

「廢話，我怎麼知道人家名字。」彼岸毒草瞪眼不悅道：「不過遊戲名字倒是知道，是個鍊金大師，叫煙花易冷……」

「好假掰啊……」雲千千感慨。

「是啊……」彼岸毒草同感慨。

「行了，這人直接殺出去。現在忙著呢，回頭再去解決他的問題。」雲千千一揮手，已經決定了小花哥的命運。

彼岸毒草吐出二兩小血：「這不大好吧？妳不怕人家出去了，跟報紙說妳謀殺前夫，意圖掩蓋事實真相，埋藏過往情事？」

「……」這還真有可能。雲千千再想了想，說道：「那就先帶著，你們控制起來，別讓小子亂跑，回頭再說。」

「好。」

三言兩語解決疑似前夫的問題，雲千千有人馬在手，頓時底氣十足，雄糾糾、氣昂昂的帶人逃難……你問她為什麼不殺回去和魔族決一死戰？

廢話，魔神手下人馬以萬為單位，這邊以百為單位，誰強誰弱還用解釋？再說，雲千千現在最重要的問題是拖到魔王路西法的出生，到時候直接可以挾兒子以令魔族，一切問題就將不再是問題，何苦現在去拚得你死我活還要冒著掉級風險？

鏡中世界場景有一個城市大；再加上幻境凶猛，經常讓人摸不清方向的關係，所以才會讓人感覺怎麼也走不到頭。

雲千千手握風月寶鑑帶隊開路，水果樂園的人倒是沒有被幻境迷惑的危險，不過四處荒涼，同樣讓人越走越感寂寞。唯一的娛樂和風景，就是一路上碰到的那些被不同幻境迷惑的、似清醒似迷茫的玩家們了……

「再往前走大概一公里左右，就能看到太虛幻境。那裡是鏡中世界中的一處超然所在，用你們的話說，就叫特別行政區。」鏡靈向雲千千盡職盡責的說明。

「這個區域雖然同樣屬於鏡中世界的一部分，但是卻完全不受我或鏡魔管轄。裡面住著一群仙女，在警幻仙子的治理下，為有緣闖進去的冒險者們提供衝出幻境或者躲避危險等幫助……當然了，那老女人也不是好貨，她幫忙要收取一定代價的。她一般都會對冒險者提點過分要求，比如通過各種考驗什麼的……」

雲千千想了想，這名字好像有點熟悉：「你說的警幻仙子是不是一個東方仙女似的NPC，沒錢買鞋穿，連身上布料都非常省的濃妝女人，還會飛？」

「沒錯。」

「……告訴你一個好消息和一個壞消息，你想先聽哪個？」

「……可不可以都不聽？」

「隨便。」雲千千聳肩，無所謂。掩耳盜鈴到最後也還是會知道真相滴，她還不想浪費口水解釋。

彼岸毒草一臉牙疼的插話：「妳還是直接說妳幹了什麼吧，讓大家有個準備也好。」

「……」雲千千望天嘆息：「事實總是殘酷的。要知道人生無常，風雲易變……好吧好吧，別瞪我。其實我也沒做什麼，就是一進這裡的時候就碰到一個女人好像想誘拐我的樣子，然後為了以防不測，我就把她那個了。」

「……妳把她怎麼了？」風月寶鑑在雲千千手裡顫抖了一下，忐忑不安的問。

「呃，你猜？」

「……臥槽！」

鏡靈裝死不說話了。

彼岸毒草倒是很聰明的猜中答案，腦子一轉就知道自己會長又替自己捅了個大婁子。

「放心，其他人應該還不知道她們老大是被我宰的。我們裝傻就好。」雲千千連忙安慰快暴走的自家副會長：「其實這也不是完全沒有好處的，至少出過分考驗給我們的人不在了嘛。」

木已成舟，彼岸毒草還能怎麼辦？他只有認命，捏著鼻子接受了這個不幸的事實，然後到一邊重新揪頭髮，努力思考怎麼把事情混過去。

目前鏡中世界裡唯一能抗衡鏡魔的只有太虛幻境，其他地方都太危險，一個不小心就很容易被鏡魔算出來，然後通報魔族；再然後，魔族就派兵來追殺……

除非這麼多人也跟雲千千最開始獨身一人時的策略一樣，不停的轉移座標，這樣在鏡靈的掩護下，還有可能不被逮住。

十多小時的不斷轉移啊……除非他們瘋了，不然沒人願意幹這傻事。

又走了快半小時，途中繞過不少魔兵小隊，順便幸災樂禍的調戲被迷惑的幾批玩家後，雲千千一行人終於看見太虛幻境輪廓。

一座雕梁畫棟的精美華殿，一片仙音裊裊，幾縷女子嬉笑的聲音若隱若現。眾人眼前的太虛幻境就是東方古典建築群落，殿門前還有四個仙子充當迎賓，向眾人款款走來。

「人家老大是妳殺的，妳去負責交涉。」彼岸毒草未戰先怯，不厚道的推雲千千出去送死。

「切！」雲千千鄙視之：「你看那四個女孩笑得跟朵花似的，怎麼看都不是想來打架的吧？」她說完，轉頭朝四仙子方向揚聲喊：「各位美女姐姐，我們乃是西土大陸而來，欲往東土遊學求經，路過貴寶境，不知道能不能討碗水喝？」

「嗯，這詞熟。」鏡靈沉吟：「就是一時半會想不起來在哪聽到過。」

「廢話。」彼岸毒草揭短：「能不熟嗎？我記得是四大名著裡的，好像是講一個在各個國家拈花惹草的和尚和四個罪犯的故事……那裡面的花和尚經常用這招騙女妖族開門，然後登堂入室，再然後不動聲色的勾引又欲拒還迎……」

「滾！別妨礙我勾搭美女。」雲千千暴怒踢人。

鏡靈恍然大悟：「難怪覺得這詞熟呢……嗯，那和尚確實不是好東西，一邊裝低調，一邊又逢人就講他是從東土大唐來的。我就看不起那種人。」

這就好比一個人到偏遠山村去找農家借宿，一進門就故作謙虛感謝狀：「我是京城人，要去ＸＸＸ地取個東西，路過你們家……」

沒人稀罕知道你是哪裡來的。

風月寶鑑的鏡靈看不上其他三大名著，所以自然也就不會去深入詳讀鑽研它們。同行相忌，作為紅樓夢中的吉祥物之一，風月寶鑑對其他三家持不友好態度也是正常的。

不一會，四名仙女已經來到眾人面前。當前打頭的一女子笑嘻嘻開口：「此乃太虛幻境……」

另一女子接口：「吾等四姐妹為迎客之使……」

一女子再接口：「爾等眾人……」

「停！」雲千千頭疼道：「姐姐們能說點人話嗎？」

「……」

彼岸毒草在隊伍頻道壓低聲音：「在人家的地盤上妳還敢這麼囂張？」

「反正囂張一回也是囂張，囂張一百回也是囂張，還不如囂張到底算了。」雲千千嘆口氣，切回正常頻道：「四位美女，我知道按規矩來妳們這裡的都是避難的，有條件妳們儘管提，只要讓我們進去就好。」

四女子面面相覷對視一眼，一開始那女人笑了笑：「如此，請隨我來。」

128 煙花易冷

煙花易冷是個帥哥，煙花易冷是個有才的帥哥。

煙花易冷本人所代表的形象，就等同於家長們口中常提到的那個傳說中的「別家的孩子」。也就是永遠比你聽話、比你懂事、比你優秀、比你尊敬師長、比你孝順……一直出現在各個家庭家長口中，又一直壓在你頭上讓你不得翻身的那種人。

這種人在大人圈子裡是很受歡迎的，多好的正面教材啊。

可是，有所得必然就有所失。在大人圈中受歡迎的代價，就是這個「別家的孩子」在小孩圈中永遠都會是最不受歡迎的那一個。

任憑哪個心智不成熟的小屁孩，看自家爹媽對自己像撿來的養子，對別人家的孩子反倒眉開眼笑、溫和可親的樣子，那心裡肯定都會不舒服的。他們不舒服了，當然也會想辦法讓那個勾引自家爹媽的小屁孩

不舒服。

於是，煙花易冷是真的空虛寂寞冷啊。馬的，又不是他願意被人樹靶子的好不好，難道為了有人玩就讓自己裝白痴？

在這寂寞空虛冷的人生中，唯一一個願意主動陪著煙花易冷的，也就是雲千千這麼一株奇葩了。

「你不去玩？我這有沙桶、沙鏟，全套出租一小時二十元要不要？要是想租陪玩的，我個人一小時出租十元要不要？跳樓價虧本吐血大拍賣哦……誒，別走別走，要不然一套玩沙道具加人總共收你二十五元好了，或者二十元加三顆牛奶糖？……」

小包子時期的雲千千就是以這樣強悍的姿態出現在煙花易冷的生命之中。雖然大人們說過，千萬不要搭理想拿棒棒糖誘拐你的壞人，但是小包子的煙花易冷認為，這麼一個比他還矮還矬的小壞蛋，就算真的想誘拐他，自己應該也有反抗的能力吧？

而且根據經濟學理論來說，如果自己能夠反誘拐，那不是等於反賺？

於是，放下心防的煙花易冷終於開開心心租了雲千千一下午。付出一百元加一整袋水果糖的代價，陪人家玩了個興高采烈之後，又把雲千千「誘拐」回自己家吃了頓晚飯，最後才心滿意足的把人放走……再於是，一張茶几的人生就這麼在他的面前鋪開……

從幼稚園到小學到初中再到高中，煙花易冷和雲千千成功成為了大人們眼中的青梅竹馬。雖然怎麼看都覺得不登對，但這兩人關係一直密切倒是始終沒有改變過的事實。

煙花易冷親近雲千千的心態，基本上就是一種雛鳥情結，畢竟是對方填補了自己小小年紀中那段寂寞空虛的日子。兩人一起待著待著，也就習慣成自然了，好像自己身邊就該有這麼一個人存在似的，不可或缺。

而雲千千對煙花易冷的態度當然更好理解，人家是客戶嘛！實際上，雖然小小花兒心裡的小雲千千是唯一，但認真說起來的話，小雲千千做生意的範圍卻早已經廣布社區上下，客戶根本不止小小花兒一個人，只是其他人不像煙花易冷那樣經常連人也一起租了……

所以說，誤會其實是一件很美好的事情。

一路走完高中之後，一直按著雲千千水準填報志願的煙花易冷終於再也無法陪著自己的小青梅了。其他學校亂填沒關係，反正自己努力，分數夠水準就行。問題連大學都想填個三流的……你是不是想找死啊少年？

煙花易冷在惡勢力壓迫下，終於不得不含淚揮別小青梅；而小青梅在對方家長五百元的誘惑下，很配合的去送機，小手絹揮揮，就把自己根本不知道曖昧過的小竹馬送到遠方，順便也揮散了自己腦中對對方的印象……嗯，這個客戶已經超過消費範圍，可以刪除資料了。就這樣日復一日，年復一年，然後……就沒有然後了……

直到煙花易冷再次出現，激動的站在雲千千面前的這一天，後者還是沒有回憶起關於他的一星半點的資料。

被形同人質的半脅迫走在水果樂園團隊中央，煙花易冷表面平靜，實際上心裡卻是在大口大口的吐血。他本來以為人家是羞澀靦腆，結果看到現在才發現，人家好像真是想不起自己了？這怎麼可以！

而且進了遊戲後，聽到那些風風雨雨的傳說，自己的小青梅好像連老公都有了？這怎麼可以！

彼岸毒草跟在雲千千身邊，一起走在四個美女 NPC 後面，一路上只感覺嗖嗖的小眼刀不斷向自己射來，弄得他渾身不自在。

「我說，等一下過考驗的時候妳打算怎麼辦？我覺得那男人好像不大安分。」終於忍無可忍，彼岸毒草摸了摸胳膊上的雞皮疙瘩，忍不住壓低聲音問雲千千。

「什麼男人？」

「……煙花易冷。」彼岸毒草剎那間有些無語。

「哦——他啊。」雲千千一拍額頭，終於想起自己的疑似前夫，同樣壓低聲音，偷偷摸摸回道：「要不然還是殺掉吧？留這個不穩定因素放在隊伍裡實在很危險。要是真怕後面引發什麼八卦緋聞的話，大不了讓公會裡的公關部出面……再說了，實在不行也無所謂，我們形象什麼時候正面過。」

彼岸毒草淚流滿面。不正面的是她好不好？至少他自己一直覺得自己挺正面的……

「這麼有前途的小夥子妳也忍心下手？」連彼岸毒草都有些看不下去了。雖然他骨子裡對這種精英人士也不是那麼喜歡，但是不管怎麼說，人家有本事是真的……鍊金大師，距宗師只有一步之遙，絕對是生活玩家領域中的領軍人物。吸收到公會裡的話，絕對是一大潛力股。

其次，人家性格也很不錯，工作優秀，腦筋靈活，有臉蛋、有身材、有錢、有身分，還溫柔體貼……雖然這正是彼岸毒草、或者說絕大多數男性討厭他的理由；但不得不承認的是，從客觀角度來看，人家真算得上內外兼修的難得人才。

這麼一個好男人居然瞎了眼的看上蜜桃多多？連彼岸毒草都忍不住替他覺得慘不忍睹。尤其是現在後者還在計畫著要幹掉前者……

他愛她，但是她卻愛著另外一個他，而且還想殺了他……臥槽！自己有多久沒看見過這麼狗血的八點檔了？彼岸毒草滿頭大汗。

雲千千詫異的看彼岸毒草：「你真的信我和他有關係？不就是一個遊戲嗎？而且還是不認識的路人甲，殺了就殺了，總比惹出麻煩好吧。」

「不過人家看起來真的認識妳。」

「唔，這個問題確實值得研究；但是他的身分跟我們要不要殺他沒關係……要不然這樣吧，不明殺，讓他意外身亡如何？」

彼岸毒草望望天，問道：「什麼意外？」

「……還沒想好。」雲千千鬱悶：「還是一會見機行事吧。」

煙花易冷不知道自己已經在生死間走了一個來回，此時還逕自鬱悶著，腦中來回糾結。是小青梅自己對他的感情淡了？還是第三者惡意挖牆角？自己是要奮起直追、勇敢奪回？還是要徐徐圖之，慢慢重新融入對方的生活？

水果族們愉快的圍觀著……

四個美女NPC帶著眾人走進兩道殿門內。一個大大的正殿中，旁邊分列幾個小門，分別掛著看不出是什麼字體的匾額；門後各自通向另外的房間，門內朦朦朧朧的，根本看不清裡面有什麼景象。

「你們各自選一個門進去，可以以小隊為單位組合。過關的規則很簡單，只要通過門內人的認可就行。」被雲千千批評為不會說人話的美女虛心接受意見，直白的介紹道。

「等等。」雲千千一把拉住介紹完就想轉身離開的四個美女：「姐姐，我們這裡至少有上百人，門那麼少，一個隊伍只有五人，還剩幾十個人，莫非都留在這裡喝茶聊天當啦啦隊？」

「你們不會排隊按順序進去啊？」美女翻了一個白眼：「冒險者水準就是不夠，連進個門都要人指導，根本沒一點秩序觀念。」

雲千千忽略對方語氣中的不客氣，纏著人繼續問道：「妳的意思是說，不同的隊伍進同一個門會掉進獨立的副本？」

「廢話。」

「……」你老母！雲千千磨磨牙，勉強笑了一下：「沒事了，再見。」

她一鬆手，四位美女閃人。

雲千千和彼岸毒草對視一眼，後者乾咳一聲，出來講話：「現在分配隊伍成員，二物二法一牧，基本上按照這個原則來組隊。職業不夠的可以拉同類型職業來湊，不許多拉其他職業類型。沒有隊伍的散人到我這裡來和會長組。」

煙花易冷默默走出來，站到雲千千身邊。

其他人哄鬧一會後，很快調配好各自分隊；然後又有兩個戰士走了過來，站在彼岸毒草身邊。

本來在進入鏡中世界之前，彼岸毒草就是按照標準隊伍配置來組織人手，除了半路上在鏡中世界的意外減員外，大多數隊伍都基本上保持完整，稍微調配一下就能各自滿足需求。

雲千千眼睛閃星星的看自己身邊的煙花易冷，心情格外蕩漾。

天堂有路你不走，地獄無門送上來……這小子要是去其他隊伍的話，自己要動手腳就麻煩得多了，搞不好會暴露也說不定。可人家現在那麼主動過來，整他就是輕而易舉的事情。

煙花易冷看雲千千高興了，自己也挺高興。看吧，雖然小青梅好像不記得自己了，但看到他還是挺高興的嘛！這難道就是傳說中的心有靈犀一點通？

彼岸毒草對另外兩人吩咐完後一回頭，就看見了這兩人詭異的互動，一個在對另一個奸笑，另外一個卻在對那一個傻笑……馬的，瞎了他的鈦合金狗眼吧，這是怎樣一個莫名其妙的世界啊！

默默的捂了捂胃，彼岸毒草打破這詭異的平靜：「其他分隊已經準備進入了。桃子，我們去哪扇門？」

雲千千嘿嘿一笑，暫時放下煙花易冷，開始掃視周圍的小門……一、二、三、四……咦，有六道？發現這一巧合，雲千千倒吸一口冷氣，興奮道：「莫非就是傳說中的六扇門？」

鏡靈：「……」

「我覺得這和六扇門應該沒關係。」彼岸毒草很憂鬱，有個不可靠的會長壓力真大。

煙花易冷笑了笑，自發配後到現在終於再一次開口：「這是取自紅樓夢的太虛幻境，所以這六道門應該分別是痴情司、結怨司、朝啼司、夜怨司和春感司、秋悲司，換而言之就是人的感情世界的象徵……」

「……」精英什麼的最討厭了……默默聽著煙花易冷侃侃而談的彼岸毒草等人。

「……」狗血什麼的最討厭了……一聽「感情」二字就自動進入頭疼模式的雲千千。

「千千想選哪道門？」煙花易冷問。

雲千千滿頭大汗：「您還是叫我蜜桃或桃子吧，喊黑心爛水果也可以……」

「好吧，那我就叫妳小桃？」煙花易冷從善如流的改口……雖然只改了一半。

彼岸毒草默默飛眼刀給雲千千。還說和人家沒關係？看他這表現，絕對的痴心怨男啊！

雲千千回眼刀。關她鳥事！自己確實想不起來這棵大頭蔥是哪塊地裡長出來的……唔，莫非是仇家故意調查她後，派出來破壞她和九哥感情的？照這個方向想的話，那個紅顏姐姐好像嫌疑最大……

躺著也中槍的紅顏會長華麗麗的打了一個噴嚏。

根本看不懂匾額上那傳說中的古文，設計者的用意八成就是讓玩家看不懂。雲千千無視煙花哥哥要為自己講解的好意，隨便挑了一扇順眼的門就帶隊伍進去了。

門內雲旋霧繞，早有一位女孩從雲霧中現身，笑吟吟的朝眾人頷首：「歡迎來到痴情司……請各位說出你們對情之一字的體悟。」

「……」一上來就問答題？

雲千千悻悻然的把剛抽出來的法杖又收回去，背負著眾人的期望上前，大聲回答：「豎心部，總筆劃十一……字義A，指代外界事物引起的種種心理狀態；字義B，專指異性相愛狀態或相關事物；字義C，指對異性的欲望；字義D……」

眾人皆吐血。

女孩忙打斷她的話：「我不是叫妳解釋這個字的字義。」

雲千千停下，莫名其妙的看女孩：「那妳的意思是？」

「我是……」女孩支吾解釋不能，急得眼看就要翻臉。

彼岸毒草忙上前充當消防隊員，拉回雲千千，小聲嘀咕：「她是讓妳說說個人體會，不是讓妳背詞典……話說妳怎麼記那麼清楚，我就記不了那麼多解釋。」

「廢話，這是小學國文，誰會記得那麼清楚……」雲千千同樣小小聲說完，偷偷合上空間袋中翻開的工具書辭典，背過身，拉出風月寶鑑：「幫個忙，以你的看法，這裡要怎麼回答才能過關？」沒有關係，我不用教材，但我還有槍手。

同在一本書的背景系統下客串打工，這面破鏡子的思考方式和這群美女應該很同步才對……這年頭，實力是浮雲，作弊才是王道。那些走後門的永遠比沒後門的人升遷得快。

鏡靈：「其實這是一種感悟，很難用言語來描述清楚……我這麼說吧，妳戀愛過嗎？有過心跳如鼓、酸澀曖昧的青春嗎？體會過和人接吻時……」

「……」雲千千面無表情的收鏡子。這傢伙靠不住，還是自己上吧。

「如何，想到答案了？」女孩催促道。

雲千千想了想，正色道：「根據我的個人理解，這應該是一種感悟。」

「哦？何解？」女孩來了幾分興趣，向前攤攤手，示意雲千千繼續說下去。

「比如說吧，妳戀愛過嗎？」

「……」問一個虛擬NPC，尤其是一個在女人環繞的環境下生活的虛擬NPC有沒有戀愛過，這是一個多麼令人頭疼的問題……女孩的嘴角抽了抽，不知該怎麼回答這個問題。臥槽！她上哪去找對象戀愛？百合嗎？

「妳看，妳都沒戀愛過，我說了妳也體會不了啊。」雲千千表示很無奈。

「……妳還是說說看吧。」

「我如果說了，接下來是不是妳還要評論這個觀點的正確性？」雲千千反問道：「妳已經有一個標準答案擺在心裡了，然後用這個標準去套別人的標準。如果別人的觀點不符合要求，就說對方是錯的，非要硬扭成妳的模式才算過關？」

女孩忙解釋：「我當然不是這個意……」

「那妳是什麼意思？八卦別人隱私？一個女孩子學什麼不好，學那些三姑六婆。」

女孩淚奔，三秒後已是雲深不知處。

眾男人各種驚嘆、各種感慨，佩服的看雲千千。

後者無奈攤手：「我也不想把她氣走，可能是溝通問題？」

煙花易冷倒是笑得一臉溫柔蕩漾，滿懷思念憧憬：「小千千真是一點都沒變……」

彼岸毒草幾人被驚嚇。本來以為人家是不知情的被蒙蔽愛慕眾，沒想到人家是衝著這顆桃子的本性才喜歡上的？

這是什麼邏輯？莫非他們已經落伍了，當今的潮流就是要這樣子人品無下限的女孩才受歡迎？

雲千千無奈道：「哥哥，我是真的不記得你，能不能麻煩叫我桃子就好。」

煙花易冷黯然頹喪。

彼岸毒草幾人捶胸頓足。這年頭，好豬都讓爛白菜拱了……

有人想挖九夜牆角的事情不僅是在副本中，在副本外也同樣流傳了開來。

這次和以前性質不一樣。以前大家都是抱著看八卦的心態，雖然喊得熱鬧，但心裡都知道這種小道消息其實最不可靠。而這次顯然是經過了水果樂園的內部線人證實，雖然女主角立場不確定，但男主角很顯然是認真的……

一夜之間，各地盤口就紛紛炒熱，眾無聊人士踴躍下注，賭雲千千這棵紅杏出牆的可能性，賭九夜惱羞成怒的可能性，賭第三者男主角上位的可能性。一時間，創世紀中各種興奮、各種騷動。重在參與嘛！

無常心情愉快的拿著新出的創世時報去找九夜，開口第一句話就直奔主題：「離婚吧。」

九夜莫名其妙的掃他一眼，問：「你又和她吵架了？」

無常和雲千千之間的矛盾之深刻，比傳承了幾千年的婆媳之戰都還要難以調和。諸如此類被勸離婚的場景，九夜至少遇到了不下二十次，而且每一次對方都會引經據典，從理論到事實，從分析到預測，從放眼過去到展望未來……等等等等。

在無常的眼中，雲千千簡直是新世紀的小怪獸，專門引誘欺騙九夜這樣的純潔戰士，其心術是險惡的、其目的是卑鄙的、其行為是可恥的。總之，無常始終堅定的認為，只有離婚，才是九夜重新走向光明未來的唯一途徑。

不識好人心啊！無常聽了這話後咬牙切齒，冷冷拿起報紙朝九夜丟過去：「你自己看，是那顆爛水果自己有外遇！」

「哼，舊新聞了。」九夜只掃一眼，就看出來那是前陣子炒得沸沸揚揚的第三者。就這過時消息，對方也好意思拿出來炫耀？

「……」無常默默的揉了揉額角，咬牙一字一頓：「你再好好看一看。」他抓起報紙遞到對方眼前不到一指距離：「最新消息，人家是她的青梅竹馬！」

九夜終於給了一個反應：「哦？」

這世界錯亂了吧？什麼時候那種非正常人種身邊也會有青梅竹馬這種傳說的存在？這消息簡直比以前狗仔報上的第三者傳聞還要不真實……九夜深深的困惑著。

無論大家的感覺真不真實，總而言之，雲千千在創世紀裡面是又一次的大紅特紅，紅到發紅發紫，紅到萬眾矚目。紅到連創世時報都放棄了不到萬不得已、絕不炒別家首發頭條的原則，大肆在報紙上開始了深入廣泛的第三者資料挖掘工作；他們甚至特地組成精英狗仔隊遠征百慕達，準備去拿到雲千千與第三者相處消息的第一手資料……

「小尋尋要派人來？」雲千千百無聊賴的坐在地上，一聽完彼岸毒草轉述情況立即頭大：「一個小女孩，一群沒戰鬥力的狗仔，學人家湊什麼熱鬧？」自己現在可是自身難保，哪還有工夫去接受什麼採訪。

彼岸毒草也頭大：「反正我進來之前，她還特地發過訊息給我。本來以為等記者隊到的時候，我們應該也能出來了，哪曉得妳居然還有任務，不到時間不能出這副本？」

「臥槽！現在創世時報給的專訪費越來越少了，好像當我是她後院豢養的猴子，想拍照就能拍一張……喂，再派人去周圍看看。」

「看什麼？那 NPC 被妳氣跑後，這裡就一直沒動靜，再看也是那麼回事。」

「……」

「……」

對視一眼，正、副兩大會長一起牙疼。

他們是來過關卡的，雖說沒有 NPC 發考驗，現在情況是安全了不少。問題是，一直沒有考驗的話，他們也沒法出去。

好比去參加大學指考，雖然會擔心考出來的分數低，但也不能說進了考場連考卷都不發給你吧？而且比這還缺德的是，他們現在連主動放棄退場都做不到……

一隊人已經空虛寂寞的在痴情司裡坐了半小時了，光靠聊天打屁混時間，莫非真要混到路西法出世的那一刻，再看看這個小魔王有什麼法子衝出窘境嗎？

一片沉默中，只有煙花易冷開口安撫眾人，尤其是雲千千焦躁的情緒：「不用擔心，我想關卡 NPC 一定還在附近，只是我們看不見她而已。妳也可以這麼理解，這整個房間就是她……」

「被你這麼一說，怎麼我反而有種好像被偷窺的扭曲感？」雲千千站起身來，活動了一下身子，刷出風月寶鑑敲敲鏡面：「小子，你記得剛才那妞的長相嗎？」

「……記得，妳要幹嘛？」

「替我查查她現在在幹嘛，是不是便秘出不來？」

周圍雲霧不穩的蕩漾了下，風月寶鑑和眾人一起滿頭大汗：「對不起，我沒有查詢的許可權。這個副本是對方的領域，也就是說，在這裡她才是老大。」

「可是這麼乾等也太無聊了。」雲千千垂頭喪氣道：「要不然放點影片打發時間？」

「……」老子可是風月寶鑑，老子可是神物，老子不是MP9放映機……鏡靈心裡一陣亂罵，許久後卻還是認命開口：「妳要看什麼？」

「來個A片。」

「噗——」彼岸毒草仰天噴出二兩小血。

煙花易冷手一抖，手中武器「匡噹」一聲掉地，目光直愣愣的，看雲千千的眼神如看史前怪獸。

風月寶鑑也一抖：「這、這不大合規定……」

「臥槽！連個A片都放不出來，還有臉叫神物？」雲千千鄙視之：「那來段脫衣舞總行了吧？」

「……不露點加打馬賽克的倒是可以。」風月寶鑑在雲千千手中顫抖得都快把鏡片抖碎了。

彼岸毒草掩面扭頭，順便把其他幾人拉得遠遠的，以免自己會長本來在公眾眼中就所剩無幾的形象直接當場幻滅。

「也可以，舞者就按剛才那美女的樣子。聽說她們這裡是愛情文化發展的起源中心。以前好像有個叫寶玉的少年來觀光的時候，這裡老大還安排了自己妹妹親自提供色情服務，想來跳個舞應該也沒……」

「住口！妳……」雲霧翻捲，幾秒間重新凝聚出女孩的形象。對方俏臉含怒，氣得渾身顫抖指雲千千。

「看刀！」雲千千眼疾手快的刷出小刀朝女孩一捅，再換法杖：「天雷地……臥槽！要不要閃那麼快啊……」

雲還是雲，霧還是霧，眼前哪還有什麼女孩？人家已經第一時間縮回去，重新化作這天地……

彼岸毒草此時才明白雲千千之險惡用心，他痛心疾首、不無遺憾道：「都把人家逼出來了，一上手就要用殺招啊！拿把小刀能捅出個屁！要是我的話，第一招就上雷霆萬鈞……」

「呸！」雲千千比中指鄙視一下，又摸出個小瓶子，把剛捅了女孩的匕首尖伸進去攪了攪，瓶中近滿的藥水漸漸變色。

她再拿一個香水瓶出來，香水倒掉，把瓶子裡的藥水灌進去，蓋上瓶蓋後好丟給彼岸毒草：「到處噴吧，記得噴均勻一點。」

「這是什麼？」這瓶藥水好像有些眼熟。

「單弦月以前做出來的那個基因炸彈。」雲千千不無心痛：「這麼一小瓶的成本少說也上千……馬的，以為沒有實體老娘就動不了她？」

好鋼就要用在刃上。為了通關拿個合法滯留權，她只能假設房間就是女孩，女孩就是房間；雖然玩家沒辦法直接摧毀房間本體，但是基因毒藥不受這限制，只要判定接觸到，損血就是必然。

一整瓶新型農藥噴完，雲消霧散，關主身死，雲千千小隊順利出關。

此時其他人已經在外面等待了許久。當然，人員還是不可避免有些損失的，一部分是因為依舊困在各自關內無法脫身，一部分則是已經直接犧牲。

「咦，掃紅妹妹怎麼沒帶你們出來？」房間內的接待美女見雲千千小隊居然不是由關主領出來的，忍不住疑惑的問。

「這個……她大姨媽突然來了，所以……」

見人嬉皮笑臉，女子大概也猜出了這隊人是怎麼通關的，搖頭無奈：「只不過是一個心魔關卡，諸位又何必趕盡殺絕？」

「這話說得就不對了。」雲千千指指大廳裡剩下的玩家撇嘴：「我們的人也損失不少，如果不是妳們下的黑手，莫非這些人都是在妳姐妹的關卡裡羞愧自盡？」

「你們是冒險者，可以復活。」女子哼了一聲。

「照妳這意思，有錢的活該被偷，有色的活該被甩。我們有的是命，所以活該死來死去？」

女子再次冷哼一聲，拂袖而去。她一個嬌滴滴的弱女子，打不過這麼多土匪；再說人家這還真不算違反規定……

太虛幻境居住權是拿到，但是有時限，眾人只能在這裡面待一小時。一小時後想繼續滯留的話，必須

拿甜夢香去換，一炷香換一小時……

甜夢香可以透過殺怪掉落，也可以透過任務收集。唯一要注意的是，一旦時限超過，眾人又沒來得及上香或離開的話，就要直接被捲進迷津，掉落一級後丟出太虛幻境。

「這東西應該不會太好弄。我建議讓大家先分散開各自收集，半小時後清點總共的甜夢香數目。如果實在弄得不多的話，其他人都出去，把那香集中，讓妳拿著。」彼岸毒草嘆口氣：「也不用太多，只要在這裡能先混過十小時，妳的魔王兒子就近在眼前了。」

「什麼都不用說了。」雲千千感動：「等生出來了我一定會讓他認你做乾爹！」

「不用，我也不求妳兒子有多大出息，只要妳以後少替我惹點事就行。」彼岸毒草自己對這句話都不怎麼抱希望，說完之後不過是感慨一聲，就回頭去安排組隊了。

重新編整剩餘的人馬，這次雲千千又是和煙花易冷分成了一隊。巧合的是，除了這兩個緋聞男女主角以外，其他剩餘的人居然剛好是個整數……

「一局輸贏料不真，香銷茶盡尚逡巡。欲知目下興衰兆，須問旁觀冷眼人。」（注：出自《紅樓夢》）一對狗男女剛走出殿門和眾人分手，還沒定好該去刷怪還是找任務，就聽到旁邊一名年輕男子在大聲吟詩。

雲千千呸了一口：「我最討厭這些故弄玄虛的算命人。」

「妳怎麼知道他是算命的？」

「這種裝得神神秘秘的傢伙八成都是這行業，靠糊弄人騙錢。不信你等著，下一句他就會說你印堂發黑了。」

「咦？」年輕男子像是才看到二人，一臉驚訝的上前道：「我看兩位印堂發黑……」

「吥！」煙花易冷也吥了一口，板著臉拉上雲千千就走：「千千，別理他。」

「慢慢慢！」年輕男子一看這招沒用，也急了，連忙把兩人攔下，委屈道：「你們怎麼都不聽我說完啊？」

「有屁……有話就放。」顧忌著旁邊有一個自己的愛慕者在，雲千千硬是臨時改了個口，不耐煩的哼哼：「要錢要命一句話，別囉囉嗦嗦的浪費大家時間。」

「美眉夠爽快！」年輕男子稱讚一聲，鬼祟的左右張望下，壓低聲音朝二人招手：「來來來，二位看看，我這裡有一批新到的甜夢香……」

雲千千差點一口血吐給他看：「哪來的？」

「呵呵，商有商道……鄙人冷子興，專門在太虛幻境裡做些買賣的生意賺點小錢，要想打聽消息的話也可以來找我。你們是第一批客戶，優惠大特價，可以給你們打八五折優惠哦。」年輕男子笑道。

煙花易冷把雲千千拉到一邊說明：「冷子興是紅樓夢裡的一個古董商人，走南闖北做生意，最喜歡到外面說些豪門秘辛、花邊八卦什麼的……還算有能力，就是人品有點不怎麼樣。」

了解對手情報後，雲千千回頭問了一句：「你那香怎麼賣？」

「1000 金一根，貨真價實，童叟無欺。」

「1000……」雲千千被自己口水嗆了下。馬的，她本來以為自己已經很差勁了，沒想到還能遇上一個比她更差勁的，住七星級飯店都花不到一小時 1000 金。

煙花易冷也是氣憤難當：「你開的這價也太欺負人了！」

「買賣買賣，就是一個願打，一個願挨。」年輕男子笑呵呵，脾氣很好道：「我也沒逼你們一定要買。不過透句明白話給二位，太虛幻境的甜夢香屬於特產品，凡是手裡有這東西的，十有八九都集中在我手裡委託代賣，外面流通的只有不到一、二成……」換句話說，您要是不捨得出錢，外面可不一定弄得到。

這是赤裸裸的市場壟斷。

雲千千無奈發訊息給彼岸毒草：「你身上有多少錢？」

「667金，怎麼？」那邊看了一眼後回。

雲千千默了默，鄙視之：「堂堂一個副會長，只帶667金出門你也不嫌寒酸。」

「靠，老子這副會長就是給妳做牛做馬的，妳以為水果樂園有像龍騰那麼好的福利？」彼岸毒草也悲憤了。雖說士為知己者死，自己確實感謝蜜桃多多在他落魄時給了他一個發展平臺，一直沒起過跳槽背叛的心思，可她也不能這麼欺負人吧？再說了，667金算少嗎？一個普通玩家，不去置備裝備或奢侈品之類的，連吃帶住店，100金已經足夠花用一星期了。這還算少？

「怎麼樣，籌到錢了嗎？」年輕男子笑咪咪的問。

切掉通訊，雲千千若有所思的反問道：「在雙方正式開始做生意之前，我想問你一個問題……」

「呃……妳說。」

「如果您不幸身亡的話，那您身上的商品會被萬惡的主神充公嗎？」雲千千一臉真誠的擔憂看著年輕男子。

「當然不會，除了可能會有一、兩件掉出來以外，其他的都會自動刷回貨主那裡，怎麼？」

「沒什麼……雷霆萬鈞！」

煙花易冷想尖叫，他努力壓下胸中正在翻湧而上的一團血氣，力持鎮定的問那個正在年輕男子屍體上翻找的女孩：「妳在幹什麼？」

「殺人越貨，多明顯的事啊。」雲千千終於翻出三炷甜夢香，很安慰的吁了口氣：「YES，三小時滯留權到手。」

「……為什麼要殺他？」對一個從小到大都循規蹈矩的良好市民來說，雲千千現在正在做的事是太超乎他的承受能力了，雖然死的那人是個NPC。

「首先，我們沒錢買他的貨。」雲千千舉起手指搖了搖：「所以這個商人對我們是無用的。而殺了他有兩個好處：第一，他身上有可能掉出一些甜夢香。第二，就算什麼都不掉，他一死，貨物就自動刷回貨主那裡……也就是說，最起碼我們刷怪或做任務的時候，做無用功的機率會降低不少。」

「……」煙花易冷堅強的擦了把冷汗。雖說自己一定程度上也算得上是了解這個小青梅，問題這幾年沒這麼近距離薰陶過了，冷不防的突然發現對方好像還有些變本加厲的趨勢，說不震撼是不可能的……

就在這一行人到處奔波、發揚RPG遊戲掃地圖之威能秘技、四下搜尋甜夢香的時候，默默尋那邊的精英狗仔隊也已經整合完畢，準備出發遠征。

臨行前，默默尋親自率隊，在港灣邊一艘待發的大船船舷邊等人。

「BOSS，九夜真的要跟我們一起走？」

默默尋看了一眼身邊忐忑不安的小編，奇道：「紅杏出牆的又不是你，你怕什麼？」

「男人都愛面子嘛。」小編很是憂慮：「萬一到時候真要撞上蜜桃多多爬牆現場，九夜狂性大發把我們全殺了怎麼辦？」

「放心，那死桃子就算要爬牆也不會讓人抓到馬腳，我推測這次的所謂第三者應該是上不了位的。」

「咦？但是報紙上的專家分析都說……」

「報紙？」默默尋冷哼：「我們也是做報紙的，你難道還能不清楚那些所謂的專家是怎麼來的？這些新聞都是怎麼聳動怎麼寫，哪有一點可靠性。」

「……」

不到十分鐘，九夜由無常親自護送上船。默默尋和無常做好了交接工作，拍胸脯保證一定會目不轉睛的把九夜送到雲千千那裡、絕對不會讓人走失之後，後者才不放心的一步三回頭離去。

「九哥，我們這是向遊戲公司申請的採訪專用特別船隻，可以在傳送記錄點直接進行空間跳躍。您放心，最多三小時，肯定把您送到您夫人那裡。」送走無常後，默默尋親自接待九夜。

「嗯。」

「在這三小時內，不知道您有沒有空先和我們聊一聊？說說對於那個第三者的看法？」默默尋膽大包天的戳人傷疤。

「……」九夜默了默，冷眼瞥過來：「妳的意思是，真有第三者？」

「這個……我們就是不確定所以才問您的。」這叫自己怎麼回答？她說什麼都是沒用，畢竟自己又不是當事人，關鍵是這三個主要角色是什麼態度……

面對默默尋一雙期待的星星眼，九夜淡淡的點了點頭，開口：「哦。」

「……」

哦？沒了？

氣氛凝滯半分鐘後，默默尋抓狂。這算什麼態度？一個「哦」字讓自己寫報紙？

作為一個職業的八卦人，默默尋很善於抓住話題中吸引人的亮點，但是作為一個女人，她卻不明白男人有很多弱點不能碰。

就算九夜對雲千千一點都沒感覺，也不可能願意聽到有人說自己名義上的老婆實際上另有所愛，這是對男人自尊心的一種羞辱。更何況在對火柴現象和風月寶鑑幻影現象的深入思考之後，他最近剛好還對她有了那麼一點感覺……馬的，誰讓他不舒服，他就讓那人更不舒服。

看默默尋暴走抓狂、磨皮擦癢、欲言又止……九夜胸中鬱氣終於排解，從包裡拎出壺酒坐窗邊悠然欣賞風景——嗯，今天天氣不錯，是個抓姦的好日子……

「什麼？你說九夜去抓姦了？」龍騰先是一怔，接著就在自己公會哈哈大笑：「那個爛水果也有今天，消息確定嗎？」

「確定，百分之百確定。是無常親自送船的，然後一葉知秋告訴了底下堂主，堂主再告訴底下成員，那些人再告訴我們的人，我們的人再……」

「行了。」龍騰不耐煩的一揮手阻止道：「不用說那麼詳細。你說，這次那蜜桃多多和九夜會不會有可能翻臉？」

「那是肯定的啊！」報告的人很明顯知道自己老大愛聽哪一句，諂媚著笑得跟朵狗尾巴花似的：「就算沒徹底鬧翻，關係八成也會冷下來不少，趁著這個機會，說不定把九夜策反出來，也不是不可能的事情。」

「我覺得也是。」龍騰相當滿意：「去吧，這消息暫時不要告訴其他人。另外點些人馬，我們也走一趟鏡中界。」

世界上傳播速度最快的就是流言，除了龍騰九霄以外，其他各大小公會中，也同樣散播開了九夜動身去百慕達抓姦會情夫的消息。

這是什麼？這是名人八卦啊！

第一高手和第一陰人如果真要翻臉的話，那會是多麼震撼的場面？於是，抱著這樣的想法和期待，不管是不是跟這事情有關係的人，也不管能否從中得到好處，眾玩家都不約而同的一起蕩漾了，他們光是想像一下那個場景都覺得興奮萬分。

這麼難得一遇的熱鬧，如果不能親自去現場看一看的話，大家肯定都會抱憾終身的。

於是，各個港口開始變得熱鬧，大大小小船隻被不同的個人及組織徵用，甚至連漁民打魚的小船都沒放過。一時間，創世大陸的航海事業得到了巨大發展，造船業及遠航業的GDP指數上升不止一、兩個百分點。

港口海岸邊，萬船齊發，向著青春……不是，向著八卦，揚帆吧！

130 老公來了

雲千千在太虛幻境找到好玩的了，這起因還得從年輕古董商被殺說起。

在該幻境副本內，年輕有為的古董商人冷子興算得上是商業壟斷的龍頭，他走南闖北，憑藉三寸不爛之舌鼓動眾仙子們主動交出身上值錢稀罕的小東西，然後包裝包裝，再轉手賣給其他仙子。簡單來說，這人就是一個非常合格且專業的代理商。

這樣一個人在市場流通上能起到的作用還是很巨大的，沒有了他的話，很多事情都將變得不再方便。於是可想而知，冷子興被打回地府這麼一領便當，帶給眾仙子的打擊是多麼的沉重和巨大。整個太虛幻境的交易市場頓時陷入一片混亂，多少仙女悲慟難當，哭聲震天，甚至險些二度引發暴動。

而雲千千發現到這一情況，發表聲明表示自己願意代替其職務為仙子們排憂解難之後，事態才終於得到了緩解……

「小桃、小桃，我是小花，離恨天裡有一位仙女委託我們代購極品胭脂一盒，要不要接？」

「幾星級的？」

「四星……」

「不接，讓她自己隨便拿點紅藥水抹抹，實在不行賣她個紅瓶。」雲千千不耐煩的切通訊。

四星級的委託？起碼要六星級才有可能得到值錢點的報酬，而甜夢香更是八星以上的任務裡面才有可能給。自己可是忙得很，為了能夠繼續延長合法滯留時間，這種雞毛蒜皮的小任務能不接就盡量不接了。

雲千千和煙花易冷就這麼一直泡在太虛幻境裡面做任務。

頭一個小時免費發放的滯留時間早就到期了，水果樂園的那群人在離開前把甜夢香都集中了起來，總共只有四炷，全部交給了雲千千，加上她手裡現在的三炷，一共是七小時。

雲千千自己留了五炷香，另外兩炷給了煙花易冷。不管怎麼說，做任務總得留個連絡人吧，不然光靠自己一個人滿副本到處搜羅任務的話，累死了也找不出幾個來。

而如果這兩小時內靠任務收集甜夢香的進度實在不理想的話，煙花易冷也就沒有什麼利用價值，可以直接送出去讓他自生自滅了。自己可以用剩下的三小時思考思考關於人生、理想什麼的，等大限一到，她就繼續孤身一人帶著沒出殼的兒子去鏡中世界亡命天涯……

第一炷香點燃後的第三十二分鐘，雲千千二人組終於接到個大買賣，有仙子要訂冷香丸十顆。二人當即在仙子甲處接下任務，拿到訂金後，雲千千親自出馬找到仙子乙採購四季花蕊，再去仙子丙家裡弄了一瓶無根水。接著鍊金大師煙花帥哥手拿配方上陣，經歷數次失敗後，終於在第五十五分鐘煉製成功，交付任務。

甜夢香兩炷到手，兩人苟延殘喘的時間又多了一小時。在這前景一片光明的時候，雲千千卻開始頭疼，因為她收到了彼岸毒草的簡訊。

簡訊中，彼岸毒草首先告訴了她一個好消息。創世紀第一高手也就是爛桃老公九夜同學已經出海趕往百慕達，屆時即使雲千千被趕出太虛幻境，身後也多了一個強力靠山，對抗魔族的力量不止上升幾個百分點。

而同時也有一個壞消息。根據不可靠謠傳，聽說九夜同學親自出馬再入百慕達的理由不是因為擔心嬌妻生命安危，更不是為保後嗣周全，人家的目的很明確，就是為了煙花易冷來的……說得再直白點的話，九夜現在扮演的就是一個發現老婆出牆後憤怒抓姦的綠帽子老公形象……

雲千千吐血，雲千千悲憤。自己還什麼都沒幹呢，這黑鍋揹得也太冤枉了吧？要不然自己乾脆先偷吃幾口，免得白被人冤枉這麼一回？

當然想歸想，她倒不會真去那麼幹。如果要真是幹了的話，無常絕對是第一個雀躍歡呼、打滾慶祝的。人言可畏的道理，雲千千還是明白的。她現在唯一糾結的事情是，到底是踏馬的哪個孫子在外面替她造的謠？

「小桃、小桃，我是小花，迷津的木居士想要精巧等級的音樂盒一個，限時任務，七星級，接不接？」負責在外搜羅任務的煙花易冷又在呼叫。

「……」

「小桃？喂喂？千千？哆來咪發唻，啊啊啊啊啊……喂～？」

「……」雲千千聽著對面雜音好一陣無語，終於無奈開口，賞臉應了一聲：「在呢，說吧。」

「我這裡有個任務……」煙花易冷把剛才的介紹重複了遍，接著盡職盡責的詢問意見：「妳覺得這個任務有接的價值嗎？」

「還可以吧。」雲千千明顯的敷衍。

「……妳那邊有什麼問題？」

「沒，只是在考慮關於和諧社會的建設與責任感的認定與家庭暴力……等等等等之類的問題。」

煙花易冷滿頭大汗：「……妳是低潮期來了還是生理期來了？」

「臥槽！」饒是雲千千正在唏噓感慨，也忍不住被這問題震了一下。雖說到現在也依舊沒想起對方到底是誰，但她以前還真沒注意過自己身邊居然有如此悶騷的人物，問的問題如此犀利。

想了想，雲千千索性和人攤牌：「明說了吧，我老公馬上要到百慕達了。根據我副會長下線接的電話，電話那邊是會員從街上得到的報告，報告是在創世時報內部人員得到的證實，證實……」繞了一大圈後，把自己從彼岸毒草那裡剛得到的消息複述了一遍，雲千千最後總結提問道：「請問第三者同學，知道這個消息後你有什麼感想？」

「網路戀情是沒有好結果的，快刀斬亂麻吧。」煙花易冷斬釘截鐵。其欲取九夜而代之，爭奪正室之雄心壯志昭然若揭。

ＯＯ你這個ＸＸ。

雲千千又想了想，小心翼翼的問道：「先生……你老實說吧，你該不會真是抱著拆散我和九哥的想法來的吧？」她開始覺得是以前認識的哪個狐朋狗友故意整自己。

「呵呵……」煙花易冷在通訊器對面笑得溫文爾雅、意味深長。

雲千千一聽這一切盡在不言中的意思，頓時心都碎了。馬的，莫非自己還真是遇到了一個牛皮糖？她到底是造了哪輩子的孽，怎麼就想不起來自己是什麼時候惹下的桃花債呢？

這時的煙花易冷倒是心碎得比雲千千還厲害，不過人家是男子漢，夠堅強，認定了自己的小青梅是青春叛逆期的一時迷惑，當然其中可能也有點空間冷淡效應的關係……不過沒關係，終究是一起長大的，他了解她，她也了解他。煙花易冷不相信，不知道從哪裡冒出頭的一個毛頭小子，還能輕而易舉就把他和對方兩人相處十幾年的情分也抹沒了？

其實除了對於兩人之間關係的誤會以外，煙花易冷還真算得上是非常了解雲千千，就算不了解，起碼看也看慣了。雲千千眼睛一亮，他就知道她是想搶劫還是想敲竹槓，從某種角度上來講，也算是心有靈犀的另一種體現。

老話說得好，名人的隱私不叫隱私，叫八卦。

你既然有了名氣，那在一定意義上來說，你的一切個人隱私甚至包括你愛穿什麼顏色的內褲，都成了公眾娛樂的內容；而且被討論人還不能有不滿、憤怒、暴力及非暴力等反抗行為。大家捧你是為什麼？不就是為了圖一樂嗎？

做到九夜和雲千千這分上的名人，隱私就更是沒有保障了。先不說狗仔們的奮力挖掘、前仆後繼，就說雲千千這種沒節操的人，缺錢的時候她都能把自己拆開賣了。在這樣子的情況下，兩人的曝光度單用一個「高」字已經是無法形容。

九夜一出航捉姦，後面跟著的浩浩蕩蕩的船隻就不必說了。要是來個不知道情況的人冷眼一瞧，說不定還以為是系統新開了什麼大型活動，要不然就是網路崩潰，遊戲世界互相滲透，自己從創世紀伺服器不小心穿越進了大航海時代……

在快要抵達百慕達的時候，眼見大戲即將開幕，說不定下一刻就能親眼見到一場曠世之戰，家庭暴力案件中不可超越的顛峰對決，眾無良玩家們更是激動沸騰。他們紛紛拉開通訊器，架上相機四處亂竄，一邊跟各自的朋友吹噓炫耀，一邊選取最合適的角度，誓要記錄下這個八卦事件的全程過程。

九夜在默默尋調來的新聞採訪船上眾人皆醉我獨醒，一副冷眼看破紅塵的樣子，一點都沒有被周圍喧譁干擾，甚至就連默默尋激動的跑到自己身邊，一副經紀人姿態發表接下來的行程安排時，他也依舊是淡定的置身事外之態。

「我們先到百慕達，我們報紙的記者已經提前排隊領了號碼牌，並包下一個導遊，一到就可以直接動身去失落神殿。去鏡中世界的人也選好了，除了你、我之外，還有其他十三個。對了，這是幻境果，吃下一個可以增強幻境抵禦狀態三小時……你有蜜桃多多的聯繫方法對吧？聽說你們有個紅線技能可以直接連到對方身邊，到時候一進去你就打開，我們全程跟隨blablabla……」

滔滔不絕又滔滔不絕，默默尋激動得小臉通紅，雙手合握在胸前，一副陶醉的樣子，彷彿透過了九夜看見自己報紙未來節節攀升的銷售量。

頭版頭條啊～她真是太幸福了！

「……」九夜無語的看了一眼默默尋，喝口小酒又扭回頭去。他再一次確定了，女人果然都是很麻煩的生物。從小到大遇到那麼多女人，自己身邊出現過的女人裡，果然也就一個蜜桃多多沒那麼無聊了……

正常的女人都麻煩，不麻煩的女人卻如此不正常……莫非自己註定也是如此的不正常嗎？九夜深深的深沉了。

默默尋毫不在意唯一聽眾的冷淡，她本來就是想找人發洩一下自己興奮的情緒而已，就算沒人配合，她自己也能說得挺開心的。嘮嘮叨叨許久之後，在九夜情緒瀕臨爆發之前，默默尋終於說爽了，她爽了所以就大方了，很瀟灑的揮手刷出一份資料：「對了，這是那個煙花易冷的資料……不要這樣子看我，人家會害羞的～」

九夜確實有點驚訝。玩家個人資料這種東西，說隱私也隱私，說不隱私也不隱私。比如說他和雲千千，從使用技能的傷害，到身上裝備的防禦數值，在眾多玩家的挖掘整理和歸納之後，那早已經不是秘密；甚至很多連他們二人都沒去注意過的東西，人家都有本事挖出來。有時候自己調整裝備或改良連招順序的時候，都會特地跑上論壇去找一份自己的資料，以此作為資料參考。

但如果不是那麼知名的對象，就連無常想調查一個玩家的時候都要費上不少力氣，不僅要肉眼判斷對方的裝備，還要仔細辨別該裝備目前的精緻程度是強化鍛造了幾級，以及哪個部位是不是鑲嵌了什麼不知名的寶石，更別提那些根本不會向外公開的技能樹和技能熟練度……

這莫非就是傳說中的專業人才？

這一刻在九夜的眼中，默默尋及其身後狗仔團隊的形象忽而無限耀眼龐大……

「謝了。」慎重的道了個謝，對於該表示感謝的時候，九夜不會自矜面子故意裝大牌什麼的。

「不用不用，這都是我該做的。九哥打算怎麼處理這小子？是虐殺還是精神打擊還是blablabla……」

「……」

臥槽！這麼多人？

雲千千還沒想好怎麼解決煙花易冷的問題，就發現太虛幻境中轉眼之間湧入了大批人潮。不是說這裡是偏僻副本？不是說太虛幻境易出難入？

她哪裡知道，難度再高的關卡淘汰率也架不住群眾基數大。就算十個人裡面只能有一個通過關卡進來，跟著九夜浩浩蕩蕩起碼出航了近百船隻，未來說不定還有近千、近萬……這完全取決於群眾對於名人隱私八卦之熱情程度……有那麼多的基數在底下墊著，這裡實在是想不熱門都難。

而太虛幻境的方位更不是秘密。彼岸毒草是個實心眼的厚道人，哪怕帶著人離開幻境了，為了以防魔族突然出現，他還是率領著水果樂園的人一直在附近徘徊警戒。只要有一個人認出他這個水果樂園排名第二的實權副會長，再發現到附近居然有這個奇異所在，那接下來還有什麼不明白的？

雲千千趁著還沒人注意到自己，偷偷摸摸的刷出面具換了張臉，鬼祟混入人流中，精挑細選一個面貌忠良憨厚男子，拍拍對方，然後問道：「大哥，這是怎麼了，那麼多人？」

此話一出，憨厚男子頓時一臉驚訝看雲千千如看外星ET：「你不知道怎麼回事？那你來這裡幹嘛？」

「嘿嘿，我只是看著大家都往這裡衝，想著應該是有什麼好事……」雲千千作扭捏靦腆狀，成功把自己塑造成為一個不知世事且純潔無知的少年形象。

「呵，原來是這樣。」憨厚男子笑笑，很大方的為對方解惑：「其實也沒什麼，就是蜜桃多多……哦，這個人你應該知道了吧？就是那個江湖第一陰人。」

「……」陰你老母！雲千千強顏歡笑的咬牙點頭。

「知道就好。那女人和九夜是夫妻關係，但是最近有傳聞說出現第三者，導致兩人感情岌岌可危……大家猜測這件事情應該難以收拾，兩個人還說不定會撕破臉。」憨厚男子笑了笑摸摸頭，挺不好意思的樣子：「你想啊，一個是第一戰士，一個是第一法師，打起架肯定精彩啊！簡直就是家暴中的顛峰之戰……反正大家閒著也是閒著，就當來看兩大高手顛峰對決了唄。」

馬的，你以為是西門吹雪和葉孤城紫禁城對決啊？

想看戲？買門票了沒啊大哥？

雲千千強按下喉中一口小血，勉強扯了一個笑出來：「……那還真是值得一看。」她扭過臉去，立即淚流滿面。

她確實是收到彼岸毒草提前通知，說是自家捉姦的老公快要到副本了；但是誰都沒有告訴過她，跟著來的觀眾居然會有這麼多啊這麼多……

眾玩家們一進太虛幻境內部就都毫無例外的收到了提示。系統通知大家，他們的初始滯留權各自只有一小時，想留下就自己想辦法，不然就在時限前滾蛋，免得仙子美眉們把你們都抓去投江，到時候撕破臉了大家面上不好看云云。

知道時間寶貴，當然就更要爭分奪秒，一群八卦黨飛快竄向幻境中的各個甬道、長廊、偏殿、花園、假山、竹林等等，試圖下一秒就能在某個角落找到雲千千的蹤跡。

而幻境內的眾仙子則是驚得花容失色。在今天以前，她們什麼時候見過這麼多的外人啊？

一開始只有雲千千等一眾人的時候，眾仙子雖然知道有冒險者進入了幻境，但感官衝擊還是不夠的。反正太虛幻境這麼大，區區幾十個人往裡面一丟，基本上就像浪花投進了大海，可以直接無視了。實在有孤僻敏感些的仙子也不要緊，只要她閉門不見，完全可以當是沒有這些人。

可是這好幾百人一衝進來，人口密度陡然提高，讓眾仙子們表示壓力很大。尤其是從被臨時抽調去負責入境關卡審核的姐妹數量，以及那些姐妹至今還沒能結束工作回來的這一情況來看，這個入境人數必然會越來越多，一小時內人口流量及最大線上人數突破四位數都將不再是夢想……

她們不想要這麼高的訪問量啊！仙子們欲哭無淚，互相擁抱顫抖，用體溫溫暖著彼此。

太虛幻境盛產什麼？毫無疑問是盛產美女。

這裡以前的老大也就是被雲千千順手宰了的那個警幻，甚至還曾經無聊的把這些女孩們分上、中、下三冊造名籍管理起來。只要見到有人夢遊進自己地盤了，她就興匆匆的拉著一隊女孩出來見客，撫琴的、唱曲的、舞袖子、扭小腰的，弄得是聲色浩大、活色生香，重點是還分文不收……

這麼一個男人夢想中的樂園，哪有可能不被人記住？

也許一開始眾人還只是沉浸在尋找水蜜桃這個活動中無法自拔，但是很快的，就有人留心注意到了那些角落裡瑟瑟發抖、一副楚楚可憐相的美女們。

嬌柔的小白花、豔麗的火玫瑰、清雅的竹美人、脫俗的幽谷蘭……仙女、御姐、小蘿莉……這裡簡直就是男人的天堂啊！

一小時時間，是用來尋找某個卑鄙狡猾、精溜得跟泥鰍似的陰人？還是用來享受人生，抓緊和美女搭訕的一切機會親近佳人？

有選擇前者的，這只占絕少部分；而更多的男人們則都毫無意外的集體倒戈向了後一選項。

反正還有其他人也在找蜜桃多多呢，少自己一個有沒關係……幾乎所有的男人們都想到了同一個開脫的理由……

「這位美女，本人高階盜賊，至今未婚，體健貌端，有愛心、有責任感，無任何不良嗜好。孤身一人闖蕩江湖多年，深感空虛寂寞，正想尋覓一位能知我心聲的秀外慧中紅顏時，就得遇小姐，不知妳……」

「畜生！放開我看中的妞！」

於是兩個看中同一目標的男人因為僧多粥少、狼多肉少開始幹架。同樣的戰火亦在四處不斷被點燃。

再於是，雲千千發現似乎又只不過是一個轉眼之間，大部分尋找自己的人潮注意力已經開始發生轉移，危機解除得莫名其妙又讓人悵然。

「嘖，男人……」搖搖頭，她對此深感失望。

「千千，妳沒事吧？」

雲千千還沒找到安全路線擠出這片重災區，煙花易冷的呼叫就又到了。

「當然沒事。你那邊也還行？」雲千千隨口客氣了下，本來也沒指望能聽對方回答些什麼，沒想到人家還真就接上了。

「我這邊不行啊。不知道是誰，居然指認出來我就是煙花易冷，現在十來個玩家正寸步不離的跟在我屁股後面呢。」煙花易冷邊說邊咬牙。

「……拜拜。」

二話不說切斷通訊，雲千千擦把冷汗。這種時候就該拒絕一切呼叫，以免被人不小心戳破身分才對……不過話又說回來了，九哥應該也是前幾批就進來這裡了，為什麼他就沒呼叫自己捏？

九夜當然是最理所當然想要找到雲千千的。其他人想找人主要還只是因為看熱鬧，他卻是當事人，怎麼可能還一副事不關己的態度？

可是話又說回來，再急他又能在通訊器裡說些什麼呢？

「喂，我來捉姦了。」……這話聽起來怎麼那麼傻呢！

「喂，妳到底有沒有情夫？」……這話聽起來怎麼那麼閨怨呢！

「妳在哪裡啊？我好想妳，特意來看妳，告訴我座標好不好？」……這話連作者都聽不下去了……

所以綜上所述，九夜不是不想呼叫蜜桃多多，而是呼叫了也不知道說什麼，所以乾脆就讓一切盡在不言中，用行動來表示吧——男人就得有男人的豪爽。

可惜這個願望是美好的，他卻忽略了自己的先天缺陷。本來最普通的道路九夜也能走出眼中有路、心中無路的境界，更別說這一片九拐十八彎的亭臺樓閣、水榭山石。而本來能提供幫助的默默尋一行人等又盲目的相信著看似淡定自信的九夜……

其實他們不知道的是，即便迷路到宇宙盡頭，九哥也永遠會是這麼一副泰山崩於前而不變色的淡定無波……

美麗的誤會就是這麼來的，於是巨大杯具就此降臨。

「……九哥？」默默尋默默然打量面前的百丈懸崖足有十分鐘，在萬分確定不是自己眼花混亂，且面前好像完全沒有任何柳暗花明可能出現之奇蹟後，終於按捺不住開口，小心翼翼的遲疑問道：「請問這是哪裡？」莫非是蜜桃多多隱居避世之所在？

九夜臉上平靜淡然依舊，謫仙般傲然立於崖邊，遠目眺望作世外高人狀許久許久，終於……

「我好像迷路了。」

「……」臥槽！

131 家庭關係面談

雲千千背負著隨時可能被找出來的壓力，再加上需要避開煙花易冷那邊的麻煩，所以只能盡量往偏僻的地方躲。

整個太虛幻境哪裡最偏僻？想當然是迷津。

迷津就相當於是幻境的邊界地帶，到了這裡，基本上已經再沒有其他路可走。這裡「深有萬丈，遙亙千里，中無舟楫可通，只有一個木筏，乃木居士掌舵，灰侍者撐篙，不受金銀之謝，但遇有緣者渡之……」。（注：出自《紅樓夢》）

想從幻境離開有兩條路。一是時限沒到的，自己主動離開，那就從大門順順當當走人；二是時限到了又沒交保護費的，這類人直接被打落迷津，掉一級後丟出去……當然了，不小心自己掉下去的也比照辦理。

雲千千算來算去，大概也只有這個地方應該是沒什麼人來了。畢竟人多的地方容易出現擠踏意外。在

其他地方擠擠也就擠擠了，頂多是被吃點小豆腐，但要是在這裡不小心被擠兩下的話，那萬一掉下去可就是直接掉級並失去滯留資格……

迷津之上，懸崖邊緣，率領狗仔團隊一起迷路的九夜，和易容逃難的雲千千，就這麼相遇了。

在懸崖邊上凜冽的山風之中，兩人默然相看許久許久……

「對不起，大哥，我迷路了。」雲千千率先反應過來，袖子一遮臉，閃爍道：「請問您知道XXX怎麼走嗎？」

「……」被直戳心窩的九夜冷臉道：「不知道。」

「哦，那拜拜。」

「站住。」

雲千千僵了僵，轉過身來，一臉欲哭無淚：「大哥您還有事？」

九夜皺了皺眉，像是自己也沒想到叫住對方到底是要幹嘛，不過他很快找到話題了，淡淡問道：「你知道現在哪裡人最多？」

「這個……其實現在除了這裡以外，哪裡人都多。」

「那最近的一批人流在什麼地方能看到？」

「您順現在這方向往前直走，不出十分鐘肯定就能見到人了。」

九夜不滿冷斥：「胡說！我們已經直走了半小時都沒出去，這裡肯定有迷陣。」

一瞬間，雲千千淚流滿面。很明顯這位是又迷路了，這種問題她能有辦法才怪。

默默尋也淚流滿面。她帶著狗仔團跟人家走了半小時，本來看對方胸有成竹的左拐右繞，還以為是他知道些什麼，正在避開迷陣，沒想到聽這意思，人家居然是想直走？

難怪半小時了都還不見人煙……

「謝謝這位小兄弟了，你走你的吧，我們知道路了。」實在看不下去自己隊伍裡這路痴理直氣壯的推卸責任，默默尋有氣無力的向雲千千道謝，拉上九夜就想閃人。

惹不起她還躲不起嗎？接下來自己帶路，反正怎麼也不可能比剛才的情況更惡劣了。

雲千千吁一口氣，連忙愉快揮手：「各位一路順風，有空常來玩啊～」

默默尋等人隨口應付下，轉身要走。

九夜卻突然抿脣，眼一瞇，殺氣猛然間暴漲，二話不說挺刃衝上前來直攻雲千千：「橫掃千軍！」

「靠！雷霆萬鈞！」

其他人還沒明白是怎麼回事，耳邊突然一片轟然巨響，接著就是電閃雷鳴、刀光劍影。兩道速度極快的身影在旁邊打得很是歡快，左右翻騰，直看得人眼花撩亂……

「臥槽！是蜜桃多多！」默默尋傻呆呆的看了半分鐘，終於發現這熟悉的技能特效實在太過有特色，很明顯目前除了那顆桃子以外，別無分號。

可惜她回神已是太晚，兩大高手已經在攻防間漸漸打遠；而因其二人技能殺傷巨大、波及範圍廣泛的關係，沒人有敢頂著被誤殺的可能性上去湊熱鬧。於是，眾人只能是眼睜睜看著二人漸漸遠去、遠去……

「你玩真的？」雲千千咬牙。有必要這麼絕情嗎？這人跟自己糾纏半天了，本來以為他是想趁機甩掉那群狗仔，沒想到現在只剩兩人了，人家看起來卻仍然沒有收手的意思。

「哼。」無常說了，老婆出牆就得教訓。再說自己實在很難有和同等高手對決的機會，難得打起來了，這會正是酣暢淋漓，怎麼捨得就此罷手？

「喂，再來我翻臉了啊！」雲千千黑臉。

「劍氣縱橫。」匕首代表他的心，一切態度盡在不言中。

「靠，生死相隨！」雲千千翻手收杖，抬起左手在身前一劃，無敵夫妻傳送大法甩出。

九夜只一愣神的工夫，眼前就是一片扭曲；再亮起來時，自己身後是蜜桃多多，身前則是自己剛放出來的一片鋪天蓋地的劍氣。

「臥槽！」

從不爆粗口的九夜終於也破戒跳腳。自己果然是沒人家卑鄙，這女人謀殺起親夫來真是半點不留情面的。莫非果然是有了姦夫忘了原配？不對，她原本就這麼無恥⋯⋯

慌忙把技能散了，九夜臉黑黑的轉身，收起匕首，瞪了嬉皮笑臉的雲千千一眼：「妳倒是反應快。」

「承讓承讓。」雲千千趕緊謙虛了一下。

「⋯⋯」

風平浪靜，世紀顛峰對決終於不負眾望的展開了一次，可惜沒幾個捧場觀眾看見就又很快消弭。

雲千千往草地上一坐，拍拍身邊空地示意九夜坐下：「九哥好眼力，我這易容還沒被人看破過，你怎麼認出我的？」

再瞪一眼，九夜冷冷坐下：「本來是沒認出來的，妳揮手的時候我剛好看見結婚戒指⋯⋯」

雲千千想抽自己一耳光，這麼明顯的破綻自己居然沒有留意到？還好其他玩家也都沒看清楚過天空對戒的款式造型，不然自己早就沒辦法在江湖上行騙了。

「⋯⋯煙花易冷是怎麼回事？」九夜頓了頓，突然問。

雲千千很大方的答：「據說是我姦夫唄。」

「……」他不是想問謠言內容，而是背後的真相……九夜也無語了，望望天：「打算怎麼辦？」

「你不介意的話，不然我就發展一下婚外情？」

「……」九夜黑臉起身，拔匕首：「劍氣縱……」

「等等等等等，開個玩笑！」雲千千連忙叫停，擦把冷汗，苦了一張臉：「其實我也不知道該怎麼辦。按理說，這種拖我下水的人應該果斷除掉沒錯，問題我和他聊了聊，好像還真是以前認識的人。雖然我現在還沒想起來他是誰，但總不能做得太絕……」

萬一這要是個和自己家兩家關係不錯的子姪輩，自己哪天回父母家吃個飯，剛坐下沒幾分鐘，人就殺上門來質問，自己怎麼好意思？最重要是，她老母都饒不了她。自己若是一大把年紀了還被揪去門口罰跪，那以後也就沒臉見人了……

聽完解釋，九夜終於心情順了不少，冷哼一聲，重新坐下：「熟人？」

「嗯，好像。」

「青梅竹馬？」

「呃……據說是……」

雲千千冷汗一把接一把，以前怎麼沒看出來九哥對這問題這麼糾結？

她和他結婚是誤會加可有可無的產物吧？雖然她承認自己確實對他有點非分之想，問題是這又還沒成為現實。話又說回來，莫非這就是傳說中的男性領土意識？自己已經被圈成對方的私有領土了？

雲千千汗，雲千千狂汗，雲千千一把一把的廬山瀑布汗。

這算什麼鳥事啊？還沒逼人家開口確定自己的合法身分呢，怎麼能莫名其妙失了自由之身？

看了一眼聽完自己回答後就一直臉黑黑、外加周身一片冷氣壓的九夜，雲千千吞口口水，小心翼翼的試探：「九哥，你莫非是在生氣？」

九夜冷冷的掃來一記眼刀，一副「妳認為呢」的樣子斜睨雲千千。

後者摸摸鼻子，表示壓力很大。不過涉及到自己的切身利益，即使壓力再大她也得硬著頭皮上：「那小的斗膽再揣測一下，莫非您這是吃醋？」

這回不僅是臉黑，九夜身後已經直接具象化出一片黑霧籠罩。

猜錯了？不會吧？雲千千心裡嘀咕，不敢再拈虎鬚。

「……妳自己把那個人搞定吧。」看眼前這水果一副茫然不知錯在哪裡的姿態，九夜也洩了氣。

是啊，自己和人家又不是真的有什麼關係，氣勢洶洶殺過來，是以什麼立場質問呢？雖然有點好感，但這好感還不是強烈到彼此確認的地步。就算對方經常對自己流口水加動手動腳，但九夜自認為那是調戲多過告白的意思……

沒錯，就是調戲。

一想到這裡，九夜就忍不住更加陰鬱糾結。自己一個大男人，被一個小女孩調戲兩下就春心……呸！芳心……再呸！

咳，反正就是什麼暗許，大家都懂的。

剎那間，九夜都忍不住有點自我厭棄了——莫非自己定力就欠乏到如此地步？

「哈囉，有人在家嗎？」雲千千伸爪在九夜面前晃晃，看人回神後連忙道：「小花兒剛發訊息來了，要不要去看看？」

背負著巨大的謠言壓力和群眾們火辣辣的目光，煙花易冷不僅沒有舉步維艱，反而還混得如魚得水。

雲千千、九夜雙雙易容，到達煙花易冷訊息中所說的幻境某殿時，正好見到殿內人山人海，雖然喧嚷擁擠，但眾人似乎都奇異的保持著某種默契，並不顯得混亂。

人群最裡面，也就是殿中深處，有一個不大不小、一看就是臨時搭建起的小臺，煙花易冷正被十餘名玩家拱衛在最中間，很有明星氣質的僵笑。而旁邊正在率領另一群人維護秩序的，赫然正是剛才被雲千千和九夜二人聯手甩掉的默默尋。

「……你猜這是什麼情況？」雲千千揉了揉眼睛，發現面前詭異的一切不是自己的幻覺，於是問身邊的九夜。

「猜不出來。」九夜極認真也極負責的仔細觀察許久：「單憑眼前看到的來判斷的話，這好像是記者發表會。」

「……」記者發表會？是默默尋瘋了還是煙花易冷瘋了？

雲千千無語，但讓她更無語的是，耳邊居然真的傳來了麥克風的電流雜音，接著就是她最近聽得耳熟的煙花易冷的聲音傳了出來。

「各位玩家朋友大家好，這次發表會主要是為了說清楚這段時間流傳的緋聞……」

馬的！還真是記者發表會！

雲千千想吐血。莫非這小子特意發訊息把自己召來是想給公眾一個交代？這算是攤牌還是撕破臉啊？

「千千，妳還沒到嗎？」臺上開場白告一段落，煙花易冷的訊息又飛了過來。

雲千千心情惡劣，態度更惡劣：「不在，老娘死了。」她說完切通訊，惡狠狠的瞪著臺上那個信以為真、臉色大變的煙花易冷。

九夜冷眼冷笑：「現在妳打算怎麼辦？」

雲千千嘆氣：「看來我不應該來。」

「要不要留下點回憶？」九夜邊問邊垂下手臂，袖管中兩把匕首滑出，寒光鋒斂、蓄勢待發。

「……還是留下他們的肉體好了……閃！」

她拉上九夜正要閃人，殿門口剛才被雲千千以為是擺設的兩個玩家突然卻一把將她攔下。

「蜜桃多多？」二人顯然諜戰片看多了，一副賊眉鼠眼、生怕別人注意不到他們有鬼的神秘狀，湊過來小聲道。

「別離那麼近，你有口臭。」

「嘎？真的，我今天沒吃大蒜啊……」二人一愣，慌忙退開外加一臉尷尬。

雲千千嘿嘿捂嘴笑道：「二位真可愛，我隨便開個玩笑。」遊戲裡會有口臭才怪，除非是腐食類小怪……

兩人滿頭黑線，鬱悶一陣後拉雲千千、九夜到一邊說話：「蜜桃會長別誤會，我們是天機堂的員工，老闆說您這裡可能會有點麻煩，所以特意派我們來伸援手、幫個忙什麼的……」他說完遞來證件。

「哦？」雲千千狐疑的接過證件來，裝模作樣的看了會才還回去。

「如何？對我們身分放心了吧。」兩人鬆了一口氣。剛才一直怕眼前女孩誤會他們是什麼壞人，到時候被宰了都沒處喊冤。

「嗯，不錯。」雲千千繼續裝模作樣。

其實她知道個屁。雖然自己手裡也有本類似的證件，但誰知道怎麼分辨真假？

大家天天都用鈔票，還不是照樣會收到假鈔嗎？造假文憑的手工販子能從證件到學籍記錄都給整出一整套來……雖然人家假，但是人家假得跟真的一樣，在網上還查得到……

「既然大家知道是自己人了，您有什麼需要儘管說話。我們等級不高，但是手裡有一整套天機堂查詢系統，凡是您想知道的事情，雖說不一定事事可解，但只要是天機堂資料庫裡有的，我們都可以調出來……」兩人拍胸脯拍得山響，一副肩負重任的滿足與幸福狀。

「在你們把自己塑造得如神一般全能無私之前，我能不能先問下胖子給你們開的任務？」

「我們的任務？」兩人對視一眼，莫名其妙答道：「我們的任務就是來幫妳忙啊。」這個剛才不是一開始就講過了？

雲千千笑：「我認識那死胖子的時間比你們還久，雖說大家是朋友，但朋友之間也得明算帳，把話說在前面才不會傷感情……他就沒交代你們，在幫助我們並博取了我的好感之後，應該要拿回些什麼或者讓我簽一份賣身打工協議什麼的？」

兩個小間諜一聽，頓時冷汗刷刷的流。以小人之心度小人之腹，能算出自己老闆那點小心思的，沒把刷子還真做不到。

「還真瞞不過您。」兩人對視一眼，既然已經被識破，索性大方承認，反正老闆本來也沒說要瞞著人家：「我們老闆想把天機堂分館開到魔界……當然了，這對您來說就是小菜一碟。」

原來如此。雲千千點點頭，又問：「最後一個問題，你們是怎麼認出我的？」九夜是靠戒指，這兩個靠的是什麼？敢跟她說是第六感的話就翻臉。

其中一個玩家笑：「像您氣質這麼特別的女人有，但是不多。像九哥氣質這麼特別的男人也有，但是同樣不多……這兩類人能走在一起的，就更是不多……」

「……」

馬的，為什麼如此實在的理由她聽完之後還是想翻臉？

交談的這會工夫裡，臺上的煙花易冷好像被默默尋成功安撫了下來，正式開始發表會，解釋關於最近緋聞的問題。

雲千千很想趁這機會弄清楚對方身分。難得的是，九夜本人居然也表示對煙花易冷很感興趣。於是，在兩個當事人的不謀而合之下，四人索性也不在這顯眼的時候往外走了，隨便挑個位置坐下，聽上方煙花易冷發言。

「謝謝媒體朋友和各位報紙讀者對本人感情生活的關心，但是不得不說的是，這份關心給我和千……給我和蜜桃多多的生活同樣也帶來了很多的不便。今天召開這個玩家招待會的目的，主要是對一些問題進行解答，各位可以適當的提問，我會當場做出解釋和回答，但是請注意不要涉及個人隱私。好了，請玩家朋友們舉手提問……」

「呵呵，確實有點明星模樣。」雲千千事不關己的偷笑：「要不是這裡環境不對的話，搞不好我還以為他是在開什麼新片發表記者會。」

九夜冷哼，掃過來一眼道：「妳沒注意到人家可是代表妳和他兩個人的身分立場在說話？」

「耶？這不是侵權？」雲千千愣了下，突然氣憤跳腳：「馬的，他都還沒給我代言費！」

九夜嘴角抽了抽，重重又冷哼一聲，扭臉。

旁邊兩個天機堂員工也捂臉連忙轉到一邊去，不忍再聽下去……重點不是這個好不好！

人群中一陣喧譁沸騰後，由默默尋隨便指了個方向點出一人。接過麥克風後，該玩家興奮的站起提問，一開口就不負眾望的直切重點。

「你和蜜桃多多確定關係了？你打得過九夜？你們三方一起見過面沒？你的私房錢是不是全部上交？……」

最後一個問題是最近才由第三者事件衍生出來的。自從蜜桃多多的感情生活受到大眾的廣泛關注之後，關於這個女孩和自己的伴侶究竟會是怎樣一個相處模式，眾多玩家也都紛紛表示了好奇，並且還表現出了踴躍的參與性，積極展開研究討論。

而其中影響最為深遠的一個問題，則是某玩家笑談中無意提出的：「娶那個女人當老婆，也不知道以後她老公每天零用錢能不能超過三十塊……

十五元是上班坐車的，十五元是下班坐車的。早晚在家吃，午飯帶便當，還得保證不抽菸、不喝酒、不賭博、不應酬……當然了，願意騎腳踏車上下班那就更好了，還有益身體健康……」

此言論一出，頓時引發了社會的深層次討論。家庭財政問題一向是每對男女之間最為糾結的。私房錢、小金庫等等名詞，也都是在家庭財政權力分配的陰影之下衍生出來的產物。

此問題在男女關係中的影響意義之深遠，只僅次於婆媳問題及婚外情……

雖然現在只是在一個遊戲裡面，無論從哪方面看，雲千千暫時都不需要別人幫她操這份閒心。但是沒關係，重要的不是這個問題有沒有必要，關鍵是看它被討論的時候能不能讓大家夠開心～

蜜桃多多之狡詐，蜜桃多多之貪財，蜜桃多多之一毛不拔……

這得是多麼強悍的男人，才能忍受得了未來那可能的每日只有三十元零用錢的漫長人生啊……尤其是一想到這個悲慘的男人很有可能是那個以冷酷強悍出名的九夜，單是這一點就足夠讓大家興奮的了。

煙花易冷顯然沒想到有這麼直接的問題，紅著耳根，尷尬了。

132 幻境內的戰爭

「妳要求自己未來老公私房錢全部上交？」九夜愣了愣。

「你覺得不用上交？」雲千千也愣了愣，反問。

九夜語塞，想了想才遲疑道：「感覺沒這必要吧。」

雲千千混亂了下，扶腦袋想半天才接話：「那我換個角度問吧，你在身上留錢是為了幹嘛？吃飯？不和老婆一起吃？買衣服？不能讓老婆陪你一起買？抽菸喝酒……不良嗜好是不能容許的。賭博……」馬的，真敢賭她就先打死對方再說。

「剛剛說的是沒有必要消費的理由。那麼我們再來看看非必要消費……零食，我覺得一個大男人應該是沒太大興趣的，如果有興趣也沒關係，老婆可以事先買了放在家裡，想吃隨時都有。你不必非得自己去買吧？應酬交際就更不必說了，帶家眷參加是正常的，不帶才是不正常的，除非你打算包個小二奶或者來場豔遇之類……」

「那麼在做出如上總結後，麻煩你告訴我，男人身上留錢到底有什麼必要？你可千萬別告訴我說你有掌管家計開支、抽時間買菜掃貨、付水電房費的優良習慣啊！」

錢包歸屬代表了男女關係。比如一對男女去外面吃飯消費，事後掏出錢包結帳的是男人，則表示這對男女是情侶，或者一方有意思發展另外一方成為情侶。而如果掏出錢包結帳的是女人，毫無疑問這對肯定是已經結婚了的。

大部分男人對於老婆掌管家庭財政大權不是很介意，或者結婚前曾經介意，結婚後慢慢的也就被分權了，等恍然醒悟時才發現大局已定。

從責任感的角度上來講，主動上交錢包也是對家庭負責的表現。老話說，男人有錢就變壞……別說這道理俗，就算男人本身夠堅定，但只要身上有了閒錢，哪怕他自己沒那變壞的意思，外面也會有女人主動勾引。

某些飯店裡，經常會有女人打電話到單身男房客的房間詢問是否需要服務。一次、兩次的男人可以堅定，十次、百次的也能堅定？

感情這東西，不管是友情還是愛情，都是禁不起考驗的。世界上沒什麼東西是不能改變，人唯一能做的就是盡力呵護維繫，千萬別想著試探，把所有可能性杜絕在襁褓之中才是真正聰明的做法。

而且大部分男人對於金錢的概念並不怎麼看重，他們更認可仗義疏財，朋友有難插自己兩刀……

九夜從某種意義上來說其實是個很好講話的人，對於他認為的原則性以外的問題，一般根本不會花什麼心思去理會。

錢包問題不重要，反正有無常在，怎麼也餓不著他就是。於是他稍微糾結了一下之後，發現雲千千說的似乎有些道理……而他暫時也沒想到怎麼反駁，於是也真就乾脆不再去想了。

不就是個私房錢嗎？女人就是女人，為一點小錢的事情也那麼囉囉嗦嗦的不痛快。反正他無所謂，她真想要的話就給她唄……九夜扯了扯嘴角，冷哼一聲，對雲千千表示鄙視的同時，也為自己日後乖乖上交財政大權做好了心理準備。

「我覺得有些不對勁。」眼看那對小夫妻解決完家庭財政問題了，天機堂員工甲連忙湊過來嘀咕：「你們注意到沒有，這裡的人太多了。」

「這個一開始就注意到了。」廢話，玩家招待會上人怎麼可能不多？

「一般武俠小說上都這麼寫的，凡是有個什麼事情聚集起一大堆人的情況，接下來肯定會爆出些驚天大料，要不然就是發生些慘絕人寰的事情……」

「很明顯的啊，臺上那小子正想爆料。」雲千千指了指煙花易冷的方向。

她話剛一說完，突然一聲巨響在眾玩家耳邊炸開，就著就是一陣地動。殿內天花板上撲簌簌被不斷震下碎石灰塵，遠處似嗚咽似豪邁的海螺號角聲隱約傳來，很快又被湮滅在隨之響起的獸鳴魔吼聲中。

「魔族!?」雲千千倒吸一口冷氣，飛快從最近的窗口邊跳出去，拍翅升空往遠方一看，就見太虛幻境入口處的方向鋪天蓋地黑壓壓的一片大軍向這方向潮水般湧來，不僅是地上，連天上也有。

九夜也振翅衝了上來，停在雲千千身邊，凝色看向魔獸群，問道：「什麼情況？」

「大概是我在這裡的事情被洩漏出去了。」雲千千忿忿道：「早就該想到的，既然玩家中都傳得沸沸揚揚了，不可能魔族會沒收到我在太虛幻境的消息。」

玩家群體大驚，大亂。誰也沒想到圍觀個八卦會圍觀出魔族大軍來，尤其沒想到的是魔族居然還衝進了太虛幻境……門口負責守關的姐姐們是怎麼回事？攔他們的時候一個個倒是威風得不行，碰上魔族怎麼就不攔了？

這是赤裸裸的種族歧視啊！眾玩家大怒。

魔族軍方向有魔出來叫陣：「我們是來捉拿蜜桃多多的……」

還好，還好她早就換了張臉。這些魔莫非以為她是傻子？這麼多人大張旗鼓的進來，自己難道還會不知道要低調？……雲千千甚喜；而第二喜的則是，不管怎麼說自己這邊有許多玩家，這相當於就是有許多人在幫著自己一起打架啊。

誰知她還沒喜完，該魔繼續喊道：「與此事無關的人員請放下武器，分批接受鏡魔核實身分後退出太虛幻境，魔族可以放你們一條生路……」

臥槽！

雲千千大怒。玩家群大喜。就像雲千千不能死一樣，玩家們也不願意死。誰樂意平白無故死一次啊？現在大家等級高了，死一次損失很大的好不好。尤其在鏡中世界還是連掉三級……

「他違反規定！」風月寶鑑在雲千千包包裡跳腳憤怒：「鏡中精靈是不能擅自離開中心城的，哪怕他只是我的候補也不能這麼罔顧法則！」

「現在誰管得了那麼多，趕快想想怎麼辦吧。」雲千千把風月寶鑑按了按，強勢鎮壓。

九夜從剛才開始就一直沒說話，沉吟半天後忽然提出疑問：「不是說殺了鏡魔就可以離開鏡中世界？」

「咦？」

是耶！好像規則確實是這樣子沒錯……

雲千千鬱悶。自己光想著怎麼在副本裡躲避魔族，差點忘了直接宰掉鏡魔才是關鍵之中的關鍵。

「說這些有什麼用。」兩個天機堂員工不知道什麼時候也飛了上來，左右看下，同樣升空的玩家還有許多。單從這一點，就已經能夠充分說明翅膀道具的普及程度：「要想殺鏡魔，首先得接受投降，這樣對方才會從魔族軍陣中走出來……而如果其他人真的都投降了的話，我們這幾個人身分必然曝露，到時候殺不殺鏡魔已經沒有區別……」

唔……這確實也是個問題。

雲千千呸了一聲：「想投降也得看他們投不投得了，最討厭玩奸了……天雷地網！」

正在魔族和玩家即將達成和談時，一片雷網突兀出現在魔族大軍上空，瞬息之間，無數道閃電從天而降，轟隆作響將魔軍大陣方向映得一片光亮，方陣中頓時出現了不少死傷，雷網正下方一片空白……

「敵襲——」

魔軍中拉開淒厲警報，剛才還按兵不動的眾魔蜂擁而上，再不提降兵的事情，見人就殺。

投降這項行為最大的局限性，就在於投降一方的個體差異上。有人降了，但還有人在反，這種情況下究竟是殺還是不殺?尤其如果被勸降方沒有個領頭人，所有人都是平等地位，各有意見、各有不服，那就更讓人頭疼。

現在已知的是蜜桃多多真身果然就在這群玩家裡，而現在未知的則是不知道對方究竟躲在哪個方位。要殺，就得把所有人都殺了。不殺，自己就得忍受那臭女人時不時的偷襲暗算……最後結果如何，這不是顯然易見的嗎。

「臥槽！是蜜桃多多！」玩家們也反應了過來，雖然不願惹事，但現在卻也不得不提起兵器反抗。剛才的事情發生得突然，現在哪裡還找得到那個行凶的女人?

「我們組少三個法師！」雲千千眼明手快，咚咚兩腳把沒有作戰價值的兩個天機堂基層員工踢開，扯著嗓子喊了一聲，緊接著至少以兩位數計的幾十個組隊請求就鋪天蓋地砸了過來。

隨便拉了三個進組，雲千千一揮手：「衝啊——」

「臥槽！」三個法師吐血。進來了他們才發現自己受騙，這隊伍裡就一個戰士，另外還有四個法師，肉盾不夠，牧師沒有，怎一個慘字了得。

衝什麼衝!?他們是柔弱的法師好不好?求包養，求籠罩，各種求……

上了賊船的三人還沒無奈完，就見雲千千一馬當先甩了片異常眼熟的雷雲出去，揮手間魔軍灰飛煙滅。

「臥槽！」於是法師們繼續吐血。難怪那麼眼熟，原來是蜜桃多多。

三個法師這回真是欲哭無淚。

「敢通風報信就宰了你們！回頭追殺一萬遍啊一萬遍！」雲千千隊伍裡狠狠撂下威脅，往三人背後一彎腰，就把自己隱藏了起來。

「又是蜜桃多多!?」玩家眾們見到雷雲也興奮了，一邊抵抗魔族的同時一邊四處張望尋找：「在哪呢?在哪呢?……敢做不敢當，真不夠男子漢！」

人家本來就不是男子漢。

「……」三個法師無語。

九夜已經與魔族正面接火，比起其他近戰玩家面對魔族時的艱難，九夜的輕鬆寫意以及在魔軍中肆意橫行也就顯得異常醒目。

「這個高手是哪家公會的?」默默尋問身邊小記者。

「不知道。」

「高手榜上他排第幾?」

「不知道。」

「哼！一問三不知，那你還知道些什麼？」默默尋怒。

小記者沉默一會：「我只知道這張臉是我朋友的，他本人等級現在才44……很顯然這個高手不是用真實身分。」

易容？默默尋沉吟。這種道具彷彿她聽說過，除了蜜桃多多和天堂行走那幾個，最有可能的就是九夜……咦？混蛋！竟然是九夜！

眼前一亮，默默尋在滿天玩家中搜索剛才九夜衝出的方向。果然，她很快在一個四人法師戰陣中找到了一個熟悉的鬼祟身影。雖然不是蜜桃多多的那張臉，雖然對方手裡放的也不是蜜桃多多的招牌技能，但是那份刻進骨子裡的猥瑣絕對不容人錯認。

「來。」默默尋一把抓起身邊的煙花易冷說道：「我找到你老婆了。」

挑起雙方混戰後，雲千千不敢一直用雷以免引起懷疑，所以只是偶爾趁著沒人注意的時候才放出一個大招，更多時候則是用著自己隨手亂學的一串大眾技能裝模作樣。

不過即便是如此，其刁鑽陰險的攪和能力卻並沒有因為技能的不夠力而稍減半分。人家跑位，她就冰結遲緩；人家放火，她就潑水；人家跳斬，緊接著腳下半空肯定有一排風刃等著腰斬……殺傷力不算大，關鍵是勝在種類繁多、眼花撩亂。

尤其是雲千千學技能的時候，明顯更為偏向詛咒系和牽制系，於是魔族更是被折騰得苦不堪言。一次、兩次的還沒人注意到，可這人老盯著一個方位搗亂，次數一多之後，想忽略就太難了。

魔族怒啊！誰不知道自己族是黑暗、陰謀與恐怖的代名詞，這會老是被冒險者扯後腿，尤其對方的行事還這麼缺德，這不是明晃晃的挑釁是什麼？

很快鎖定雲千千，一魔族小頭目揮兵而上。

「臥槽！」雲千千又騷擾完一批魔族轉過身來，就發現至少有十幾個技能朝自己這邊撲來……

「那邊那個！」默默尋邊飛邊衝蜜桃多多吼。

她可不敢直接把人家的名字叫破。首先，這現場局面太過複雜，容易引起危險不說，單是對方那睚眥必報的小氣勁也不是自己受得了的。萬一這顆蜜桃之後想起自己叫破她身分的事，一個不爽殺上報社也不是不可能的事情。反正自己引導輿論這優勢在人家眼裡是不存在，人家在公眾面前從來就沒在乎過啥好形象……

雲千千正見有技能快砸到自己身上，突然眼角掃過正好有兩道人影朝自己撲來，頓時想也不想，順手抓過一個撲在前面的往身前一拉一擋閃之，再隨手丟了片雷……

「剛才誰叫我？」危機解除，雲千千這才有空四下張望。

默默尋無語許久：「……我。」

「咦，這不是大主編嗎，妳好妳好……對了，叫我幹嘛？」

看了眼煙花易冷犧牲壯烈的方向，轉過臉來，默默尋淚流滿面：「……已經沒事了。」

狗仔的思考模式非常人所能理解。比如你就算只跟他說一句今天天氣不錯，對方也有本事瞬間發散聯想，從而引申歸納出千、百種意思來；而且每一種說法聽起來都言之鑿鑿、有理有據，好像你確實就是這麼想的。

尤其這還是個女狗仔，更是狗仔中的狗仔之王……雲千千嘆息，不想去理會這麼難理解的生物：「既然沒事能讓開嗎，我們不熟，應該沒什麼好聊的吧？」

這死女人！默默尋咬牙道：「妳信不信我只要喊聲蜜桃多多在此，立刻會有百來個人衝過來跟妳拚命？」

雲千千瞪大眼睛，倒吸一口冷氣，連忙抓了袖子遮臉：「小姐您認錯人了，小女子與您素不相識……」

「屁！剛才妳還叫我大主編。」

「這個，主要是因為我對您敬仰已久，崇拜之情如滔滔江水……」

默默尋臉色難看的深呼吸，突然放開嗓門：「大家快來看啊——蜜……」

「臥槽！」雲千千眼明手快的一把捂住默默尋的血盆大口，壓低聲音咬牙切齒道：「這位姐姐妳到底想怎麼樣!?」

「免費主題專訪一次，談感情生活的。」

「成交。」

交易剛剛達成，旁邊一團烈火撲過來把默默尋燒成灰灰。雲千千看大主編在烈火中消失前震驚的臉色，趕緊辯解：「不是我幹的！」

「……」沒人說是妳幹的。默默尋翻了一個白眼，張張嘴想說什麼，可惜時間已經來不及了，一道白光閃過，天空中爆出一支麥克風掉到地上。

「還我陛下！」

一聲巨吼緊隨烈火其後而來，雲千千嚇了一跳，還沒來得及反應就發現身後一道巨大黑影向自己撲來，接著又是一道小黑影撲來。前者是魔神，後者是九夜。「叮」的一聲金鐵撞擊聲後，兩條黑影一觸即分，各自向兩邊跳開。

「發什麼呆?走!」九夜連拍幾下翅膀在空中穩住身形，一把拉上雲千千，朝魔神追來的反方向就跑。

「嗯。」雲千千點頭，隨手放了片雷殿後，又問道：「他怎麼認出我的?」

「他沒認出妳，但是認出我了……」

這句話後面的意思已經很明白，九夜在，她自然也在。再聯想下剛才兩人在一起的情景，再再結合下這女孩一直在幫九夜放技能掩護的情景……傻子都能猜出這兩人有問題。

退一萬步說，即使魔神真認錯人了也沒關係，反正都是冒險者，寧殺錯，不放過。

目前能正面幹掉魔神的玩家還不存在，哪怕是九夜也只能堪堪抗住，但要是想殺的話，先不說魔神的實力，單說人家那地位就決定了他不可能和你單打獨鬥。魔神一揮手一個團的魔兵，再一揮手一個堂的魔將……想刺殺魔族高級長官？這可不是簡單的工作

隊伍裡另外三個法師也在跟著跑路。自從上了賊船知道自己下不來之後，這三人漸漸已認命，這會一起逃亡逃得分外自然：「老大，大姐大，我們接下來怎麼辦？」

「三條路。」大姐大雲千千發話：「一是衝出太虛幻境，二是幹掉他們。」

「……」三個法師咕咚吞下一口口水：「第三條能不能說出來大家研究下？」

「三是等死。」雲千千翻了一個白眼，三人頓時不說話了。

「準備殺出幻境。」九夜拍板，選了第一條路。

好想法，但要實施起來也沒那麼簡單。九夜會迷路，毫無疑問不能打頭陣，不然一不小心帶大家漫步到外太空去，到時候連地球都回不來。

雲千千倒是方向感不錯，問題她就是一個法師，操作跑位也沒九夜那麼好，就算是比一般法師強悍了許多，在鋪天蓋地的魔族面前還是不夠看。要是雲千千敢帶路衝鋒，一頭衝進魔堆裡，絕對連骨頭渣子都不剩。

至於另外三個法師……這個不說也罷，真話說出來太傷感情……

這幾人在焦急時，其他玩家同樣焦急。現在這可是混戰，魔族突然像喝了蠻牛似的卯足勁往玩家群中衝鋒，緊張和受難的絕不僅僅是雲千千小隊。

一眨眼間，不少玩家被衝擊踩踏或是技能誤擦，化成了片片白光，頓時引起一陣恐慌。

「靠！魔族暴走了，兄弟們加油啊！」

鋪天蓋地的魔群衝散了同樣蓋地鋪天的玩家群，眾玩家在魔族凶猛衝鋒之下再無心戀戰，轉為防禦狀態，各自抱著頭東跑西竄。

魔神眨了幾下眼，就發現本來鎖定的目標突然間不見，到處是玩家亂糟糟的跑來跑去……蜜桃多多在哪裡？頭暈眼花的魔神已經不知道答案。

「這是第四條路，藏葉於林。」雲千千拉了九夜躲在某角落擦把冷汗，長吁口氣：「還好一張面具可以同時儲存好幾個身分。」更好的是局勢突然混亂，要不然她還沒辦法渾水摸魚。

「那三個法師呢？」

「踢了。他們沒辦法易容，雖然是小嘍囉不惹眼，但怕就怕有哪個魔族無聊的把這三人樣子也記了下來。」到時候被連累可就不好了，自己可是沒辦法搞定這麼多魔加這麼多人……

九夜無語。光明正大拋棄戰友的舉動，也就這個人能說得這麼理直氣壯、理所當然了。

眼前危難似乎得到緩解，但根本的困境還是沒有解決。說到底，在這裡的玩家們是沒辦法鬥過這麼多魔族的；而人員持續消耗下去的話，雲千千總是會被抓出來。

魔神顯然也明白這一點，所以急歸急，臉上還是一派胸有成竹的神色，看著滿地滿天亂竄的玩家，冷冷哼了一聲下令：「所有人格殺勿論……」

他話剛說完，一片喊殺聲就響了起來。玩家們頓時變色──有必要這麼絕情嗎!?

魔神變色——這喊殺聲不是自己這邊的！

發現到情況不對的人順聲音傳出方向看去，只見太虛幻境入口處又出現鋪天蓋地的一批人馬，而且令玩家振奮的是，這些人身上穿的並不是代表NPC的制式服裝，陣中還舉起一杆巨大桃子旗迎風飄……呃，桃子旗？

彼岸毒草當先振翅衝在衝鋒戰陣最前，身後緊跟著的是先前一起進來的那批玩家精英，邊衝邊朝著魔族方向一揮手命令道：「上！」

當老大就是威風，一聲令下，群起呼應，鋪天蓋地的各色技能合著箭矢向魔族軍籠罩過去，一輪打擊後很快清出一片空白區域，就連魔神都狠狠掉了截血。

「帥！」雲千千鼓掌喝彩，順便第一時間拉開通訊：「我在你們的東北方向，有個院子裡栽了棵參天古木看到沒有？……」

不到三分鐘，彼岸毒草就帶了救援小隊過來接應：「桃子？」

「是我。」

雲千千把易容面具一摘，彼岸毒草頓時吁了口氣：「還好你們沒事。剛才我們在外面的時候就早看到魔族過來了，不過他們人太多，這才沒敢硬上，等把人都叫來了才連忙趕過來……對了，蛋呢？」

「蛋也沒事。」雲千千看看天上地下龍精虎猛的玩家：「你該不是把我們公會的人都搬來了吧？」

「沒，看守駐地的那些當然是不敢亂調的。」彼岸毒草呵呵一笑：「不過剛才來的路上還看到了龍騰和銘心刻骨，所以順手一道拉來了……咦，煙花怎麼沒和妳在一起了？這又是誰啊，妳新情夫？」

九夜冷厲的一記眼刀掃過去。

雲千千擦把冷汗。這小草平常也挺精明的，怎麼一到關鍵時刻就愛出岔子……

「這個，其實大家都是自己人……九哥，你還是把面具摘了吧。」

彼岸毒草頓時也汗。先前在幻境外面不是還看見九哥是和那群狗仔走在一起嗎？

水果樂園不愧創世第一公會之名，再加上龍騰和銘心刻骨的公會跨刀助陣，這支玩家團隊的陣容在一定意義上已經是代表了目前遊戲中的最強戰力。

有強軍掩護，還有彼岸毒草接應，雲千千和九夜很輕鬆的突圍成功，和大部隊順利會師。魔族強襲事件就這麼在神兵突降的情況下完美解決，隨之而來的還有一個好消息。鏡魔在混戰中不知道被哪一方誤傷波及，已經死在了陣中，鏡中世界自然破解。倒數一分鐘後，所有人都將被投出副本。

「傳送石都帶了吧？一出去就閃，千萬別被魔族堵在神殿裡。實在閃不掉的死回去算了，回頭在公會裡組隊刷幾天怪就行。」

彼岸毒草點頭：「妳打算傳送去哪？用不用我帶著人再護一段？」

「不必，外面地圖那麼大，你們速度沒我快，我一個人逃起來還方便點。」

九夜在旁邊乾咳一聲。雲千千反射性連忙再加一句：「而且還有九哥這第一高手護送，你們就不用替我操心了。」

九哥甚爽，哼了一聲後不再說話。

彼岸毒草在旁邊看得莫名其妙。以前也沒見這兩人有什麼夫唱婦隨的默契，頂多就是戰友情誼。彷彿就是一夜之間，這兩人突然之間就琴瑟和鳴了？

雲千千其實比彼岸毒草更莫名其妙。自從這次見到九夜之後，她就發現對方有那麼一點點不對勁，說不上性情大變什麼的，但總覺得是有點彆扭，時不時言行裡流露出來的彷彿是對自己有意思的意思……咦，該不會他真有那個意思吧？

被自己的猜測嚇到，雲千千一副五雷轟頂的震驚模樣。

她承認自己對九夜垂涎已久沒錯，但這轉變來得太快、太突然，一點轉變跡象都沒有，是不是有點太刺激了？

而且無常呢？這隻超級護草狼犬對自己要吃九夜……不對，是他對九夜願意被自己吃的事情一點意見都沒有？

不會吧，這世界究竟是怎麼了？

雲千千恍然失神中。

彼岸毒草根本不知道此時她心中一瞬間的百轉千迴，正在專心看倒數計時：「離副本關閉還有半分鐘，29、28、27……桃子？怎麼突然不說話了？」

九夜皺眉，突然拉起雲千千小手，使力捏了捏……

嘶……真踏馬的疼！雲千千被捏回神，眼淚汪汪的看了一眼九夜。自己肯定是昏頭了，哪個男人喜歡一個女孩的時候會下這麼狠勁捏她？這是手，又不是豬蹄。

倒數計時終於結束，三人眼前出現一片空間扭曲，接著就是昏頭轉向。等到光亮恢復時，所有人都已經重新回到了失落神殿的偏殿。

毫不猶豫的在魔神出現前抓出傳送石一捏，雲千千把自己丟到某隨機山谷中去。她剛鬆了口氣，還沒來得及打量下周圍環境，通訊器就響了起來，拿起來一看，呼叫方居然是九夜？

「在哪裡？」九夜問。

雲千千抬頭環顧了一下這個異常陌生的地圖，很是無語：「唔……這個問題很有難度，等我研究下再回答你。」

周圍附近一片青山綠水，連小怪都異常溫和，只要玩家不主動出手的話，它們基本上也就當人是不存在，應該算是沒被開發過的自然保護區。唯一缺點就是太荒涼，除自己以外，雲千千敢肯定最少方圓百里之內應該是沒有人煙……

「有沒有看到魔族？」

「暫時沒看到，我被丟的這地方應該挺偏僻的。」不偏僻也不至於讓她一點印象都沒有。小說裡一般都有這橋段，男或女主角色一旦不小心闖入某個偏僻避世的所在之後，就代表著各種秘笈、各種神器、各種天材地寶，如果是魔幻些的設計，搞不好還有龍蛋。

莫非自己就是那內定女主角？

雲千千擦把口水，躍躍欲試很是期待：「九哥不用擔心，我反正是打發時間，趁著這機會正好探索探索新地圖。」

「……不用我過去？」

「應該是不用……還是用啊？」雲千千遲疑了一下。他到底想讓自己怎麼答？以前沒記得對方有這麼特意徵詢自己意見的時候啊。他要真想幹什麼，那都是當場就去把事情做了；不想動的時候更好說，他根本連提都不提一句的。

這……難不成真是思春？

「……哦。」

這邊雲千千在抓心撓肺，不解風情的腦子裡好不容易靈光現了下，眼看正確答案就近在眼前，正要接著思考下去揭開謎底的時候，沒想到對面簡簡單單傳來一個「哦」字，緊接著通訊就切斷了。

雲千千抓狂！自己剛才一瞬間還以為聽見天使在歌唱，長久以來的企圖和勾搭就要修成正果，沒想到結果就換來了一個「哦」！

世界上有多少熱情的小火苗就是滅在這個字上的。中國文化博大精深，短短一個單音節，硬是包含了各種淡然、各種無所謂、各種一切盡在不言中，其包含深意之深刻，足以應對各種突發場合及各種問題，讓人抓破頭皮研究到下一個世紀都還有得剩……

臥槽！這回答到底是代表人家對自己有意思還是沒意思啊？

而另外一邊，切斷了通訊的九夜心情同樣不怎麼陽光，說陰鬱倒也談不上，就是彷彿烏雲罩頂，有什麼糾結的問題解決不了一般。

無常就坐在旁邊看報，聽九夜掛了通訊才淡淡掃過來一眼：「是和那顆桃子通話？」

「嗯。」

「確定就是這女人了？」即使再確認一百遍，無常還是懷疑自己小弟的眼光。不是他對蜜桃多多有偏見，主要是他不甘心……好歹能找出對方一個優點也行啊。九夜腦子這已經不僅是進水的程度了，進硫酸都沒這麼腦殘的吧？

「……嗯。」

雖然九夜遲疑，但還是應了，那表示事情差不多就定了吧……無常輕嘆一聲，放下報紙，推推眼鏡說道：「想泡就出手，反正真有什麼問題我再幫你解決。」

九夜聞言狠狠皺了下眉，沉默許久許久之後，終於才遲疑開口，帶著一分討教、兩分疑惑、三分期待問道：「……怎麼出手？」

「……」無常一口鮮血哽在喉中，死命強嚥下去才不敢置信的問道：「你的意思是叫我教你怎麼泡那顆爛桃？」他瘋了吧？

九夜冷靜的看著無常，一副「難道你不教嗎？」的理所當然表情。

看見這樣的九夜，無常的臉色止不住忽青忽白的變幻，良久後終於氣急低吼：「想都別想！」

雖然說他在屢勸無果後，最後終於選擇尊重自己小弟的選擇，但是這不代表他就真的樂見其成看見一個卑鄙陰人成為自己的弟媳婦。

此時無常能做到不贊成、不反對的順其自然態度，已經是掙扎許久後的委曲求全了，主要就是怕九夜被自己管緊了會不高興……

可是現在聽聽九夜說了什麼？他居然想讓自己教他怎麼把那個怎麼看怎麼不順眼的女孩撈回來做自己最親愛的小弟的老婆？臥槽光是這麼想像一下就讓他有種窒息的感覺……這絕對不是因為沒打標點的緣故。

無常很憤怒，無常很生氣。

九夜卻完全沒察覺到自己大哥的異常，他正在發愣……說自己喜歡蜜桃多多，似乎也沒有到什麼傳說中生死相許的地步；但要說自己對人家沒感覺，好像其實還真是有點感覺。這算什麼呢？習慣的可怕力量？

總而言之，九夜覺得如果自己未來身邊一定要有個女人的話，蜜桃多多可能是個不錯的選擇。起碼她夠狡猾、夠強悍、夠清醒、夠……呃，特立獨行……

九夜的感情動向被無常知道了，也就等於被一葉知秋知道了；被一葉知秋知道了，很快也就被彼岸毒草知道了；被彼岸毒草知道了……嗯，那基本上就等於全創世紀玩家都知道了。

當然了，這個說法未免有些誇張，但是也差不到哪裡去。反正基本上和蜜桃多多有點關係的人，都在不久後收到了九夜想摘桃的消息。

有人瞠目結舌，更多則是歡欣鼓舞。這個舉動實在是太偉大了呀，簡直是功在社稷，利在千秋。犧牲九夜一個人，造福創世千萬家……聽說了嗎？有人居然願意奉獻自己去收服那個禍害呀嗚嗚嗚嗚，他們真是太感動了……

《蜜桃多多的謎樣王子》完

敬請期待更精采的《禍亂創世紀第二部05》最終回

不思議2014
新春主打
芙蓉仙傳
竹某人◎著
MO子◎繪
尋寶女仙我最行!!
什麼?第一部沒看過?
快快去收藏來看唄~
眾所矚目的《芙蓉仙傳第二部》來啦!!!
為了加速還債,小女仙芙蓉決定放出大絕——
認真的小芙蓉轉職當起了尋寶偵探,
夜黑風高,看她如何闖遍全城寶閣來搜寶!
結果沒想到——摸寶竟然摸到大白鯊……
龍王敖灝冷笑:芙蓉妳好大膽,居然摸到為兄的床上來了~
典藏閣
飛小說
華文聯合出版平台
www.book4u.com.tw
行銷總代理
采舍國際
www.silkbook.com
不思議工作室_
立即搜尋
版權所有© Copyright 2014

飛小說系列091

禍亂創世紀第二部-04

蜜桃多多的謎樣王子

出版者■典藏閣
作　者■凌舞水袖　繪　者■CHI77
總編輯■歐綾纖
製作團隊■不思議工作室

郵撥帳號■50017206 采舍國際有限公司（郵撥購買，請另付一成郵資）
台灣出版中心■新北市中和區中山路2段366巷10號10樓
電　話■(02)2248-7896　傳　真■(02)2248-7758
物流中心■新北市中和區中山路2段366巷10號3樓
電　話■(02)8245-8786　傳　真■(02)8245-8718
ISBN■978-986-271-438-6
出版日期■2014年3月

全球華文國際市場總代理／采舍國際
地　址■新北市中和區中山路2段366巷10號3樓
電　話■(02)8245-8786　傳　真■(02)8245-8718

新絲路網路書店
地　址■新北市中和區中山路2段366巷10號10樓
網　址■www.silkbook.com
電　話■(02)8245-9896
傳　真■(02)8245-8819

線上總代理：全球華文聯合出版平台
主題討論區：http://www.silkbook.com/bookclub　◎新絲路讀書會
紙本書平台：http://www.silkbook.com　◎新絲路網路書店
瀏覽電子書：http://www.book4u.com.tw　◎華文電子書中心
電子書下載：http://www.book4u.com.tw　◎電子書中心（Acrobat Reader）

☞**您在什麼地方購買本書？**☜

1. 便利商店（________市／縣）：☐7-11　☐全家　☐萊爾富　☐其他____________

2. 網路書店：☐新絲路　☐博客來　☐金石堂　☐其他__________

3. 書店（________市／縣）：☐金石堂　☐誠品　☐安利美特animate　☐其他________

姓名：__________地址：______________________________________

聯絡電話：________________　電子郵箱：________________________

您的性別：☐男　☐女　　您的生日：西元__________年__________月__________日

（請務必填妥基本資料，以利贈品寄送）

您的職業：☐上班族　☐學生　☐服務業　☐軍警公教　☐資訊業　☐娛樂相關產業

☐自由業　☐其他____________

您的學歷：☐高中（含高中以下）　☐專科、大學　☐研究所以上

☞**購買前**☜

您從何處得知本書：☐逛書店　☐網路廣告（網站：______________）　☐親友介紹

（可複選）　☐出版書訊　☐銷售人員推薦　☐其他____________________

本書吸引您的原因：☐書名很好　☐封面精美　☐書腰文字　☐封底文字　☐欣賞作家

（可複選）　☐喜歡畫家　☐價格合理　☐題材有趣　☐廣告印象深刻

☐其他____________________

☞**購買後**☜

您滿意的部份：☐書名　☐封面　☐故事內容　☐版面編排　☐價格　☐贈品

（可複選）　☐其他

不滿意的部份：☐書名　☐封面　☐故事內容　☐版面編排　☐價格　☐贈品

（可複選）　☐其他

您對本書以及典藏閣的建議____

____

____

✌未來您是否願意收到相關書訊？☐是　☐否

✎**感謝您寶貴的意見**✎

印刷品

$3.5
請貼
3.5元
郵票
不思議信箱
FUSIGI POST

235 新北市中和區中山路二段366巷10號10樓

華文網出版集團　收

（典藏閣－不思議工作室）